Uma Questão de Confiança

Do Autor:

Um Oceano nos Separa

Começar de Novo

Vale a Pena Arriscar

Explosão de Estrelas

Uma Questão de Confiança

Robin Pilcher

Uma Questão de Confiança

Tradução
Sibele Menegazzi

Título original: *The Long Way Home*

Capa: Leonardo Carvalho

Editoração: DFL

Texto revisado segundo o novo
Acordo Ortográfico da Língua Portuguesa

2011
Impresso no Brasil
Printed in Brazil

CIP-Brasil. Catalogação na fonte
Sindicato Nacional dos Editores de Livros – RJ

P686q Pilcher, Robin
Uma questão de confiança/Robin Pilcher; tradução Sibele Menegazzi. – Rio de Janeiro: Bertrand Brasil, 2011.
308p.: 23 cm

Tradução de: The long way home
ISBN 978-85-286-1511-1

1. Romance escocês. I. Menegazzi, Sibele. II. Título.

11-3309
CDD – 828.9913
CDU – 821.111(411)-3

EDITORA BERTRAND BRASIL LTDA.
Rua Argentina, 171 – 2º andar – São Cristóvão
20921-380 – Rio de Janeiro – RJ
Tel.: (0xx21) 2585-2070 – Fax: (0xx21) 2585-2087

Atendimento e venda direta ao leitor:
mdireto@record.com.br ou (21) 2585-2002

Para meu pai, Graham Pilcher
e meu sogro, Robin McCall

que, em sua juventude, deram tanto
e, posteriormente, pediram tão pouco

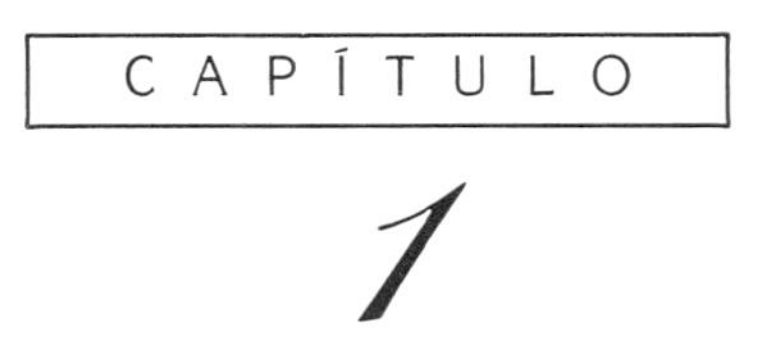

Alloa, Escócia — Dezembro de 1988

Conforme ela deixava sua casa para trás e corria pelo caminho estreito que conduzia à fazenda, o silêncio da manhã gelada de inverno era absoluto, exceto pelo ruído do gelo se esmigalhando, quando suas botas Doc Martens pisavam as poças na trilha sulcada. Lágrimas brilhavam nas faces rosadas, mas o sorriso amplo em seu rosto revelava que se deviam mais ao ar frio que lhe açoitava os olhos castanhos do que a qualquer sentimento de tristeza. De fato, Claire Barclay não poderia estar mais feliz. O frio que penetrava a jaqueta acolchoada e fustigava suas orelhas através do gorro de lã sobre os cabelos curtos tingidos de hena era compensado pelo calor vibrante que inundava seu íntimo.

Pois Claire Barclay estava, definitivamente, apaixonada.

Na verdade, era apaixonada por Jonas Fairweather, experiente mecânico de automóveis e principiante campeão de rali, desde que chegara à Escócia, na idade de onze anos; porém, apesar de haver passado todos os dias dos sete anos seguintes em sua companhia, jamais lhe dissera nada. Ele tampouco o tinha dito a ela. Eles nem sequer haviam se beijado.

Portanto, a pergunta que despontara na mente de Claire em tantas ocasiões era, precisamente, quando deveria abordar o assunto e, assim, levar sua amizade do estágio atual a um nível de afeição mais profunda e duradoura.

Hoje era o dia, a hora era essa. Ela concluíra o ensino médio e agora teria nove meses para passar na companhia de Jonas antes de ir para a universidade em St. Andrews. E era Natal, época de boas-novas. Na noite anterior, eles haviam estado juntos na oficina, conversando e rindo enquanto ele trabalhava em seu carro até muito depois das onze horas. Quando ela partiu, a despedida por parte dele não havia sido o costumeiro "tchau" gritado das profundezas do motor do carro. Ele a levara até a porta e ficara próximo dela, girando uma chave de boca na mão, olhando em seus olhos e sorrindo. Ela sentira, naquele instante, que algo iria acontecer, mas ele apenas guardara a ferramenta no bolso do macacão, abrira a porta e dissera: "Te vejo amanhã, então".

Sim, esse era definitivamente o momento certo.

Ela atravessou o pátio da fazenda e foi até a oficina, onde abriu a porta corrediça. Percebeu imediatamente que as coisas não estavam normais. Não havia sinais de atividade, o capô do Ford Escort estava fechado e o único ruído vinha do aquecedor a gás que zumbia num canto. Estava prestes a girar nos calcanhares para ir até a sede da fazenda quando vislumbrou Jonas, vestido com o habitual macacão manchado de graxa, sentado numa cadeira velha de encosto quebrado perto do armário de ferramentas. Ele estava curvado para a frente e parecia alheio à sua presença, com os cotovelos apoiados nos joelhos e o rosto enterrado nas mãos. Ela caminhou silenciosamente em sua direção e, ao se aproximar, começou a ouvir sua respiração entrecortada.

— Jonas? — chamou, preocupada. — O que foi?

— Vá embora — respondeu ele, sem tirar as mãos do rosto.

— O que aconteceu? — perguntou ela, colocando a mão em seu ombro.

Ele reagiu ao toque como se houvesse sido queimado. Empurrando violentamente sua mão, levantou-se de um pulo e se afastou dela, com o rosto virado para os fundos da oficina. — Apenas vá embora, está bem? Não quero você por aqui.

Claire balançou a cabeça, incrédula. — Não, não vou embora, não antes de saber...

Ele se voltou e olhou para ela com desdém. — Pelo amor de Deus, vá embora. Volte para a sua mansão enorme e fique por lá. — Ele começou a andar rapidamente em direção à porta. — Você não é bem-vinda aqui.

Os olhos de Claire se inundaram de lágrimas enquanto ela o seguia até o pátio. — Jonas, que diabos aconteceu? — gritou às suas costas. — Por que você está agindo dessa forma?

Ele girou o corpo, mas continuou andando, de costas, em direção à sede da fazenda. — Simplesmente me deixe em paz, tá? — Ele separou as mãos no ar, num gesto de rompimento. — Terminou... para sempre. Nunca mais quero te ver.

Claire, em estado de choque, ficou olhando enquanto ele se virava e corria até a fazenda. Ele entrou e bateu a porta atrás de si. Ela correu até lá e tentou girar a maçaneta, mas estava trancada.

— Jonas! — gritou. — O que você está fazendo? Por favor, Jonas, deixe-me entrar. — Ela encostou a face na madeira fria da porta. — Você não pode fazer isso — disse baixinho. — Eu te amo. — Ela se deixou cair na soleira da porta, enxugando com as costas da mão as lágrimas que corriam livremente por seu rosto e ignorando a umidade gelada que penetrava a saia de brim e a meia-calça grossa.

Ficou ali durante meia hora, movendo-se apenas quando os tremores em seu corpo ficaram tão intensos que ela sentiu que poderia desmaiar de frio. Levantou-se e olhou para a porta fechada antes de seguir, caminhando rigidamente pelo pátio, e retomar o caminho de volta.

Seria a última vez que percorreria aquela estrada.

CAPÍTULO 2

Nova York — Maio de 2005

Afastando os talheres que haviam sido arrumados sobre a mesa, Claire Barrington pousou o cardápio e o livro de reservas na imaculada toalha branca e alisou a parte de trás de sua saia-lápis preta antes de se sentar na cadeira de veludo. Ela aproximou a cadeira da mesa e abriu o livro, virando as páginas até chegar às reservas daquele dia. Todas as linhas estavam preenchidas, tanto para o almoço quanto para o jantar, e, adicionalmente, seis nomes e números de telefone haviam sido anotados em vermelho na lateral da página, para o caso de haver algum cancelamento. Não era nenhuma surpresa, tampouco nada fora do comum. Desde que seu marido, Art, abrira o restaurante novo há mais de dezesseis anos, o Barrington's havia cultivado de forma contínua a reputação de ser um dos melhores restaurantes no East Village.

Claire olhou de relance por cima do ombro, na direção da cozinha. Ainda nem sinal do chef. Empurrando a cadeira para trás, ela se levantou e foi até o bar, onde apanhou o pequeno estojo de maquiagem que sempre guardava numa prateleira atrás do balcão. Com o passar dos anos, havia aprendido a aproveitar cada minuto de tempo ocioso e, desde que chegara para trabalhar, naquela manhã, ainda não tivera tempo de verificar sua aparência. Abriu o zíper do estojo, tirou um batom e estava aplicando um leve brilho vermelho nos lábios quando o chef veio correndo da cozinha. Ela se virou para ele e sorriu. — Então, o que foi que aconteceu com você, Jean-Pierre?

— Me desculpe, Claire, eu estava conversando com o fornecedor de frutas. Ele não conseguiu entregar o pedido de abacates.

Claire estalou os lábios e os analisou no espelho atrás do bar. — E o que podemos fazer a respeito disso?

— Tem outro cara que eu posso tentar. Vou telefonar para ele mais tarde.

Claire recolocou o estojo de maquiagem atrás do bar e voltou para a mesa. O chef a seguiu de perto, enxugando as mãos hesitantemente no avental branco engomado. Ele viera da França dois anos antes para trabalhar nos Estados Unidos como *sous-chef* de um dos hotéis refinados na parte elegante da cidade e, embora estivesse contente com o trabalho, vira o anúncio de emprego de chef no Barrington's e decidira se candidatar. Assim que chegou ao pequeno restaurante no East Village, com aquele elegante exterior cor de creme e o toldo verde listrado, com "Barrington's" escrito em itálico, fazendo sombra às mesinhas de ferro forjado na calçada, isoladas por uma treliça, soube que queria o cargo.

Durante a entrevista, sua mentalidade tipicamente francesa o fizera se concentrar mais na mulher do dono do que no que este estava lhe dizendo. Gostou muito do que via à sua frente — cabelos escuros e curtos, olhos castanhos e um narizinho com leves sardas juvenis. Estas pareciam contradizer sua idade, que ele diria estar ao redor dos trinta e poucos anos. Ela continuou parada atrás do marido durante a entrevista e, portanto, ele pôde vislumbrar seu corpo esguio e suas pernas talvez um pouco delgadas demais; o que não havia observado, no entanto, fora o autocontrole de aço que havia por trás da aparência elegante.

— Com licença — disse ela, interrompendo a explicação do marido sobre as exigências do trabalho —, mas você está mais preocupado em olhar para o meu corpo do que em ouvir sobre o emprego?

Ele balbuciara um pedido de desculpas, sentindo o rosto ruborizar enquanto olhava do marido para a mulher. Suas credenciais acabaram rendendo-lhe o emprego, mas ele jamais se atrevera a provocar Claire Barrington novamente.

Agora estava sentado na cadeira, de frente para Claire. Tirou o chapéu branco de cozinha, pousou-o sobre a mesa e, passando a mão pelos cabelos, olhou em silêncio enquanto ela analisava o cardápio.

— Esses abacates são importantes, Jean-Pierre — disse ela, sem erguer os olhos. — Precisamos deles para a salada de agrião que acompanha o peixe.

— Não se preocupe. Vou consegui-los.

— Que peixe você vai usar?

— Halibute. Já foram entregues.

— Quanto você comprou?

— O suficiente para trinta serviços.

Claire examinou rapidamente o livro de reservas. — Deve ser mais ou menos isso. Temos cerca de sessenta reservas para o almoço. E quanto aos filés?

— Mais do que suficiente. O preço estava tão bom na semana passada que fiz um pedido grande. Vou tirar o bastante do congelador agora de manhã.

— E a sobremesa?

O chef sorriu. — Liam perguntou se podia fazer uma pavlova, então dei a ele a oportunidade de brilhar.

Claire franziu a testa de forma cética para Jean-Pierre, sabendo que o jovem *sous-chef* ainda precisava provar sua capacidade. — Então a responsabilidade é sua.

Ele assentiu. — Estarei de olho nele.

Claire fechou o livro de reservas e cobriu-o com o cardápio. — OK, então vamos esperar até que Art volte, antes de discutirmos o que fazer para o jantar. Às cinco da tarde está bom para você?

— Claro — respondeu Jean-Pierre, levantando-se e colocando novamente o chapéu. — Quando o Art chega?

— Não sei ao certo. Ele foi ao banco.

O chef olhou pela janela, para a chuva torrencial. Caía tão intensamente que obscurecia a vista do Tompkins Square Park, não mais do que alguns metros do outro lado da avenida. — Espero que ele não seja apanhado por esta tempestade; caso contrário, ficará *mouillé jusqu'aux os*, molhado até os ossos.

— Esperemos que não.

Quando o chef voltou para a cozinha, Claire se endireitou na cadeira e alongou as costas. A chuva, graças a Deus, só havia começado a cair de verdade naquela manhã depois que ela chegara ao restaurante, que ficava na esquina da East Tenth e da Avenue B. Quando saíra de seu apartamento na Gramercy Park às oito e quinze para caminhar com Violet até a escola, o céu não parecera excessivamente ameaçador; porém, quando finalmente viu a filha entrar pelos portões do colégio, na East Fourteenth, uma fina película de chuva começara a cair do céu escuro, daquele tipo capaz de eliminar em segundos até os menores vestígios de se ter feito uma escova nos cabelos. O guarda-chuva dobrável barato que com frequência se esquecia de pôr na bolsa foi, portanto, uma bênção e o tecido de estampa escocesa em cores vivas a protegeu o suficiente enquanto percorria os quatro quarteirões restantes até seu trabalho.

No entanto, as coisas haviam piorado muito quando Claire pendurou seu casaco no pequeno escritório nos fundos do restaurante e voltou para a frente. Grossos filetes de água escorriam do toldo listrado lá fora e na Tompkins Square toda, e qualquer forma de movimento de lazer havia cessado. Pedestres se encolhiam aos pares sob guarda-chuvas inadequados, correndo para um lado e para outro nos cruzamentos; pessoas fazendo jogging se apressavam a chegar a seu destino, não se dando ao trabalho de parar na calçada para esperar o tráfego e saltando por cima dos bueiros borbotoantes, enquanto se esquivavam precariamente dos carros que passavam espirrando água. Na área cercada para cães, os donos recolhiam seus animais, interrompendo os momentos de abandono selvagem daquele dia, ao passo que aqueles que frequentavam o parque todos os dias, e que não tinham outro lugar aonde ir, ainda se agrupavam desesperadamente sob a relativa proteção das árvores, com a cabeça coberta por um gorro de lã abaixada tristemente e as mãos enterradas nos bolsos de uma jaqueta surrada ou de um casaco mal ajustado de segunda mão.

Claire esperou que o mau tempo provocasse uma enxurrada de cancelamentos por telefone, mas isso não aconteceu e, na hora do almoço, todas as mesas estavam mais uma vez ocupadas. Além da clientela habitual formada por moradores e comerciantes locais, havia um fluxo constante de táxis e carros com motorista que paravam lá fora, com os limpadores de para-brisa a todo vapor, trazendo do distrito financeiro homens de negócios e seus clientes. Durante a primeira hora de atendimento, Claire teve de cuidar sozinha da recepção, ajudando os clientes a se livrar da capa de chuva ensopada e do guarda-chuva gotejante antes de conduzi-los até a mesa. Isso porque Art realmente fora apanhado pela chuva na volta do banco e tivera de voltar ao apartamento, para tomar um banho e vestir roupas secas.

Não obstante, Claire deu conta do recado como sempre. Ela havia ajudado Art a administrar o Barrington's por quinze anos e, durante todo esse tempo, aprendera a manter a calma diante das infinitas situações difíceis que surgiam ao lidar-se com uma casa cheia. Não se abalava nem mesmo com cortes de eletricidade ou empregados que iam embora de repente.

Tampouco, com as longas horas de trabalho. Depois de terminado o almoço, Claire, Art e seus três funcionários se punham a limpar e arrumar as vinte e três mesas com toalhas brancas limpas, talheres reluzentes e guardanapos em formato de cone para os clientes que viriam jantar. Depois disso, enquanto os funcionários saíam para algumas horas de descanso, Art e Claire continuavam seu trabalho, contabilizando os lucros do almoço, verificando o estoque de vinhos e bebidas e contatando fornecedores para agendar entregas. Normalmente, um deles ia se encontrar com Violet nos portões da escola e a levava de volta ao apartamento, mas hoje, com a pouca ajuda do clima e a consequente necessidade de limpeza extra no restaurante, Claire decidiu telefonar para Pilar, sua empregada doméstica, e pedir-lhe que fosse buscar Violet de táxi.

Seis e meia da tarde era sempre uma hora difícil, na qual Claire se perguntava se teria energia suficiente para sobreviver até depois da meia-noite e ver o último cliente deixar o restaurante. De pé na mesa de recepção perto da entrada, enquanto consultava o livro de reservas e olhava as mesas ao redor para garantir que estivessem postas para a quantidade certa de pessoas, sentiu as pálpebras cada vez mais pesadas e a visão começar a sair de foco. Soltando a respiração num longo assobio, ela chutou para longe uma de suas sapatilhas e se abaixou para esfregar o pé dolorido. Quando sentiu a mão em seu ombro, deu um pulo involuntário e se virou para encontrar Art parado atrás dela, franzindo preocupadamente o rosto comprido e anguloso.

— Tudo bem com você, meu anjo?

Claire sorriu e pegou a mão dele. — Estou bem. Um pouco exaurida, mas vou recuperar a energia em um instante.

— Então é um bom momento para você descansar um pouco os pés — disse Art, apontando com o polegar sobre o ombro para o escritório. — Seu padrasto está no telefone.

Claire apertou os olhos. — Ai, meu Deus, o Leo. Esqueci que era noite de ele me ligar. Como ele está, pelo tom da voz?

— Ótimo — respondeu Art —, e eu diria que totalmente alerta. Ele me disse que são onze e meia na Escócia e que ele está sentado, de roupão, com uma xícara de chocolate quente, e que só queria te dar boa-noite antes de ir para a cama.

Claire riu. — Isso não significa que ele não vá querer passar horas conversando comigo.

Art foi até a máquina de café, serviu uma xícara e entregou a ela. — Vá em frente, pode demorar quanto quiser. Já está tudo em ordem para o jantar. — Ele afastou delicadamente seu cabelo e lhe deu um beijo na testa; então, observou-a seguir para o escritório, com o vestido preto justo colado aos contornos de sua figura delgada. — Na verdade, ele até que está bem-humorado — gritou, às suas costas —, então quem sabe te dará a injeção de ânimo que você está precisando?

Claire fechou a porta do escritório atrás de si e sentou-se na cadeira giratória de espaldar alto. Aproximou-se da mesa e apanhou o fone. — Leo? Olá, querido, como vai?

Vinte minutos depois, Art escutou a porta do escritório se abrir e virou para ver sua mulher retornando à recepção, com uma nova leveza nos passos e um sorriso amplo no rosto. Ele foi até ela. — O que foi que eu te disse? O velho está em boa forma, não está?

Claire riu e balançou a cabeça. — Conversar com Leo é como tomar uma taça de champanhe. — Ela olhou para a chuva torrencial, lá fora. — Ele parece capaz de fazer o sol brilhar, mesmo num dia como este. — Pousando a caneta sobre o livro de reservas, ela se aproximou e deu um beijo demorado em Art. — Vamos — disse ela, agarrando sua mão e conduzindo-o até o bar —, já que toquei no assunto, vamos romper a tradição ao menos uma vez e tomar uma taça de champanhe de verdade antes que comece a correria. Acho que hoje, de todos os dias, nós dois merecemos.

West Sussex — Junho de 1980

Claire sempre achara que a casa tinha o tamanho perfeito para elas duas. As outras casas da rua eram muito maiores, um tanto majestosas, na verdade, e Claire sabia por seus amigos da escola que moravam nessas casas que quase todos os pais trabalhavam em Londres. Eles saíam de casa de manhã cedinho, muito antes de Claire e a mãe acordarem, e percorriam de bicicleta ou de carro (se estivessem atrasados, ou o clima estivesse ruim, ou simplesmente estivessem com preguiça) os cinco quilômetros até Haywards Heath, onde tomariam o trem para a Waterloo Station.

Claire às vezes se perguntava por que cargas-d'água a casa delas fora construída ali. Havia essa ideia de que talvez o homem que fizera o planejamento original da rua tivesse errado nos cálculos e, em vez de refazer a planta, dissera a si mesmo: "Ah, vou colocar uma casinha aqui no meio. Ninguém vai perceber".

Ou talvez fosse um homem muito bom e atencioso, que pensou que a rua deveria ter também uma casa no tamanho certo para uma jovem mãe viúva (cujo marido costumava trabalhar em Londres) e sua filha de dez anos.

De qualquer forma, era perfeita para elas. À direita do corredor estreito que se estendia a partir da porta de entrada, ficava a sala de estar. Tinha vista para a rua, mas o carro estava sempre estacionado na garagem e, portanto, bloqueava a maior parte da visão. Ali era onde Claire fazia seu dever de casa e, quando o terminava, sua mãe a deixava assistir tevê. Na próxima semana haveria férias de verão, o que significava que ela não teria de fazer dever de casa e poderia ver tevê por muito mais tempo.

Daí, saindo da sala de estar, virando à direita no corredor e, imediatamente, à direita de novo, entrava-se na cozinha, que ficava na parte de trás da casa. Havia uma porta que conduzia ao jardim e uma janela enorme atrás da pia, onde Daphne... — esse era o nome de sua mãe e Claire gostava de chamá-la de Daphne quando não estava falando diretamente com ela, quando então a chamava de mamãe. E havia feito exatamente o mesmo com seu pai, David Barclay, mas ele morrera três anos antes, logo após seu aniversário de sete anos. Enfim, Daphne gostava de ficar parada em frente à pia e olhar para seu jardim enquanto lavava a louça. Na verdade, isso não era certo, pois Daphne detestava lavar a louça; de fato, ela detestava tarefas domésticas em geral, mas amava jardinagem. Claire sabia que ela era muito boa nisso, porque Daphne dissera que era muito importante ter cores no jardim durante o ano todo, e ela sempre conseguia fazer exatamente isso.

Claire também ouvira por acaso sua vizinha, a Sra. Paton, dizendo que Daphne tinha dedos verdes. Claire ficara fula da vida com aquilo, porque havia entendido mal e pensou que Daphne tivesse contraído uma doença, igual a seu pai, David, e que muito em breve ela ficaria sem ninguém para tomar conta dela. Mas aí Daphne a beijara e enxugara o rosto de Claire com um lenço e lhe explicara que aquilo só significava que ela era uma boa jardineira, que conseguia fazer as plantas crescerem.

Saindo da cozinha e cruzando o corredor, ficava a sala de jantar. Nunca era usada porque Daphne nunca convidava ninguém para vir jantar com elas. Ela costumava convidar, quando eles moravam em Londres, mas agora não mais. Na verdade, neste ano Daphne havia usado a sala mais do que nunca, porque fora nomeada presidente da sociedade de horticultura local — ela dissera a Claire que não queria, mas que a haviam obrigado — e então agora ela usava a sala de jantar para as reuniões. E, portanto, como sua mãe era a presidente, elas iriam receber um homem como hóspede, em uma das noites do mês seguinte. Daphne lhe contara que ele era especialista em cultivar plantas exóticas — queria dizer que tinham vindo de outros países e que eram difíceis de cultivar na Inglaterra — e que ele ia dar uma palestra na sociedade de Daphne para explicar a eles como fazer aquilo. Talvez fossem jantar lá, enquanto ele estivesse hospedado.

Seguindo pelo corredor até a porta de entrada, era preciso dar meia-volta e subir as escadas. Primeiro à esquerda ficava o quarto de Claire, que tinha uma cama de casal pequena, que era, na verdade, grande demais para o quarto, mas um dos poucos móveis que Daphne mantivera quando se mudaram do apartamento em Londres. Daphne também pensara que, se Claire quisesse convidar uma amiga para dormir lá, elas poderiam dividir a cama, mas Claire nunca quisera fazer isso, porque a cama era seu território e ela gostava de pensar que ainda estava no apartamento de Londres, quando eram eles três — David, Daphne e ela. No mês seguinte, no entanto, ela teria de dormir com Daphne por uma noite, para que o homem pudesse ficar em seu quarto, pois a casa, afinal, tinha o tamanho exato para elas duas e para ninguém mais.

Então, bem do outro lado do pequeno patamar da escada, ficava o quarto de Daphne. Lá, havia uma cama muito maior que a de Claire, mas o quarto era muito mais amplo que o seu e continha também outros móveis. Havia uma *chaise longue* aos pés da cama, que vivia desarrumada com as roupas que Daphne usara no dia anterior, e uma penteadeira com um tampo de vidro cobrindo algumas fotografias especiais: uma de Daphne e David no dia de seu casamento; uma de Claire quando era bebê; uma dos pais de Daphne, que já haviam morrido porque eram bem velhos quando Daphne nasceu; e uma dos pais de David, vestindo short e parecendo muito bronzeados em sua fazenda na África do Sul. Se Claire quisesse ver as fotos com clareza, sempre precisava empurrar as maquiagens de Daphne para um lado e soprar todo o pó de arroz espalhado por ali.

E, então, havia uma cômoda grande e sólida com puxadores de metal. Gaveta de cima: meias, meias-calças e calcinhas; segunda gaveta: camisetas e camisolas; na seguinte, estavam as camisas e blusas; e na debaixo ficavam os suéteres. Todas as demais roupas de Daphne ficavam entulhadas no guarda-roupa feito sob medida.

E então, por último, havia o banheiro, que ficava mais três degraus acima e tinha vista para a rua. Havia uma cortina de *voile* na janela para que as pessoas não pudessem olhar lá dentro e te ver andando pra lá e pra cá sem roupa. Havia também uma banheira com um chuveirinho que na realidade não funcionava porque vazava, um lavatório e uma privada, tampada por um assento horroroso e rachado. Claire sabia que tinha de se sentar em determinado ângulo; caso contrário, o traseiro era beliscado. Claire achou que seria uma boa ideia sua mãe advertir o homem que viria hospedar-se ali no próximo mês.

E isso era tudo. Ah, exceto pelo carrinho Renault cinza, que era francês, estacionado na garagem na frente da casa. Daphne sempre deixava os assentos traseiros inclinados para a frente e o porta-malas inteiro forrado com um plástico, porque frequentemente precisava ajudar outras pessoas com seus jardins e buscar flores, arbustos e outras coisas no viveiro de plantas. Daphne pedira para o Sr. Paton, da casa vizinha, ajudá-la a pôr uma tábua grande de madeira atravessada na garagem, para que, quando as rodas da frente a tocassem, ela fosse impedida de atingir a casa e a traseira do carro não ficasse na calçada.

Portanto, Daphne e Claire eram a quantidade perfeita de passageiros para o carro, que era do tamanho perfeito para a garagem da casa, que, como Claire sempre havia pensado, era do tamanho perfeito para elas duas.

CAPÍTULO 4

Alloa — Julho de 1989

Jonas Fairweather ficou escondido nos arbustos, com a respiração ofegante depois da corrida de quase um quilômetro desde a fazenda. Assim que soubera que Claire ia partir naquela manhã, correra até seu carro só para descobrir que o motor de partida estava completamente emperrado; portanto, não restara alternativa a não ser correr o mais rápido possível pela estrada esburacada até a casa dela. Cento e oitenta e um dias. Ele havia contado cada dia em que não a vira nem falara com ela desde aquele incidente. Não queria perder a chance de vê-la agora.

Afastou a folhagem densa com a mão, criando uma abertura para enxergar a frente da casa, do outro lado do gramado. O velho carro ainda estava lá, parado na entrada de cascalho, aos pés dos degraus de pedra. Ele tirou do bolso do jeans um relógio Casio sujo, cuja correia de plástico havia se quebrado naquela manhã, quando ele, desesperadamente, tentara desengripar o motor de partida. Acabava de marcar onze horas. Talvez ela houvesse decidido tomar um táxi. Talvez já tivesse partido.

Ele soltou um suspiro de alívio quando viu o padrasto de Claire, com seu conhecido paletó de tweed, aparecer no alto da escada. Ele desceu lentamente os degraus lutando sob o peso de uma mala; foi até a traseira do carro e abriu o porta-malas. Enquanto ele içava a bagagem para dentro, Claire apareceu com a mãe e ambas desceram os degraus de braços dados. Conversaram por um momento e, então, Daphne passou os braços em volta do pescoço da filha e a apertou. Enquanto o homem se acomodava no banco do motorista, Claire e a mãe trocaram beijos e, juntas, contornaram o carro até o banco do passageiro, conversando o tempo todo. Claire entrou no carro e fechou a porta; sua mãe inclinou-se através da janela aberta para um último beijo antes que o veículo começasse a se mover lentamente. Jonas viu mãos acenarem de ambas as janelas e viu Daphne, deixada sozinha nos degraus da casa, passar as costas da mão sob o olho esquerdo.

Ele saiu de seu esconderijo e correu o resto do caminho até o ponto em que este se unia à entrada da garagem, agachando-se atrás dos arbustos quando o carro, já tomando velocidade, passou por ele. Teve apenas um vislumbre de Claire, sorrindo, animada, para o padrasto a seu lado e, então, correu até o meio da via e ficou olhando até o carro desaparecer por trás da cerca de rododendros.

Jonas inclinou a cabeça, enterrando as mãos nos bolsos do jeans, e, depois, virou-se e correu até uma árvore na lateral, chutando com força o tronco sólido. Dirigiu-se lentamente de volta à fazenda, indo a intervalos até a beira do caminho para chutar alguma forma de objeto inanimado.

Quando finalmente chegou ao final do bosque, onde a estrada se abria para os campos amplos da propriedade de seu pai, não sabia dizer se as lágrimas ardentes em seus olhos se deviam à dor lancinante em seu pé direito ou ao vazio cáustico e insuportável dentro de si.

West Sussex — Julho de 1980

— Claire? — gritou Daphne, jogando as luvas de jardinagem e a tesoura de podar no carrinho de mão parado na porta dos fundos e descalçando os sapatos enlameados na soleira da porta. — Querida, você está aí?

Não houve resposta, apenas o zumbido baixo da televisão vindo da sala de estar. Daphne enxaguou rapidamente as mãos na torneira da pia e atravessou a cozinha, secando-as num pano de prato. Empurrou a porta da sala de estar com o traseiro e passou pela filha, que estava deitada ao revés, com os pés elevados no encosto de uma poltrona, a cabeça pendendo molemente à frente do assento, vendo tevê de cabeça para baixo.

— Querida, isso não faz bem para você — disse Daphne, apertando o botão para desligar a tevê.

Claire não emitiu qualquer protesto, apenas virou o corpo em cento e oitenta graus, espreguiçou com os braços acima da cabeça e soltou um bocejo.

— Não me surpreende que você esteja assim — disse Daphne. — Parece um forno aqui dentro. — Ela foi até a janela e a abriu para deixar um pouco de ar fresco entrar na sala abafada. — Pensei que você fosse brincar com Jessica esta tarde.

— Fui, por um tempo, mas a mãe dela queria levá-la para fazer compras, então eu simplesmente voltei para casa.

— Então, você deveria ter ido até o jardim para me avisar.

Claire fez beicinho e pendeu a cabeça tristemente. — Desculpe.

Daphne lhe deu um tapinha no joelho ao passar por ela. — Não estou te dando bronca, querida, então não precisa fazer esta cara. Escute, vou subir e me aprontar para a reunião. A Paula chegará em um instante, então, se eu não tiver descido, você pode dizer a ela que tem torta de carne na geladeira? Ela pode pôr para esquentar no forno por alguns minutos.

— A que horas você vai voltar?

— Não sei ao certo. Provavelmente umas oito e meia.

— E o homem também virá?

— Esse é o plano.

— Posso esperar para jantar com vocês dois?

— Querida, acho melhor não. Ficará um pouco tarde.

— Mamãe, por favoooooor, estou de férias. Não preciso levantar cedo amanhã.

Daphne pensou um pouco, parada à porta. Ela sorriu para Claire. — Está bem, por que não?

Claire pulou da poltrona, correu até a mãe e passou os braços em volta de sua calça jeans suja de terra. — Obrigada.

— Mas você tem de agir como uma adulta e não perturbar.

— Não vou perturbar. Só vou ficar escutando vocês conversarem. — Ela inclinou a cabeça para trás, para olhar a mãe. — Podemos comer na sala de jantar?

— Ah, não, Claire — respondeu ela, afastando gentilmente a filha. — Realmente não tenho tempo para isso.

— Mas Paula e eu podemos fazer tudo — implorou Claire, observando a mãe correr escada acima. — Não demoraríamos muito para arrumar a sala e pôr a mesa, e seria muito mais legal para o homem, comer na sala de jantar. A mesa da cozinha é pequena demais para nós três.

Daphne inclinou a cabeça por cima da balaustrada. — Então, talvez você deva jantar antes de nós.

— Mamãe, você prometeu!

Claire viu a mãe sacudir a cabeça com resignação antes de desaparecer de sua vista. — Está bem — gritou ela, de seu quarto —, mas você deve pedir a Paula, com gentileza, para ela te dar uma mão.

Claire não disse nada a Paula a respeito de arrumar a sala de jantar. Nunca conversava muito com ela, na verdade, porque toda vez que vinha tomar conta dela, Paula só fazia sentar-se na sala de estar e assistir tevê. Claire esperou até que a novela *Coronation Street* houvesse começado antes de se levantar da poltrona e sair da sala, pois sabia que Paula adorava aquele programa e não iria querer parar de ver tevê durante a próxima meia hora.

Ela foi até a sala de jantar e começou a recolher todos os livros, contas e coisas de Daphne de cima da mesa. Ia colocar tudo sobre o bufê, mas, então, pensou que a mãe colocaria a torta de carne ali para servir e pôs as coisas de forma ordenada no chão, ao lado. O sol de fim de tarde agora brilhava diretamente pela janela e Claire viu que isso deixava em evidência um monte de poeira em cima da mesa; portanto, depois de encontrar uma lata de lustra-móveis em aerossol e um pano embaixo da pia da cozinha, ela subiu numa cadeira para que pudesse se inclinar sobre a mesa e dar uma boa lustrada em toda a superfície. O cheiro imediatamente a fez se lembrar da Sra. Ishab, que costumava ajudar Daphne a limpar o apartamento de Londres. A Sra. Ishab era uma mulher muito gorda e, às vezes, quando estava limpando algo muito difícil, seu sári escorregava e uma porção considerável de pele morena aparecia de repente, tremelicando, até que a Sra. Ishab houvesse terminado o que estivesse fazendo e, então, prendesse novamente suas roupas.

Claire abriu a gaveta inferior do bufê e tirou três peças de um jogo americano estampado com desenhos de pássaros. Ela pensou, a princípio, em colocar Daphne em uma ponta da mesa e o homem na outra, mas isso dificultaria a conversa, então decidiu que o homem deveria ficar na ponta da mesa e Daphne e Claire podiam se sentar a cada lado dele. Isso significava que o homem também poderia conversar com ela, se quisesse.

Na comprida gaveta central do bufê, Claire encontrou pratos e garfos e facas de cabo de osso. Não estavam muito brilhantes, por isso ela os poliu rapidamente com o pano; depois pensou que não fora uma ideia muito boa, porque poderia fazer com que a torta de carne ficasse com gosto de lustra-móveis. Ela os arrumou ao lado dos pratos e esperou que isso não acontecesse.

Colocar os copos na mesa demorou um pouco mais porque Daphne os guardava num armário na parede da cozinha, o que fez com que Claire tivesse de subir em uma cadeira e se ajoelhar em cima da bancada para alcançar o armário, e ela só conseguia pegar um de cada vez, já que precisava se segurar na porta do armário para voltar a pisar na cadeira. E, então, demorou mais ainda, porque ela, de repente, pensou que a mesa ficaria muito mais elegante se Daphne e o homem tivessem taças de vinho, mesmo que não houvesse vinho para tomar, e aquelas taças ficavam numa parte tão alta do armário que ela teve de ficar de pé na bancada para alcançá-las.

Foi exatamente quando estava fazendo isso que Paula gritou: — O que você está fazendo, Claire?

Claire apenas ficou imóvel, vacilando na beira da bancada e segurando a haste de uma taça de vinho. — Nada.

Ela esperou até ter certeza de que Paula não viria até a cozinha antes de descer até a cadeira o mais silenciosamente possível.

Quando a última taça de vinho estava colocada, Claire se afastou e olhou a mesa. Ainda parecia muito vazia e nem perto de estar suficientemente especial para seu jantar. Então, teve uma ideia realmente boa. Puxou uma cadeira até o gabinete com porta de vidro que ficava no canto, subiu até ele e destrancou a chavinha. Abriu a porta com cuidado e pegou um dos três candelabros de prata. A vela estava quase totalmente usada e havia pingos escorridos nas laterais, mas teria de servir; e, de qualquer jeito, eles não ficariam sentados ali por muito tempo, porque era só uma torta de carne, então a vela deveria durar até que terminassem de comer.

Claire colocou o candelabro bem no centro de onde todos eles estariam sentados e, então, afastou-se para contemplar sua obra. Agora, sim, estava exatamente como uma mesa de jantar decente deveria ser.

Uma coisa mais a fazer: Claire voltou à cozinha, desligou o radiogravador de Daphne da tomada e o levou até a sala de jantar. Colocou-o na extremidade do bufê para que não atrapalhasse a mãe ao servir a torta de carne e, aí, ficou de quatro, enfiou o plugue na tomada e acionou o botão. Levantou-se e apertou o botão de ejetar. A fita saltou e Claire leu: "Sweet Baby James", de James Taylor. Era uma das favoritas de Daphne. Ela a enfiou de volta e fechou a janelinha, esperando que o homem também gostasse.

Acabava de fechar a porta da sala de jantar quando ouviu que começava a tocar a melodia chorosa característica de *Coronation Street*. Correu até a porta da sala de estar e entrou caminhando lentamente. Paula estava largada numa poltrona, os pés esticados sobre a mesinha de centro.

— O que você estava fazendo? — perguntou Paula sem tirar os olhos da tevê, enquanto repassava os programas com o controle remoto.

Claire deu um amplo sorriso de satisfação que não foi visto pela babá.

— Nada — respondeu, alegremente.

— Oh, querida, que trabalho excelente você fez! — Daphne exclamou quando Claire abriu a porta da sala de jantar para deixar que a mãe entrasse, trazendo a travessa fumegante de torta de carne.

Claire saltitou em volta da mesa. — Eu fiz tudo sozinha — disse, avaliando seu triunfo com imenso orgulho. Ela se ajoelhou sobre uma cadeira e estendeu a mão para endireitar o pavio da vela. — Não tenho fósforos. Você sabe onde eles estão?

— Vou pegar num minuto — respondeu Daphne, levando a torta até o bufê. — Querida, isto está quente demais para colocar aqui. Você poderia pegar outra peça do jogo americano para mim?

— Oh, me esqueci disso — disse Claire, um tanto chateada. Descendo da cadeira, ela se abaixou sob as mãos ocupadas da mãe, tirou outra peça da gaveta e colocou-a sobre o bufê.

Daphne pousou a travessa de torta e, tirando as luvas térmicas, virou-se para analisar a mesa com mais atenção. — Bem, pela minha avaliação, foi a única coisa que você esqueceu. Acho que está esplêndido.

O homem apareceu à porta, segurando uma garrafa de vinho pelo gargalo. — Ahá, então estamos aqui, hein?

Daphne sorriu para ele. — Você encontrou tudo que precisava lá em cima?

— Absolutamente. Que casa mais confortável você tem aqui! — Ele colocou a garrafa na mesa. — Minha nossa, isto está muito chique! — Ele manuseou o colarinho aberto de sua camisa. — Acho que talvez devesse ter colocado uma gravata.

— Ah, não — riu Daphne. — Foi tudo ideia de Claire. Ela arrumou a mesa sozinha, enquanto nós estávamos na reunião.

Ele baixou os olhos e encarou Claire, com a boca aberta de surpresa. — Não posso acreditar! Parece, realmente, que foi arrumada por uma garçonete profissional.

Claire sorriu abertamente para ele, encolhendo os ombros com prazer.

Daphne começou a servir a torta de carne num prato. — Claire, por que você não pergunta para o Sr. Harrison se ele tem uma caixa de fósforos?

— É Leo, por favor! — exclamou o homem com jovialidade, apalpando os bolsos de sua jaqueta de tweed amarrotada. — Todo mundo me chama de Leo e, olha só... — ele tirou um isqueiro de prata e fez surgir uma chama — tenho algo melhor ainda. — Ele se inclinou sobre a mesa e acendeu a vela.

Claire imediatamente correu em volta da mesa até a porta e apagou a luz.

— Não, querida, acho que isso é demais — disse Daphne, colocando um prato no lugar de Claire. — Não vamos conseguir enxergar o que estamos comendo.

O homem riu. — E, minha nossa, que desperdício de torta de carne seria! Ficaríamos errando a boca toda hora e escorreria tudo na nossa roupa, até formar montinhos de comida em volta da cadeira.

Daphne colocou um prato na ponta da mesa. — Leo, se você quiser se sentar aqui, vou ver se consigo encontrar um saca-rolha para sua deliciosa garrafa de vinho.

Claire havia ficado muito envergonhada quando a mãe falara aquilo de acender novamente a luz, mas tinha achado o que o homem dissera — na verdade, o nome dele era Leo e todo mundo o chamava assim, então ela também o faria —, enfim, tinha achado muito engraçado aquilo que Leo dissera e, então, quando voltou à sua cadeira, já havia se esquecido de ficar encabulada. Daphne encontrara um saca-rolha e, agora, Claire observava Leo com atenção enquanto ele tentava tirar a rolha da garrafa. Ele inflou as bochechas, franziu muito a testa e seu rosto pareceu ficar um pouco vermelho com o esforço. Isso o fez parecer mais ainda um alegre palhaço de circo, que fora a primeira impressão que Claire tivera a seu respeito, quando ele havia entrado pela porta. Isso se devia ao fato de, sob suas grossas sobrancelhas, ele ter um par de olhos azuis faiscantes que pareciam estar rindo de uma boa piada, e o topo da cabeça ser totalmente careca e lustroso, mas com cabelo crespo e despenteado de cada lado. Além disso, seus sapatos marrons de cadarço pareciam grandes demais para seu corpo, porque ele não era nem sequer da altura de Daphne, e vestia uma calça larga de veludo verde, uma camisa azul e um cardigã amarelo-vivo sob o paletó de tweed. Claire achou que ele só precisava de uma daquelas flores que espirravam água na lapela do paletó para ser um palhaço perfeito. Também notou que, provavelmente, não teria feito diferença se as luzes estivessem apagadas, porque, de qualquer maneira, o suéter dele já tinha algumas manchas de comida na frente. Claire concluiu que realmente gostava de Leo.

— Bem, saúde — disse Daphne, erguendo a taça de vinho para Leo —, e obrigada mais uma vez por ter vindo tão longe para falar para nosso grupinho. Eles acharam muito estimulante.

Leo engoliu seu bocado de torta de carne antes de falar. — Pessoalmente, também me diverti muito e tenho de dizer que fiquei muito impressionado pelo nível de conhecimento de alguns dos membros. Houve algumas perguntas extremamente complicadas, principalmente sobre a disseminação das plantas, e não estou totalmente convencido de ter respondido a todas de forma satisfatória.

— Ah, eu acho que respondeu, sim — replicou Daphne, com um sorriso. — Todo mundo estava extasiado com cada palavra que você dizia. Você goza de grande reputação quando se trata de plantas exóticas.

Leo quase engasgou com o vinho. — Minha nossa, isso faz com que eu me sinta uma verdadeira fraude. — Ele limpou a boca com um grande lenço de bolinhas vermelhas. — Para ser bem sincero, só venho fazendo isso nos últimos cinco anos, mais ou menos.

Daphne pareceu espantada. — Verdade? Pensei que fosse o trabalho de toda a sua vida.

Leo riu. — Não, de modo algum; mas, sem dúvida, se tornou minha paixão.

— Então, o que é que você fazia antes?

— Bem, acredite ou não, eu era cervejeiro.

— Cervejeiro! Minha nossa, você realmente mudou de rumo.

— Sim, uma mudança bastante considerável e tenho de dizer que não foi a primeira vez. Numa fase ainda mais distante da minha vida, trabalhei como farmacêutico numa grande empresa farmacêutica suíça.

— Meu Deus, que vida interessante você tem tido — disse Daphne, apoiando os cotovelos confortavelmente na mesa e acalentando a taça de vinho nas mãos. — Então, como foi que isso levou à produção de cerveja?

Leo comeu rapidamente outro bocado de torta de carne. — Estávamos morando em Nottingham na época... — ele tomou um gole do vinho —, e alguns colegas meus me abordaram para perguntar se eu queria me juntar a eles na compra de uma pequena cervejaria particular. Sempre tive grande interesse na arte de fazer cerveja... em pequena escala, admito, visto que vinha fazendo minha própria cerveja na garagem de casa há alguns anos, e pensei que a oportunidade era boa demais para ser desperdiçada.

— Não foi um pouco assustador para você — indagou Daphne —, passar da produção de algumas garrafas de cerveja na garagem a fazer centenas de barris?

Leo riu. — Alguém poderia pensar que sim, não é mesmo? Na verdade, não foi nem um pouco difícil, pois nós conservamos a maior parte dos funcionários, então eu só tinha de ficar de bico fechado e ir aprendendo, aos poucos, os aspectos da produção em massa. Meus colegas, porém, ficaram com a tarefa mais difícil. Eles tinham de vender o produto e aí estava a dificuldade. O motivo pelo qual a cervejaria tinha sido colocada à venda, para começo de conversa, era porque o produto não estava vendendo bem.

— E eles conseguiram vendê-lo?

— Não no começo, mas daí eu sugeri que aumentássemos a concentração da cerveja em cerca de 5%, e contratamos uma das principais agências de propaganda de Londres, que deu à cerveja uma nova identidade, mais adequada à sua imagem mais forte e, em consequência, as vendas simplesmente decolaram.

— Então, qual foi o motivo para você ter abandonado tudo?

Leo terminou seu último bocado de torta de carne e pousou ruidosamente o garfo no prato limpo. — Obrigado por isto. Estava absolutamente delicioso.

— Tem mais, se você quiser — disse Daphne.

Leo limpou a boca com seu lenço e ergueu a mão. — Não, estou completamente satisfeito. Obrigado. — Ele enfiou o lenço de volta no bolso superior do paletó. — O motivo pelo qual eu abandonei tudo foi que a Oakdene... esse era o nome da cerveja... havia se transformado na marca da moda para os jovens, algo que não passou despercebido entre algumas das grandes corporações cervejeiras de Londres. Enfim, no final, uma delas fez uma oferta que valorava a companhia numa quantia exorbitante de dinheiro. — Ele riu. — Acho que tivemos de pensar, provavelmente, durante uns dois minutos antes de fechar o negócio.

— Foi então que você se mudou para a Escócia?

— Praticamente no dia seguinte. Mais ou menos na hora em que a venda da cervejaria estava sendo realizada, vi, por acaso, uma casa extraordinária anunciada no *Sunday Times*, então tomei imediatamente um trem para a Escócia para dar uma olhada. Estava um pouco deteriorada e obviamente precisando de um bom investimento financeiro na estrutura; mas o terreno era de tamanho considerável e havia um jardim maravilhoso, com estufas gigantescas. Foram elas que realmente me convenceram a comprar o lugar.

— Foi então que você se envolveu com plantas exóticas?

— Em grande escala, sim — respondeu Leo. — Eu vinha cultivando algumas na minha garagem, em conjunto com a operação amadorística com a cerveja; uma combinação que, de fato, quase provocou um desastre. Um inverno, fomos atingidos por uma frente particularmente fria, então precisei aumentar o aquecimento no lugar para garantir que todas as plantas sobrevivessem e, consequentemente, todas as minhas garrafas de cerveja começaram a explodir. — Ele fez uma careta. — Foi um horror, sério. A garagem parecia uma minizona de guerra!

Daphne explodiu em risadas. — Ai, meu Deus, que sujeira deve ter ficado!

Leo levou as mãos à cabeça. — Com certeza, e o que é pior: durante as semanas seguintes ficou óbvio que as plantas não gostavam tanto da minha cerveja quanto eu!

Até aquele ponto, Claire se sentira um pouco entediada, pois tinha feito exatamente o que Daphne lhe pedira, que era ficar sentadinha à mesa e ouvir a ela e Leo conversarem. Mas agora Claire sorria, alternando os olhos entre sua mãe e o homem. Ela não via Daphne rir daquele jeito há séculos. Era como se ela estivesse feliz outra vez, e não houvera qualquer sinal daquilo desde a morte de David. Embora não entendesse realmente do que Leo estava falando enquanto contava a Daphne sobre sua cervejaria, ela achou a história das garrafas explodindo muito engraçada e conseguiu imaginar as plantas exóticas de Leo aterrorizadas com o barulho, e achou que daria um ótimo livro, com figuras coloridas para mostrar o que havia acontecido com as plantas.

E, agora, Daphne estava perguntando a Leo sobre sua família e Claire parou de girar a faca em cima da mesa, endireitou-se na cadeira e prestou atenção. Mas, então, ela viu que o rosto de Leo ficou, de repente, muito triste, e que aquela cara de palhaço alegre de circo havia desaparecido. Ele estava contando a Daphne que, quando comprou a casa nova e se mudou para lá com Anne, que era sua mulher, e Marcus e Charity, seus filhos, Anne estava muito doente, e Claire ouviu o nome da doença e soube que era a mesma que David tivera. Leo disse que Anne havia morrido há seis anos, que era três anos a mais do que David. Daphne mordeu o lábio e disse a Leo que sabia como aquilo era arrasador porque seu marido também havia morrido, e ambos ficaram muito tristes, o que irritou Claire, porque, um minuto antes, eles tinham estado tão felizes. Então ela pensou por um momento e decidiu dizer alguma coisa a Leo.

— Leo — disse com timidez porque, embora ele houvesse dito que todo mundo o chamava daquela forma, ela ainda não tinha pronunciado seu nome em voz alta.

— Sim, querida — respondeu Leo, inclinando-se na direção dela. Claire percebeu que ele estava sorrindo novamente, o que a deixou feliz.

— Quantos anos você tem?

Leo jogou o corpo para trás na cadeira com uma gargalhada alta, o que fez Claire rir também; mas, então, ela viu que Daphne não parecera achar aquilo tão engraçado quanto ela e Leo.

— Claire, você não deveria fazer esse tipo de pergunta — disse Daphne com severidade e Claire pôde ver que as bochechas da mãe haviam ficado meio rosadas.

— Ah, eu acho que é uma pergunta muito boa — disse Leo, o que fez Claire se sentir aliviada. — Tenho cinquenta e dois anos, Claire. Agora tem de me dizer quantos anos você tem.

— Dez — respondeu Claire, balançando as pernas para a frente e para trás sob a mesa.

— Bem, acho que você é bastante adulta para dez anos, porque eu nunca ouvi falar de uma menina da sua idade que soubesse arrumar a mesa tão bem quanto você.

Mas Claire não estava prestando muita atenção no que ele dizia, pois tentava fazer um cálculo de cabeça que era bem difícil, sem papel.

— Leo — disse ela novamente, adorando a forma como sua boca se fechava num "O" no final da palavra.

— Sim, Claire — disse ele, com uma risadinha.

— Isso significa que você é... — ela estava quase lá, contando a diferença nos dedos, sob a mesa — quinze anos mais velho que a mamãe.

— Bravo! — exclamou Leo, batendo palmas. — Você está de parabéns por calcular isso sozinha. Não apenas uma garçonete profissional, mas também uma matemática brilhante.

Daphne cobriu a boca com a mão e encarou Claire, mas Claire podia ver que os olhos da mãe não estavam redondos e furiosos, mas sim enviesados e sorridentes. Ela afastou a mão e Claire viu que suas bochechas estavam mais rosadas ainda.

— Querida, acho que está na hora de ir para a cama. Você quer se despedir de Leo?

Claire se levantou da cadeira e foi até Leo. — Boa-noite, Leo.

Estava prestes a passar por ele quando Leo a tomou nos braços e lhe deu um abraço tão demorado que quase tirou todo o ar de dentro dela e, depois, um beijo estalado no alto da sua cabeça. — Boa-noite, minha querida.

— Já pra cama — disse Daphne, dando uma palmada no traseiro de Claire quando esta passou correndo em direção à porta. — Vou subir em um instante para te cobrir e dar boa-noite.

Enquanto Claire subia as escadas, pensou em como era gostoso receber novamente um abraço de verdade de um homem, e que as roupas de Leo, na verdade, não cheiravam a comida; ele cheirava parecido ao que ela se lembrava do cheiro de David.

E essa foi outra razão pela qual ela gostou muito de Leo.

CAPÍTULO 6

Nova York — Fevereiro de 1990

No fim, Leo havia acertado quanto a Claire vir a se tornar uma garçonete profissional, embora aquilo jamais houvesse estado em seus planos. Antes de tirar seu ano livre e ir trabalhar pelo mundo afora, Claire garantira para si uma vaga na St. Andrews University no curso de História da Arte; no entanto, após passar dois meses com os avós na África do Sul, ela acabou seguindo para a Austrália. Lá, seu último emprego antes de voltar para casa, num restaurante em Sydney, estendeu-se pelo novo ano, graças a um romance com um jovem australiano arrasadoramente lindo chamado Steve. Conseguiu reservar sua vaga na universidade por um ano, mas, no final, já nem valia muito a pena. O relacionamento terminou bruscamente no final de janeiro, na manhã seguinte a seu aniversário de vinte anos, depois de uma discussão intensa que deixou à mostra o caráter maldoso e paranoico de Steve, que a acusou injustamente de ter dado em cima de seu melhor amigo. Claire decidiu no mesmo instante que não queria novamente ser vítima das idiossincrasias nocivas da espécie masculina. Ela já havia se cansado de Steve e de seu país e, naquela mesma tarde, num café do centro da cidade, comprou uma passagem aérea para Nova York, com uma parada de três dias em Los Angeles.

Quando finalmente chegou a Nova York, suas parcas finanças já haviam sido exauridas e ela teve de apelar para a bondade de uma jovem fotógrafa que conhecera no voo de Los Angeles e que a hospedou em seu pequeno apartamento no East Village. No final do segundo dia, após ter percorrido as agências imobiliárias da área, abalada pelo *jet lag* e pela mochila pesada que continha todos os seus pertences, Claire apertou triunfantemente nas mãos as chaves de um apartamento minúsculo, a um quarteirão de onde havia passado a noite anterior. O aluguel adiantado levou ao limite o crédito de seu cartão.

O orgulho, no entanto, teve um papel importante no fato de Claire não telefonar imediatamente para a mãe e pedir que lhe transferisse mais dinheiro. Já vinha se sustentando havia oito meses; quando voltasse para casa, no final do verão, queria provar tanto a si mesma quanto aos demais membros de sua família que era bastante capaz de se manter financeiramente sozinha. Portanto, sua prioridade agora era arrumar um emprego, o mais rapidamente possível.

Na verdade, ela não fora ao restaurantezinho no lado norte da Tompkins Square para procurar trabalho. Apenas deixara sua mochila no apartamento e saíra para explorar os arredores e comemorar os sucessos de seu primeiro dia em Nova York, gastando os últimos dólares em algo para comer. De fato, quando entrou no restaurante e viu como o lugar estava cheio, quase deu meia-volta; porém, o jovem alto de avental branco amarrado à cintura se aproximou dela com um sorriso tão caloroso e a cumprimentou de forma tão acolhedora que ela o seguiu até a mesa no canto sem pensar duas vezes.

Pediu o item mais barato do cardápio, uma salada Caesar pequena, e ficou ali sentada, comendo devagar e observando o jovem movimentar-se com rapidez pelo local. Havia pouco mais de vinte mesas no restaurante, o olhar treinado de Claire avaliava que havia espaço para oitenta clientes e, como ele era a única pessoa servindo, examinava continuamente o salão para ver se havia mesas precisando ser limpas ou algum cliente tentando atrair sua atenção. Parecia estar dando conta admiravelmente bem, mas então veio o momento da verdade: Claire o viu, de seu ponto de observação vantajoso no canto, quando ele foi para trás da treliça da cozinha apanhar alguns pedidos recém-preparados que haviam sido entregues pelo passa-pratos. Fora do campo de visão de todo mundo, exceto de Claire, ele levou ambas as mãos à cabeça, gritando em silêncio como se num surto iminente de loucura, e, então, tendo compartilhado sua piada com alguém no outro lado do passa-pratos, ele pegou os pedidos e reapareceu com um sorriso bem-humorado no rosto.

Naquele momento, a mulher gorda de terninho cor-de-rosa que jantava com seu diminuto marido na mesa mais próxima de Claire sentiu vontade de ir ao banheiro. Levantando-se, ela esbarrou a considerável barriga na borda da mesa, fazendo-a inclinar-se num ângulo que provou ser demais para sua taça cheia de vinho tinto. O marido soltou um grito de advertência e agarrou sua própria taça a tempo de salvá-la; a outra, porém, tombou, derramando uma mancha vermelho-escura na superfície da toalha branca. Claire imediatamente olhou para o jovem. Ele deu meia-volta e seu sorriso se transformou em exasperação. Veio até a mesa, dispensando as desculpas da mulher com o comentário gentil de que aquilo não tinha a menor importância e, rapidamente, pôs-se a limpar o local para que a toalha manchada fosse substituída.

Claire viu a mão erguida na outra extremidade do restaurante. Um grupo de homens de negócios de ternos escuros se preparava para ir embora, dois deles já estavam de pé, apertando-se as mãos em despedida. Quando o jovem voltou com a toalha nova, seu olhar eternamente atento também viu aquilo e, por um momento, ele ficou ali, olhando de uma mesa à outra, sem saber a quem atender primeiro.

Claire imediatamente pousou seu garfo e faca, pôs o guardanapo sobre a mesa e se levantou para ir até ele. — Com licença?

Ele estava atrapalhado demais para sequer olhar para ela. — Se você puder esperar só um instante, falarei com você assim que for possível.

— Não, escute, por que você não me deixa arrumar esta mesa para você? Eu sei o que fazer.

Virando-se para ela, o jovem deu um sorriso forçado e balançou a cabeça. — Não, sério, é muito gentil da sua parte, mas...

— Sinceramente, não custa nada — disse Claire, enfiando as mãos nos bolsos de trás do jeans e olhando em volta do restaurante —, e eu sei por experiência própria que, se você não conseguir ajuda agora mesmo, vai atrasar com as demais mesas e vai ter de correr atrás do prejuízo pelo resto da noite.

O jovem lançou um olhar preocupado para a mesa vazia onde a mulher gorda e o marido estavam sentados, na expectativa. Ele sorriu para Claire e assentiu. — Você me convenceu de que sabe do que está falando. — Ele lhe entregou a toalha. — Obrigado, eu agradeço muito — disse ele ao afastar-se para lidar com os homens de negócio.

Claire estendeu a toalha, alisando-a rapidamente com a mão antes de recolocar os talheres e copos. Ela notou que o casal estava no meio do prato principal quando o incidente com a taça de vinho havia acontecido. — Vocês gostariam que eu levasse os pratos para a cozinha e pedisse ao chef para reaquecê-los?

— Oh, por favor, não precisa se incomodar — disse a mulher gorda, com um gesto agitado.

Claire sorriu alegremente para ela. — Não é incômodo nenhum. Voltarei em alguns minutos.

Entrando por trás da treliça, ela deslizou os pratos pelo passa-prato e se inclinou para espiar lá dentro. O chef, um homem rotundo de aparência hispânica e bigode caído nos cantos, a viu. Ele empurrou sem qualquer cerimônia seu *sous-chef* do caminho e se aproximou do passa-prato. — Quem é você? — perguntou, ríspido.

— Só estou ajudando um pouco. Você poderia esquentar esses dois pratos principais, por favor? Uma taça de vinho se derramou numa das mesas e ela precisou ser rearrumada.

Olhando-a com desconfiança, o chef pegou os pratos e os enfiou no forno antes de voltar para o passa-prato. — Cadê o Art? — perguntou, o sotaque fazendo o nome soar como se houvesse uns quatro R consecutivos.

— Se você se refere à pessoa que trabalha aqui, ele está fechando a conta de uma das mesas.

O chef sorriu para ela, exibindo um dente de ouro que cintilou sob a luz fluorescente da cozinha. — Essa pessoa que trabalha aqui é também o dono, Art Barrington. — Ele voltou até o forno e, usando o avental como luva, tirou os dois pratos e os trouxe novamente ao passa-prato. — É por isso que o restaurante se chama Barrington's, né?

Claire mordeu o lábio inferior. — Ah, eu não tinha notado o nome...

O chef atirou alguns guardanapos limpos sobre o balcão do passa-prato. — Estes pratos estão superquentes. Não se esqueça de avisar aos clientes.

Claire retornou até o casal que esperava. — O chef advertiu que é melhor não tocar nos pratos — disse ela, colocando-os na mesa. — Estão muito quentes.

— Muito obrigada, minha querida — disse a mulher, pousando a mão no braço de Claire. — Meu marido e eu estávamos precisamente falando de como o serviço aqui é maravilhoso.

Claire ficou bastante espantada pelo fato de nenhum deles ter percebido que, até alguns minutos atrás, ela estivera sentada à mesa ao lado; tampouco notaram que seu jeans desbotado e a camiseta branca amassada de forma alguma se pareciam com o uniforme elegante de Art. Mas ela sorriu para eles e não pôde resistir a dizer: — Bem, neste caso, espero sinceramente que vocês venham mais vezes.

Virando-se para voltar à sua mesa, ela quase deu um encontrão no dono do restaurante, que estivera parado atrás dela.

— Obrigado por fazer isso — ele disse a ela, baixinho —, e por acalmá-los com tanto sucesso.

— O prazer é meu — respondeu ela. — É que eu sei exatamente como é quando as coisas nos sobrecarregam.

A porta de entrada do restaurante se abriu e um jovem casal entrou, sondando o lugar à procura de uma mesa vazia. Art fez um sinal com a mão para Claire e foi até eles.

— Posso ajudar?

— Você tem uma mesa para dois? — Foi a garota que perguntou.

Art correu a mão pelo cabelo escuro. — Infelizmente, não. — Ele olhou na direção da mesa recém-liberada pelos homens de negócio. — Tenho uma reserva para aquela mesa em quinze minutos. Sinto muito mesmo.

Ouvindo aquilo, Claire se aproximou de Art. — Olha, na verdade, eu estou de saída, então eles podem ficar com a minha mesa, se não houver uma reserva para mais tarde.

Art sorriu para o jovem casal. — Vocês poderiam me dar um minuto, por favor? — Ele tomou o braço de Claire e a conduziu até a treliça. — Você não pode fazer isso. Nem sequer terminou a própria refeição.

— Não tem importância. Na verdade, não estou com tanta fome assim.

Art passou os olhos superficialmente pelas mesas. — Olha, eu esperava que você pudesse ficar aqui até o restaurante fechar. Sabe, tomar uma bebida comigo para eu te agradecer adequadamente pelo que você fez.

Claire pensou naquilo por um momento. — Está bem, mas tem algumas condições.

Art sorriu para ela. — E quais seriam?

— Você deixa aquele casal ficar com a minha mesa, me dá um avental branco comprido como este que você está usando e me deixa ajudar pelo resto da noite e, em troca, você não cobra a minha refeição.

Art riu. — Não é uma barganha muito boa da sua parte. Eu ia fazer isso, de qualquer forma.

Claire deu de ombros. — É pegar ou largar.

Art deu meia-volta e desapareceu dentro da cozinha, voltando alguns instantes depois com um avental branco limpo. — Sou Art Barrington, a propósito — disse ele, entregando-o a ela.

— E eu sou Claire Barclay — disse ela, amarrando o avental em volta da cintura.

Art lhe deu uma piscadinha. — OK, Claire, vamos ao trabalho.

Três horas depois, Art levou duas taças grandes de vinho até uma mesa no meio do restaurante vazio. Tirando o avental, tanto ele quanto Claire se sentaram, exaustos, em cadeiras de frente uma para outra.

— Bem, Claire Barclay, você é uma verdadeira bênção — disse Art, levantando a taça. — Me facilitou muito a vida hoje à noite!

Claire ergueu sua taça e brindou com a dele. — Eu me diverti. O restaurante funciona superbem. — Ela tomou um gole de vinho. — Há quanto tempo você o tem?

Art descalçou os mocassins e se reclinou na cadeira. — Pouco mais de seis meses.

— Minha nossa, não é muito. A julgar por esta noite, você parece estar indo muito bem.

Art acenou com a mão num gesto de indiferença. — É, bem, foi um pouco imprevisível no começo, mas aí eu comecei a dar a volta por cima há coisa de um mês.

— Aqui sempre foi um restaurante?

— Não como é agora. Era mais uma cafeteria de comida rápida, na verdade. — Ele tomou um grande gole de vinho. — Você conhece alguma coisa deste bairro?

Claire riu. — Não, não sei nada sobre Nova York, quanto menos esta área. Só cheguei aqui ontem à tarde.

— Vindo de onde?

— Da Austrália, via Los Angeles.

Art pareceu apropriadamente horrorizado. — Não me diga! Caramba, você deve estar exausta.

Claire assentiu. — Já estive melhor, sim.

— Onde você está morando?

— Logo ali, virando a esquina. Aluguei um apartamentozinho.

— Certo — disse Art, balançando lentamente a cabeça enquanto pensava sobre aquilo.

— Então, que tipo de bairro é este para o qual me mudei?

Art sorriu. — Ah, agora é legal, está se valorizando, mas há alguns anos esta área toda era zona proibida. — Ele apontou com o dedo para fora, na direção do parque escuro no outro lado da rua. — A Tompkins Square ali estava cheia de fornecedores de drogas, viciados, cafetões... pode citar qualquer tipo de atividade ilegal e aposto que estava sendo conduzida aqui. Até a polícia tinha medo de se aventurar por estas bandas.

— O que foi que fez tudo mudar?

— Um prefeito durão chamado Ed Koch, em 1988. Ele usava métodos bastante implacáveis, mas no final dava certo. As pessoas começaram a se mudar para o East Village e estabelecimentos como este começaram a ser abertos.

— Então, você foi um dos primeiros.

— Fui, sim.

— Você já tinha administrado um restaurante antes?

Art riu. — Que nada, eu estudava Direito em Harvard, mas percebi depois do primeiro ano que aquilo não era para mim e desisti... — ele franziu a testa —, o que não caiu nada bem para o meu pai.

— Ele é advogado?

— É, trabalha com direito societário no mercado financeiro.

— E o que ele acha, agora?

Art balançou a cabeça lentamente. — Está se convencendo. Ele vê que estou me esforçando de verdade. Ele até mesmo traz seus clientes aqui, às vezes, o que é ótimo porque espalha a propaganda do lugar para os caras que têm dinheiro. — Ele terminou seu vinho. — Então, me conte: quais são seus planos? Se você alugou esse apartamento, quanto tempo está pensando em ficar no East Village?

— Suponho que durante os próximos quatro meses, mais ou menos. Tenho de voltar para a Inglaterra em setembro para começar a universidade.

Art pareceu surpreso. — Você ainda não começou?

— Deveria ter começado, mas me envolvi com alguém na Austrália e adiei em um ano.

Art assentiu. — Parece um motivo bastante bom. E agora, o que você vai fazer por aqui?

— Bem, a prioridade é encontrar um emprego.

— Você tem visto de trabalho?

— Sim, um temporário.

— Que tipo de emprego você está procurando, então?

Claire sorriu. — Provavelmente algo parecido com o que eu fiz esta noite.

— E você gostaria de continuar fazendo exatamente isso?

Ela ficou tão surpresa com a franqueza da pergunta de Art que não respondeu de imediato.

— Este seu silêncio quer dizer não? — perguntou ele.

— Sim... quero dizer, não, não é um não. É um sim. — Claire balançou a cabeça. — Me desculpe, é que...

— O quê?

— Bem, para ser sincera, não consigo acreditar que acabei de receber uma oferta de trabalho, apenas horas depois de ter chegado aqui.

— Bem, a sorte está do seu lado — disse ele, esfregando com a mão a parte de trás do pescoço —, e provavelmente do meu também. Venho pensando em contratar alguém durante os últimos dois meses, mas nunca pareço encontrar tempo. Não posso te pagar nenhuma fortuna, mas que tal se começássemos com cem dólares por semana e, como complemento, você pode ficar com todas as gorjetas?

Os olhos de Claire se arregalaram. — Uau, parece ótimo! Quando você quer que eu comece?

Art deu de ombros. — Como você acaba de chegar, é melhor você mesma responder a isso.

Claire pensou por um momento. — Bem, talvez você possa me dar alguns dias para me recuperar do *jet lag* e me instalar no meu apartamento.

Art assentiu. — Bem razoável. Apareça na sexta-feira, então, tipo umas onze da manhã. — Esticando o braço atrás de si, ele pegou um cartão da recepção e entregou a ela. — E se você se arrepender, eu agradeceria se me ligasse para avisar.

Claire se levantou e enfiou o cartão no bolso do jeans. — Não se preocupe, estarei aqui. Pode contar com isso.

Art continuou sentado quando ela se levantou para ir em direção à porta. Ela se deteve por um momento ao lado dele, inclinou-se e lhe deu um beijo rápido no rosto. — Obrigada por salvar a minha vida.

Art sorriu para ela, com os olhos pesados de fadiga. — O prazer é meu. — Estendendo a mão, ele tomou a dela e apertou com força. — Acho que vamos trabalhar bem juntos, Claire Barclay. Tenho uma sensação ótima a respeito disso.

E a consequência daquela "sensação ótima" foi que Claire nunca foi para a St. Andrews University. O relacionamento de trabalho entre eles não foi o único a se fortalecer e, por isso, ela só manteve o aluguel do pequeno apartamento por três meses, antes de ir morar com Art. No dia exato de setembro em que ela deveria estar vestida com sua beca vermelha para o começo das aulas, Art pediu-a em casamento e Claire não pensou muito em sua pouca idade nem na distância de seu país antes de aceitar.

Eles se casaram numa tarde úmida e chuvosa de dezembro, em Nova York, e fecharam o restaurante por apenas uma noite para a festa. Foi Leo quem conduziu Claire ao altar, assim como foi ele também o primeiro a ser informado que o presente de casamento de Art para sua nova esposa era uma sociedade igualitária no Restaurante Barrington's. Nada mais apropriado, pois fora Leo, afinal, quem havia previsto seu futuro.

West Sussex — Março de 1981

Depois da visita de uma noite de Leo Harrison à casa Barclay em West Sussex, tornou-se um costume ele telefonar para Daphne exatamente às sete e vinte e cinco toda terça-feira, hora em que sabia que ela teria terminado de receber sua dose diária da radionovela *The Archers*. Como ele era tão pontual em seus telefonemas, Daphne sempre deixava Claire atender e conversar um pouquinho com Leo antes de, finalmente, ela mesma pegar o telefone. Durante os primeiros meses desses telefonemas, Claire permanecia sentada à mesa da cozinha, o queixo apoiado na mão, escutando a conversa deles; mas, como as frases iniciais de Leo para Daphne eram sempre sobre seu jardim, não demorava muito para que Claire fosse para a sala de estar para ver televisão. Logo, Claire nem sequer se dava mais ao trabalho de atender o telefone nas noites de terça e, portanto, não se deu conta de que, nos cinco meses seguintes, os telefonemas de Leo foram ficando muito mais frequentes e eram ansiosamente aguardados por Daphne, e que o tema principal das conversas era consideravelmente mais profundo do que uma simples conversa sobre horticultura.

Quando Leo convidou ambas para irem à Escócia passar o fim de semana, Daphne achou que seria melhor que ela fosse sozinha. Ela sabia o que Leo queria discutir e precisava de um tempo a sós para julgar se havia futuro naquele relacionamento tão pouco ortodoxo. Portanto, disse a Claire que o único propósito de sua viagem era colher alguns conselhos úteis de Leo sobre o cultivo de plantas exóticas. Sua filha, então, ficou bastante feliz em aceitar a alternativa que lhe fora oferecida: a de ficar com sua amiga Jessica na casa dos pais dela, no outro lado da rua.

Ao voltar, na noite de domingo, Daphne colocou um ovo quente com tiras de pão torrado diante da filha, na mesa da cozinha, e se sentou de frente para ela com sua caneca de chá. No retorno, no avião, havia pensado exatamente em como daria a notícia a Claire, mas agora tinha suas dúvidas se aquele era o melhor momento para lhe contar. Apertou com força a unha de seu dedo enquanto observava Claire afundar um pedaço de pão no ovo, fazendo a gema transbordar e escorrer pelos lados.

— Não faça tanta sujeira, querida. Coma de uma vez.

Com o queixo apoiado na mão, Claire continuou brincando com o ovo. — Você não se divertiu lá com o Leo, mamãe?

Daphne pegou a caneca e tomou um gole de chá. — Me diverti muito. O que te faz pensar o contrário?

Claire segurou a torrada acima do ovo e observou a gema escorrendo. — Porque você não está com cara de quem se divertiu.

Daphne fez uma pausa. — Claire, você se lembra de quando Leo veio se hospedar aqui e você, muito inteligentemente, calculou quantos anos nós tínhamos de diferença?

— Sim, estávamos sentados na sala de jantar, e a resposta foi quinze.

Daphne sorriu. — Absolutamente certo. Você acha que são muitos anos?

Claire deu de ombros. — É bastantinho.

— Mas não demais? — Daphne perguntou, hesitante.

Claire pousou a torrada e pensou a respeito. — Bem, se eu tivesse quinze anos a mais do que agora, eu teria quase... vinte e seis.

— Ai, Jesus — gemeu Daphne, apoiando um cotovelo sobre a mesa e esfregando a testa com os dedos. — Realmente parece bastante, quando dito dessa forma. — Sua abordagem cuidadosamente planejada tinha dado errado. Balançando a cabeça, ela se endireitou na cadeira e, de forma decidida, bateu as mãos na mesa. — Claire, o que você acharia se eu te dissesse que Leo me pediu em casamento?

Claire encarou a mãe, espantada. Ela não disse nada, mas suas sobrancelhas se franziam de forma intermitente conforme ela tentava entender aquilo.

— Mas você só o viu duas vezes, não é mesmo? — perguntou ela, por fim. — Isso é suficiente para se casar?

— Bem, nós conversamos bastante por telefone e... nós nos damos muito bem.

— Você acha que isso é suficiente para que ele te ame, como o papai amava?

Aquilo pegou Daphne totalmente de surpresa. Engolindo em seco para conter a onda de emoção que subia por sua garganta, ela olhou para o teto, com os olhos cintilando.

— Não, não acho que seja a mesma coisa, mas nós dois gostamos muito um do outro.

— Então, você vai dizer que sim?

— Como você se sentiria se eu dissesse?

Daphne esperou por uma resposta enquanto Claire analisava o interior de seu ovo. — Tudo bem, acho.

Daphne tamborilou um dedo na mesa. — Estou realmente tentando pensar no que é melhor para nós duas, Claire... você sabe, para o futuro. Significaria ter segurança na nossa vida.

Claire franziu a testa. — Pensei que esta casa fosse segura. Você sempre liga o alarme quando nós saímos.

Sua mãe sorriu. — Não é bem disso que estou falando, querida. Quero dizer que Leo quer muito cuidar de nós e dividir sua casa conosco, e ele quer ser, bem, um tipo de pai para você, embora, é claro, ele jamais possa substituir seu pai verdadeiro.

— Que foi o David.

— Sim, David. — Daphne fez uma pausa. — De qualquer forma, Leo também tem uma família: um menino e uma menina não muito maiores que você; e, na minha opinião, eles precisam de alguém como mãe tanto quanto você precisa de Leo como pai.

Claire franziu um lado do nariz. — Se você se casasse com Leo, isso faria deles meu irmão e irmã?

— Meio-irmão e meia-irmã.

— Quantos anos eles têm?

— Marcus tem quase quinze e Charity tem treze.

— Eles são legais?

— Bem, tendo Leo como pai, tenho certeza de que os dois são muito legais.

— Então, você ainda não os conheceu?

— Não, porque eles estão no colégio interno, mas Leo me mostrou fotos deles.

— Eu também teria que ir para o colégio interno?

Daphne viu a preocupação nos olhos castanho-escuros da filha. — Não, querida, não teria. Leo e eu discutimos isso e decidimos que seria melhor que você estudasse na escola local. É claro que teríamos o dinheiro da venda desta casa e seu pai também te deixou uma pequena herança, mas Leo achou que seria muito melhor se nós guardássemos esse dinheiro para quando você for um pouco mais velha.

Claire estendeu a mão e empurrou seu ovo quente para o centro da mesa. — Então, se você e Leo já decidiram onde eu vou estudar, isso quer dizer que nós vamos nos mudar para a Escócia e que você vai se casar com ele.

Daphne assentiu. — Sim, é exatamente o que quer dizer.

— E nós temos que vender esta casa.

— Sim, mas espere até você ver a casa de Leo. É superantiga, tem cômodos grandes e lá fora jardins maravilhosos e gramados imensos. É um lugar perfeito para brincar, muito melhor do que aqui.

— Mas com quem eu vou brincar? Não terei nenhum dos meus amigos, e os filhos de Leo estarão longe, no colégio interno.

— Eles voltarão nas férias, e tenho certeza de que você vai fazer um monte de amigos na sua nova escola.

Claire pareceu desanimada por um momento, mas, então, seus olhos brilharam de repente. — Se temos que vender esta casa, talvez pudesse ser para uma mulher que tenha acabado de perder o marido e que tenha uma filha, e que elas estejam procurando por uma casa perfeita para as duas.

Daphne pareceu ficar aliviada pelo fato de sua filha, por fim, ter feito um comentário positivo. — Acho que essa poderia ser uma ótima estratégia de venda. Vou mencioná-la para os agentes imobiliários.

— E elas poderiam comprar o Renault francês também, porque pode ser que não tenham um carro que caiba na garagem e, daí, a mãe poderia fazer trabalhos de jardinagem como você faz para as pessoas.

Sua mãe riu. — Não estou certa de podermos ditar a vida delas desse jeito.

— Está certo, mas poderíamos dizer a elas que é uma boa ideia e que fui eu que tive.

— Bem, vamos ver, sim? — disse Daphne, levantando-se. — Agora, você vai querer comer mais este ovo?

Claire fez que não com a cabeça e escorregou da cadeira. Daphne acariciou o cabelo curto e escuro da filha e, gentilmente, guiou-a até a porta. — Nesse caso, vamos subir para colocar você na cama. Podemos conversar muito mais sobre isso amanhã.

Entre Londres e Edimburgo — Junho de 1981

Em algum momento da noite, Claire foi despertada por um guincho metálico e por um solavanco que a sacudiu violentamente na cama. Ela abriu os olhos e olhou em volta, desorientada na escuridão abafada de onde estava. Lá fora, uma porta bateu e uma voz metálica que era ininteligível para ela rugiu de um alto-falante. Ainda meio adormecida, ela chutou as cobertas para um lado para se livrar delas, sentindo-se acalorada e suada em seu pijama, e tomou consciência da estreiteza estranha de sua cama ao bater ruidosamente na parede da divisória. Sentou-se e, conforme foi recobrando a consciência e seus olhos foram se acostumando ao escuro, lembrou-se de que estava no trem-leito para a Escócia e, no leito abaixo do seu, encontrava-se Daphne.

Ela se inclinou o máximo que podia sobre a beirada da cama e olhou para baixo, para ver se a mãe estava dormindo. Daphne estava com o rosto virado para dentro, na direção da divisória, e com o lençol puxado sobre a cabeça de forma que só o que aparecia era seu cabelo crespo e escuro contra o travesseiro. Claire achou que parecia um dos Muppets.

Claire voltou a se deitar em seu leito, acomodando a cabeça no travesseiro, e ficou olhando para o teto, apenas alguns centímetros acima de sua cabeça. O embarque no trem, na noite anterior, tinha sido uma das coisas mais emocionantes que já fizera na vida: chegar tarde de táxi na King's Cross Station e se deslocar pela confusão de pessoas na plataforma antes de serem conduzidas à sua cabine pelo homem de colete vermelho. Era, com certeza, muito mais divertido e muito mais fácil do que viajar de avião, em que você tinha que ficar horas sentada no aeroporto e passar por aqueles postos horrorosos de vistoria, onde as pessoas que trabalhavam nunca sorriam. Mas agora, deitada no leito, ela sentiu um aperto desagradável no estômago e já não parecia em nada emocionante. Era como ser sequestrada e levada para longe de casa, sabendo que você nunca, nunca mais poderia voltar, e ela pensou que era como deveriam ter se sentido os Garotos Perdidos da história de Peter Pan quando foram levados para a Terra do Nunca; só que não era exatamente a mesma coisa para ela, porque sua mãe dormia no leito de baixo.

Um pensamento realmente preocupante lhe ocorreu. E se não fosse Daphne ali embaixo, mas outra pessoa, ou outra coisa, que realmente se parecia com um Muppet, só que não com uma aparência boba e engraçada, mas com uma cara feia e cruel?

Um apito soou do lado de fora do vagão e, imediatamente, o trem deu um solavanco e começou a se movimentar. Claire se inclinou de novo pela borda de sua cama e olhou para a mãe.

— Mamãe? — sussurrou.

Não houve qualquer movimento da figura na cama. Claire começou a respirar mais rápido e mordeu nervosamente o lábio inferior. É claro, não iria haver nenhum movimento se aquela... coisa ali embaixo não soubesse que seu nome era mamãe.

— Mamãe! — gritou ela com a voz cheia de pânico.

O lençol foi afastado e Daphne se sentou. Ela olhou cegamente ao redor.

— Estou aqui, querida. — Ela se pôs de pé e seu rosto ficou bem ao lado do de Claire. — O que foi?

Claire estendeu um braço e passou-o em volta do pescoço da mãe. — Eu tive uns pensamentos ruins.

Subindo os primeiros degraus da escadinha, Daphne se inclinou e beijou a filha no rosto. — Isso tudo é um pouco estranho para nós duas, Claire — disse ela, acariciando-lhe a testa com carinho —, mas vai dar tudo certo, eu sei que vai.

Claire enrolou os dedos no cabelo da mãe. — Eu gostaria que não tivéssemos vendido nossa casa, porque, se não gostarmos de morar na Escócia, poderíamos voltar para lá.

Daphne riu baixinho. — Infelizmente, isso é o que se chama "queimar as pontes".

— O que quer dizer?

— Bem, imagino que... — Daphne fez uma pausa, tentando despertar sua mente o suficiente para pensar numa explicação minimamente otimista — significa que temos a expectativa de tempos mais felizes e de esquecer todos os momentos tristes que tivemos no passado.

Claire pensou nisso por um momento e sorriu para a mãe. — Está bem.

Daphne beijou novamente a filha. — Então, tente não se preocupar e volte a dormir, OK? — Ela desceu a escadinha e se encolheu para voltar a seu leito.

— Mamãe?

— Sim?

— Não precisamos esquecer tudo sobre o David, precisamos?

Houve uma pausa no escuro antes de Daphne responder. — Não, querida, nós jamais vamos esquecer o David.

CAPÍTULO 9

Edimburgo — Junho de 1981

Enquanto esperava o trem chegar, Leo abaixou os olhos por acaso e viu a mancha de ovo na lapela de seu terno de tweed verde-escuro. Praguejando baixinho para si mesmo, esfregou a sujeira incrustada com a unha, o que o levou a notar que esta também não estava exatamente imaculada. Levantou as mãos abertas, na esperança de que aquela unha fosse um caso único, mas percebeu, para seu horror, que a sujeira não parava nas pontas dos dedos, indo até os punhos brancos da camisa — que, pelo menos, haviam sido brancos quando ele a vestira, naquela manhã. Soltou um gemido. Hoje, entre todos os dias, ele deveria ter evitado fazer uma visita matutina às estufas. Pois, uma vez lá, sempre se esquecia das outras coisas que devia fazer.

Ele se virou e olhou pela plataforma, procurando uma indicação do banheiro masculino. Viu uma placa a distância, acima da massa de viajantes amontoados no corredor principal da Waverley Station; mas, naquele momento, o alto-falante sobre sua cabeça anunciou a chegada iminente do trem noturno vindo de London Euston. Ele se virou novamente no instante em que a locomotiva de frente inclinada se aproximava da extremidade mais distante da plataforma.

Engolindo em seco, Leo esfregou as mãos nos lados do paletó e observou os vagões passarem lentamente por ele, olhando pelas janelas para ver se podia vislumbrar sua noiva e a filha. Sentia-se apreensivo em ver Daphne, perguntando-se como ela iria reagir ao vivo às notícias que ele apenas lhe contara pelo telefone no dia anterior.

É claro que fora culpa exclusiva sua por não ter lido com atenção a carta que havia chegado do registro civil. Ele achou que tivesse exatamente um mês à sua disposição antes da data marcada para o casamento; bem, também não era a primeira vez que ele se confundia com eventos agendados em junho e julho. Havia tentado mudar a data, mas o registro civil não tinha nada disponível até setembro. E Leo achava que esse período interveniente de três meses poderia dar muita chance a arrependimentos. Ele havia conseguido que uma mulher linda, inteligente e mais jovem, cujos interesses combinavam perfeitamente com os seus, concordasse em se casar com ele, e não queria que nada pudesse impedir aquilo de acontecer.

E, puxa vida, como ela era linda. Seu coração deu um pulo quando a viu descer do trem, soltando a mala pesada na plataforma antes de se virar para ajudar a filha. A imagem que conservara de Daphne, da qual se lembrava diariamente com a ajuda da fotografia que ficava sobre sua cômoda no quarto, era de uma mulher vestida para o trabalho sujo do jardim — de galochas, jeans e suéter largo. Certamente não era essa a imagem que ele via agora, de vestido floral com toques de vermelho-vivo na altura dos joelhos e jaqueta branca de linho. Ficou ali paralisado enquanto ela procurava por ele, no extremo da plataforma, afastando o cabelo escuro do rosto. Ela o viu e sua boca se ampliou num sorriso alegre, e Leo soube, naquele instante, que tudo estava bem. Caminhou na direção dela, apressando cada vez mais o passo, como se atraído de forma irresistível ao centro do campo magnético pessoal que a cercava.

— Você chegou — disse ele, como se aquilo o surpreendesse. Sentiu-se desajeitado diante de Claire, não sabendo até que ponto deveria ser expansivo ao cumprimentar sua mãe. Foi Daphne quem se adiantou e beijou-lhe ambas as faces.

— Leo, que bom te ver! — Ela se virou para a filha. — E olha só quem temos aqui.

Leo se inclinou, com as mãos nos joelhos. — Olá, queridinha, como você está? Será que eu mereço um beijo?

Claire se adiantou e lhe deu um beijinho na bochecha, escondendo-se, imediatamente, atrás de sua mãe. Leo então olhou de soslaio para Daphne com as sobrancelhas espessas contraídas de preocupação.

Daphne sorriu para ele de forma tranquilizadora. — Ela está bem — disse baixinho. — Só um pouco desorientada.

— Me desculpe... talvez tivesse sido melhor se...

Daphne sacudiu a cabeça. — Não, que nada! Tudo indica que a excitação do dia será exatamente o que ela precisa.

Leo sorriu para ela. — Precisamente o que penso sobre mim mesmo. — Ele estendeu a mão e apertou afetuosamente seu braço antes de ir apanhar a mala. — As outras coisas chegaram ontem no caminhão de mudança — disse ele, puxando a alça retrátil da mala. — Eu coloquei tudo junto num quarto da casa — ele começou a arrastar a mala pela plataforma e Daphne e Claire o acompanharam, Claire agarrada à mão da mãe. — Achei melhor deixar você decidir aonde cada coisa deve ir.

Daphne passou o braço pelo seu enquanto caminhavam e, após alguns passos, virou-se para ele. — Também estou animada, sabe? — disse.

Leo respondeu a seu olhar e viu, pelo brilho em seus olhos castanho-escuros, que ela estava sendo sincera. Ele endireitou as costas, a felicidade e o orgulho parecendo fazer com que se elevasse da plataforma, e passou a caminhar num passo mais adequado a um homem quinze anos mais jovem. — Vamos, estou morrendo de fome. Vamos tomar um café da manhã de primeira.

Daphne riu. — Bem, antes que isso aconteça, Leo querido, espero sinceramente que você considere a possibilidade de lavar as mãos.

CAPÍTULO

10

— Você acha que o homem vai ficar bravo?

Durante o desjejum, Daphne vinha conversando com Leo sem parar; portanto, aquelas eram, de fato, as primeiras palavras que Claire dissera desde a chegada à Escócia. Não que ela se importasse. Sentia-se bastante satisfeita em ficar sentada comendo seu cereal e seu ovo poché com torrada e observando todas as demais pessoas na enorme sala de jantar do Balmoral Hotel.

Tanto Daphne quanto Leo se viraram para olhar para ela, Leo com o garfo cheio de ovo, bacon e linguiça, imóvel diante da boca aberta. Aquela fora a segunda coisa surpreendente que Leo fizera naquela manhã: pedir um desjejum inglês completo na Escócia.

— Que homem, querida? — perguntou Daphne.

— O dono do carro no qual Leo colocou sua multa por estacionar em local proibido.

Daphne voltou sua atenção novamente para Leo. Ela se inclinou sobre a mesa com um sorriso questionador no rosto enquanto descansava o queixo na palma da mão. — Pois é, Leo, eu também estava me perguntando isso.

Leo engoliu seu bocado rapidamente, agitando o guardanapo para descartar a pergunta como algo com que não valia a pena se preocupar. — Como ele tem um Porsche, tenho certeza de que tem dinheiro suficiente para pagar a multa. De qualquer jeito, ele também estava estacionado em local proibido.

— Você já fez isso antes, então? — perguntou Claire.

Ela viu Leo olhar de relance para Daphne, que continuava observando-o atentamente. Claire sabia, pela expressão no rosto da mãe, que ela estava se esforçando muito para não rir.

— Bem — respondeu Leo —, imagino que sim... algumas vezes.

— E ninguém nunca descobriu o que você tinha feito? — prosseguiu Claire.

Raspando cuidadosamente seu prato, Leo pousou a faca e o garfo juntos e limpou o rosto com o guardanapo. Claire podia ver, pelo leve sorriso em seu rosto, que ele esperava que aquele intervalo lhe permitisse não responder à pergunta. Mas ela estava intrigada, e queria saber.

— Descobriu?

Leo tomou um gole de sua xícara de café... um pouquinho mais de tempo... antes de fixar em Claire uma expressão tanto de humor quanto de culpa. — Hã... sim, já aconteceu isso uma vez, no passado.

Claire arregalou os olhos. — O que aconteceu?

— Recebi a visita de dois policiais em casa. Dois policiais bem irritados, na verdade.

— E você foi preso?

— Não... isso não, mas fui obrigado a pagar uma multa bem pesada.

Claire deu uma risadinha. — Foi mais do que se você tivesse pagado a multa por estacionamento?

Leo coçou os cabelos grossos e cada vez mais grisalhos e fechou os olhos com força. — Sim, infelizmente, foi muito mais.

Daphne balançou a cabeça devagar. — Bem, você não acha que já está na hora de parar de fazer isso, então?

O queixo de Leo caiu como o de um colegial travesso que tivesse levado uma bronca severa, mas, quando desviou o olhar para Claire, ela notou que havia um brilho divertido em seus olhos. Ela sorriu para ele e decidiu, naquele exato momento, que Daphne fizera a coisa mais certa do mundo, concordando em se casar com ele. A vida com Leo, pensou ela, seria bem divertida.

CAPÍTULO 11

O casamento se realizou, em questão de segundos, às dez e meia da manhã no cartório de registros civis de Edimburgo, na ponte George IV. Dessa vez, porém, não teve nada a ver com a má organização de Leo. Eles haviam estacionado o velho carro Humber num estacionamento próximo e estavam aguardando na frente do cartório, com vinte minutos de antecedência, mas tiveram de esperar durante os dezesseis minutos seguintes até que um Land Rover imundo, com barbantes cor de laranja pendurados na porta traseira, subisse com uma roda na calçada à sua frente e se detivesse com uma freada brusca. A porta se abriu com um guincho das dobradiças mal-lubrificadas e um homem desceu do veículo, passando a mão pelo cabelo grisalho eriçado antes de enterrar um boné de tweed na cabeça. Ele não tinha muita altura, e esta quase se igualava ao diâmetro do corpo; usava um terno velho de flanela cinza e uma gravata de crochê verde que falhava na tentativa de fechar o colarinho da camisa, no qual faltava o primeiro botão. Ele caminhou até Leo estendendo-lhe a mão enorme e nodosa.

— Muito bem, meu rapaz, e como é que está nosso noivo esta manhã? — perguntou num sotaque escocês tão gutural que Daphne achou que ele deveria estar bravo com Leo por alguma razão.

Leo apertou sua mão. — Bem, bem, Bert — respondeu Leo com afobação, ciente de que a meia hora restante estava se esvaindo cada vez mais rapidamente. — Você trouxe a Agnes?

Bert apontou com o polegar sobre o ombro. — Sim, ela deve estar tentando se içar pra fora do carro — disse ele, sorrindo tão abertamente para Daphne que sua dentadura superior se deslocou por um instante antes que ele a colocasse de volta no lugar com um movimento hábil da mandíbula.

— Ahá, aí está você, Agnes — exclamou Leo. — Venha, o mais rápido que você puder.

Daphne desviou o olhar para a mulherzinha diminuta que surgiu por trás do Land Rover. Ela vestia um sobretudo verde-escuro que, apesar do calor da manhã, estava abotoado até o pescoço e, na cabeça, um gorro de lã cor-de-rosa que mais parecia uma capinha de chaleira. Do braço pendia-lhe uma enorme bolsa marrom de plástico e em sua mão ela trazia um maço de rosas, com as hastes embrulhadas em papel-alumínio.

— Muito bem, você se lembrou do buquê — disse Leo, tomando as flores da mulher e enfiando-as na mão de Daphne. — Só há tempo para uma apresentação breve, infelizmente. Esta é Daphne e sua filha, Claire. E este é Bert Fairweather, meu padrinho e meu vizinho, e Agnes Smith, que me ajuda em casa e consentiu gentilmente em ser a segunda testemunha. — Ele foi em direção à porta de entrada, olhando para seu relógio. — E agora temos que ir, senão perderemos a hora.

Daphne não se moveu. — Leo — disse ela.

Leo se voltou. — Sim? — Havia um tom inconfundível de preocupação em sua voz, como se concluísse que, a essa altura, Daphne deveria realmente ter se arrependido.

— Onde estão os seus filhos? Pensei que eles fossem vir com Bert.

Leo bateu com a mão na testa. — Ah, sim, me desculpe, esqueci de te dizer. Eles não vêm.

Daphne balançou a cabeça lentamente. — Oh, Leo, então não está certo.

— Ah, não, não! — exclamou Leo, correndo até ela e apertando-lhe tranquilizadoramente no braço. — Não é nada disso. É claro que eles estariam aqui, se eu não tivesse cometido um erro tão idiota com as datas, mas Marcus tinha um jogo de críquete de final de semestre, do qual queria desesperadamente participar, e Charity tinha... bem, ela ia diretamente para Londres, para ficar na casa de uma amiga.

Daphne baixou a cabeça e puxou algumas pétalas de seu buquê. — Parecem desculpas, Leo. — Ela olhou para ele. — Eles não querem que eu me case com você, querem?

— É claro que querem. Estão felizes como pintos no lixo pelo fato de eu me casar novamente. Eles disseram isso, eu juro.

Ela observou seu rosto, que agora parecia pálido de preocupação, e não viu ali qualquer sinal de fingimento. — Você jura com a mão no coração, Leo?

Leo levou a mão exuberantemente ao peito. — Pronto. — Ele sorriu para ela com esperança. — Está convencida?

Ela sopesou aquilo, com a boca retorcida para um lado e os olhos semicerrados. — Provavelmente — respondeu por fim, expressando na voz uma dúvida cheia de humor.

— Ótimo — disse Leo, fazendo um gancho com o braço. — Está pronta para se tornar a Sra. Harrison, então?

Sorrindo, Daphne passou o braço pelo dele. — Acho que sim... talvez.

CAPÍTULO
12

Alloa — Junho de 1981

Leo disse que a viagem de volta até sua casa só demoraria pouco mais de uma hora. Antes de partirem de Edimburgo, ele entregou um velho mapa cheio de orelhas da Automobile Association para Claire, sentada no banco de trás, e apontou para a rota que eles iriam tomar. Seguiriam pela rodovia M9 em direção a Stirling, cruzando o rio Forth pela ponte Kincardine e, depois, a não mais que uns oito quilômetros, ficava Alloa.

No entanto, Claire não estudou o mapa por muito tempo. Estava muito mais interessada em ver as diferenças entre a Escócia e a Inglaterra, e espiava pela janela do carro enquanto passavam pela periferia de Edimburgo. Quando chegaram à autoestrada, seu primeiro pensamento foi que parecia haver menos carros na pista e, então, achou que as cidades e vilarejos pelos quais passavam eram meio parados e feios, e que parecia que as pessoas que moravam ali não tinham muito dinheiro. Também havia campos verdejantes, é claro, mas pareciam planos e sem graça, comparados aos pequenos pastos ondulantes, cercados por bosques de árvores altas, frondosas, e sebes densas de espinheiros que rodeavam seu vilarejo em West Sussex. Ela começou a achar tudo meio decepcionante.

Não melhorou quando chegaram à ponte Kincardine. Quando a professora de sua escola em Haywards Heath soubera que Claire iria se mudar para a Escócia, havia mostrado a ela uma foto, em um livro de geografia, das duas pontes que cruzavam o rio Forth; aquela, definitivamente, não era nenhuma delas. Era apenas uma ponte velha de ferro normal, não muito alta nem muito comprida, com arcos quadrados de concreto em cada extremo. Ela se inclinou para a frente, entre os bancos dianteiros do carro, e perguntou a Leo sobre a ponte, ao que ele explicou que a ponte a que ela se referia ficava muito mais adiante, rio abaixo. Então Claire apenas se recostou no banco gasto de couro vermelho e pensou com seus botões que teria sido muito mais excitante se eles a tivessem atravessado.

E Leo finalmente anunciou: — Estamos quase lá — Claire desejou que não fosse verdade. A cidade da qual eles estavam se aproximando era ainda mais feia do que as que tinha visto às margens da estrada. As casas revestidas de ardósia escura que davam para a estrada pareciam mal cuidadas e sombrias, e os poucos jardins que viu eram apenas porções de mato ou estavam cheios de coisas como uma velha lava-louças e restos de carpete.

— Não é um lugar muito bonito — disse ela, a ninguém em particular.

Leo rapidamente olhou para ela, atrás. — Não, você tem razão; mas, olha só, Alloa foi, durante uma época, um grande centro mineiro de carvão e por toda esta área havia minas de carvão enormes; estas casas pelas quais estamos passando eram onde os mineiros viviam. Eles não eram ricos, infelizmente, então nunca houve muito dinheiro sobrando aqui para arrumar suas casas.

— Eles não estão mais morando aqui?

— Não. Todas as minas agora estão fechadas e novas indústrias foram trazidas para cá, para dar emprego às pessoas.

— Ainda não parecem ter dinheiro suficiente para arrumar suas casas — resmungou Claire, com mau humor.

Leo lançou um olhar para sua nova esposa, esforçando-se para suprimir um sorriso. — Não, acho que sua observação é bastante justa.

Ao passar por duas grandes fábricas com chaminés altas de aço inoxidável que soltavam fumaça branca, Claire viu que eles agora atravessavam um novo conjunto habitacional, onde algumas das casas ainda não estavam terminadas, e as que estavam nem sequer tinham grama na frente, apenas terra marrom. Estava realmente começando a achar que talvez Daphne tivesse inventado tudo aquilo sobre a casa de Leo para que Claire não dissesse não ao casamento. Mas, daí, ele virou à direita com o carro e entrou numa estrada recém-asfaltada, entre as fileiras dessas casas novas, e eles passaram por dois pilares de pedra com esculturas de águias com as asas abertas e foi como se houvessem entrado em outro mundo. A estrada imediatamente se transformou num caminho de cascalho, tão cheio de buracos que o carro se sacudia de um lado para o outro, e tudo ficou meio escuro e sombrio porque o caminho era cercado por arbustos de rododendros que haviam crescido tanto que quase tocavam as laterais do carro. Mas então, de repente, eles deixaram os arbustos para trás e a luz voltou a brilhar; Claire prendeu a respiração, porque ali, a cada lado do caminho, estavam os campos gramados sobre os quais Daphne lhe havia contado. Uma faia enorme crescia no centro de cada gramado, com galhos enormes que se abriam, pendendo tão perto do chão que Claire sabia que seriam perfeitos para escalar e fazer esconderijos extraordinários. Depois, passando pelas árvores, Claire viu ao longe, à sua esquerda, os tetos inclinados de vidro das estufas, construídas em frente a um muro alto de pedra que parecia contornar a propriedade inteira. Ela podia ver que as estufas não eram muito bem-cuidadas, já que só em alguns pontos as molduras de madeira das janelas ainda eram brancas; mas isso não tinha a menor importância. Elas eram muito maiores do que a minúscula estufa que elas tiveram em seu velho jardim, e Claire podia imaginar que o aroma da terra morna e dos brotos de plantas, que ela adorava, devia ser dez vezes mais gostoso ali.

Ainda estava com a cabeça virada, perguntando-se como seriam as plantas exóticas que Leo cultivava nas estufas, quando Daphne disse: — O que você acha disso, querida? — De onde ela estava sentada, só podia ver a parte de trás do banco de Daphne; então, foi para a frente e ficou abraçada ao pescoço da mãe, e tudo que pôde dizer foi: — Uau!

O caminho de acesso à casa agora começava a contornar um gramado circular com uma fonte borbulhante no centro; além dele, ficava a casa — uma vasta construção retangular de pedra com uma infinidade de tubos de chaminé em cada extremidade e um teto reto com ameias que pareciam de castelo. Degraus largos de pedra, que se estreitavam conforme subiam, conduziam a uma porta de entrada central e, a cada lado desta, havia janelas altas que eram idênticas às demais, nos três andares da construção. Não havia plantas crescendo pela parede da frente e Claire achou, a princípio, que a casa ficava um tanto nua sem elas. Mas então lhe ocorreu que, na verdade, a casa parecia uma versão em miniatura do Palácio de Buckingham, onde a rainha morava, e, imediatamente, sentiu-se muito digna e orgulhosa, ainda que um pouco nervosa, de que fosse ali que ela e Daphne — e Leo, é claro — fossem morar de agora em diante.

Leo parou o carro em frente aos degraus e Claire abriu a porta de trás, desceu e ficou ali parada, olhando para a casa. Escutou o ruído do cascalho sendo esmigalhado e se virou para deparar com Leo a seu lado. Apoiando as mãos na parte baixa das costas, ele alongou a espinha enquanto também analisava a casa; pela primeira vez, Claire teve o pensamento espantoso de que aquele era seu novo padrasto, aquela era a pessoa que ela veria todas as manhãs, todos os dias, todas as noites.

Ele olhou para baixo, para ela. — Você gostou? — perguntou.

Claire sorriu para ele. — Sim, é muito grande e muito linda.

Leo assentiu. — Uma excelente descrição, minha querida, é exatamente o que eu acho. — Ele estendeu a mão para Daphne, que viera para seu lado. — Vamos lá, deixe a bagagem. Eu virei pegá-la em um minuto. Há algo muito mais importante a ser feito.

Claire os seguiu escadaria acima e viu Leo tirar uma chave imensa do bolso do paletó e começar a destrancar a pesada porta de madeira. Ele a abriu e, então, se virou para Daphne com um sorriso largo no rosto. — Bem-vinda ao lar, Sra. Harrison — disse ele e a mãe de Claire soltou um grito de surpresa quando Leo a arrebatou nos braços sem muito esforço e a carregou para dentro de casa.

— Leo, pelo amor de Deus, cuidado com as suas costas! — ela riu.

— Não se preocupe — respondeu ele, colocando-a novamente em pé. — Não há nada de errado com minhas costas. Estou acostumado a carregar coisas muito mais pesadas que você.

Claire notou que ele fizera uma leve careta de dor ao dar as costas para Daphne e se dirigir para fora para buscar a mala, mas não disse nada porque estava completamente petrificada com o que via diante de si. O hall de entrada era enorme, como uma caverna revestida de painéis de madeira que Claire sabia que devia ser da altura da casa inteira, pois, bem acima de sua cabeça, havia uma imensa janela redonda pela qual podia ver o céu azul. Ao redor, havia sofás e poltronas velhos, com capas soltas, desbotadas e algumas se esburacando nos cantos; encostada às paredes, toda uma variedade estranha de móveis. Havia também antigas estantes, feitas em madeira escura e com portas de vidro ornamentado, repletas de livros, e algumas escrivaninhas modernas com pernas de metal e puxadores plásticos nas gavetas. No centro do hall, uma mesa de cozinha feita de madeira escovada de pinho e coberta por pilhas de jornais, por várias cartas sem abrir, dois rolos de barbante, três caixas de vinho, um par de luvas de jardinagem e um chapéu Panamá branco — e, logo atrás da mesa, uma ampla escadaria acarpetada de azul que levava a um patamar protegido por balaústres. As paredes estavam repletas de quadros, alguns eram retratos de moldura dourada de homens sérios de peruca, enquanto outros eram apenas manchas de cores vivas que não faziam o menor sentido para Claire.

Poderia ter parecido, para ela, um lugar estranho e um tanto assustador onde morar, mas tudo ali estava tomado pelo perfume caseiro de lírios frescos e lustra-móveis, e Claire decidiu que estava completamente à vontade.

Leo reapareceu, bufando um pouco com o peso da mala, e a colocou no chão de tábuas enceradas.

— Quantos cômodos tem na casa? — perguntou Claire.

Leo coçou a cabeça. — Sabe, Claire, eu nunca contei. Imagino que, contando os do porão, deve haver uns... vinte e três?

— Uau! — exclamou Claire, surpresa. — Posso ir explorar a casa um pouco?

— Que ideia excelente — respondeu Leo, batendo palmas com tanta força que o som ecoou pelo hall. — Você vai na frente e conta todos os cômodos que conseguir encontrar e, se for mais de vinte e três, então eu te darei... — ele virou o canto da boca ao pensar naquilo — cinquenta centavos. O que você acha?

— E se for menos de vinte e três?

Leo deu de ombros. — Então ainda estarei errado e o trato fica valendo. — Ele apontou para a escadaria. — Comece lá em cima e vá descendo; se você se perder, é só gritar como os nativos australianos, "*Cooee!*", e eu irei te encontrar.

Com um brilho de excitação nos olhos, Claire circulou a mesa correndo e começou a subir as escadas. — Não se preocupe — gritou —, não vou me perder.

CAPÍTULO 13

Sentindo-se sacudir pelo fluxo de caminhões que passavam, Daphne estava no banco do passageiro do Humber de Leo, no acostamento da rodovia M9, e olhava para o capô levantado do carro, à frente. Pela pequena brecha na parte inferior do para-brisa, podia ver as mãos de Leo cada vez mais sujas de óleo enquanto ele mexia em diferentes peças do motor. Ela girou o corpo e sorriu pacientemente para as três crianças no banco de trás, ciente de que mal haviam trocado uma palavra desde que tinham ido buscar Marcus e Charity na estação, em Edimburgo. Claire lhe sorriu de volta, mas com desconfiança, e olhou de relance para os meios-irmãos, um a cada lado dela, mas ambos com o rosto virado para fora, olhando pelas janelas sem qualquer expressão, com os fones do walkman Sony enfiados nos ouvidos.

Daphne sentiu uma onda de proteção pela filha, dando-se conta de que, até agora, nunca tivera motivos para comparar a fase de vida em que ela estava com a de outras crianças. Charity tinha apenas dois anos a mais que Claire, mas, aos treze anos, ela mais parecia uma jovem mulher, em comparação. Além da camiseta com a imagem da cantora Adam Ant que cobria seu peito em desenvolvimento, ela usava um conjunto de jaqueta e calça jeans da Levi's, tênis brancos Reebok e tinha, em cada mão, dois aneizinhos de prata. Daphne podia ver que ela, obviamente, fora a um bom cabeleireiro durante sua estada em Londres, pois seu cabelo louro curto, que parecia grosso e lustroso, emoldurava perfeitamente o rosto redondo de nariz delicado e olhos tão azuis quanto os do pai. Era a boca, no entanto, o que preocupava Daphne. Era pequena e rígida de determinação, mesmo na ação contínua de mascar chiclete, e Daphne teve a inquietante impressão de que aquilo revelava certa mesquinhez no caráter da garota.

Quanto a Marcus, Daphne percebeu que estava mais preocupada por si mesma do que por Claire e se perguntou como diabos conseguiria estabelecer uma relação com ele. Com as meninas ela estava acostumada, mas não com um jovem rapaz cujo corpo estava sendo inundado pelas primeiras ondas de testosterona e que já tinha demonstrado alarmante desrespeito pelo pai quando o carro se quebrara. Pelo que Daphne havia visto até agora, ele não se assemelhava a Leo nem fisicamente nem com respeito ao caráter. Era alto, com cabelos escuros que caíam sobre o rosto anguloso, e usava uma camisa de colarinho aberto, com as mangas enroladas, uma calça jeans com cinto largo e sapatos dockside da Timberland sem meias. Era bastante óbvio para Daphne que ele tinha o ar típico dos estudantes de colégios particulares, cuja autoconfiança beirava a arrogância. Ele tinha só quinze anos, mas Daphne não tinha dúvida de que, em mais alguns anos, seria um conquistador de primeira categoria.

Sem uma palavra, Daphne se voltou para a frente, remoendo as incertezas assustadoras desse novo fenômeno chamado "família reconstituída" e desejando, culposamente, que o estilo de vida fácil e harmonioso com o qual ela, Leo e Claire se haviam acostumado na última semana pudesse durar para sempre.

Foi Claire quem, finalmente, rompeu o silêncio. Ela se virou para Marcus e afirmou, orgulhosa: — Existem vinte e cinco cômodos na casa.

Marcus voltou o olhar para ela, puxando pelo fio para tirar um dos fones de ouvido. — O quê?

— Existem vinte e cinco cômodos na casa.

Daphne se virou novamente e viu Marcus franzindo a testa e balançando a cabeça, como se achasse que nem sequer valia a pena fazer algum comentário sobre o assunto. — E daí?

O rosto de Claire ficou vermelho e ela enfiou as mãos entre os joelhos, esfregando uma na outra e olhando nervosamente para a mãe.

A vontade imediata de Daphne era a de saltar em defesa da filha e dizer algo do tipo: "Ela só está puxando papo, seu capeta malcriado", mas apenas virou o rosto, mordendo o lábio com força. Ai, meu Deus, disse a si mesma, então é assim que vai ser?

Ela viu, com alívio, que Leo tinha fechado o capô do carro e estava esperando um caminhão passar antes de voltar ao banco do motorista.

— Isso deve ter resolvido — declarou ele ao entrar e bater a porta com força. Limpou as mãos num lenço agora sujo de óleo e o atirou no assoalho do carro antes de girar a chave no contato e dar a partida no motor. Depois de três ruidosas tentativas, o carro finalmente adquiriu vida. — Ahá! Muito bem, amigo velho! — Ele deu seta e entrou na rodovia, virando-se para Daphne com um sorriso encabulado. — Me desculpe por isso. Está precisando de uma revisão, acho. Vou telefonar para o Bert Fairweather quando chegar em casa para ver se ele não pode mandar o jovem Jonas buscar o carro amanhã.

— Jonas é o filho dele? — perguntou Daphne.

— Sim, é um rapazinho ótimo. Ainda não tem a idade de Marcus ou Charity, mas, juro pra você, ele sabe dirigir um carro tão bem quanto você ou eu.

Daphne ficou espantada. — Ele não dirige na pista, dirige?

— Ah, não, imagine. Ele vem por aquela estradinha ao lado das estufas. A fazenda de Bert faz parte da minha propriedade. Ele é meu inquilino de confiança e, devo dizer, um excelente mecânico.

— No entanto, é um péssimo fazendeiro — anunciou a voz de Marcus, do banco de trás.

Leo olhou para o filho pelo retrovisor. — Ele não é tão ruim, Marcus.

— É uma merda, pai, e você sabe. A fazenda inteira está um emaranhado de mato e o pátio da casa parece um ferro-velho de carros.

Leo encolheu os ombros. — Sim, é verdade, está meio bagunçado, mas ainda digo que ele é um mecânico de primeira. — Ele bateu a mão no volante. — De qualquer forma, ele mantém esta lata-velha funcionando.

— Não sei por que diabos você simplesmente não compra outro carro — disse Marcus. — Este aqui já deu o que tinha que dar.

— De jeito nenhum — exclamou Leo, como se o filho houvesse sugerido sacrificar um velho cão fiel. — Ainda está cheio de vida.

— Bem, desde que você nunca mais apareça com ele na escola... É uma vergonha.

Leo deu um sorriso forçado para Daphne.

— A propósito, pai — prosseguiu Marcus —, os pais de Toby Winston vão para Paris a negócios durante alguns dias da semana que vem, então eu o convidei para ficar aqui. Ele vai chegar depois de amanhã, na estação de Stirling.

— Toby Winston? — Charity cantarolou de repente.

— É — disse Marcus —, portanto nada de ficar atazanando-o como você fez da última vez. Ele não gosta de você, você sabe.

— Eu também não gosto dele — replicou Charity, indignada.

— Até parece.

Leo pigarreou. — Vamos lá, vocês dois, chega disso. — Ele olhou novamente pelo espelho. — Na verdade, Marcus, eu acho que seria uma boa ideia, no futuro, você consultar Daphne ou a mim antes de convidar alguém para se hospedar em casa, OK?

Marcus não respondeu para o pai, mas, depois de alguns segundos, inclinou-se para a frente e olhou para Daphne. — Você não se importa, não é, Daphne?

Daphne se virou para encará-lo, impassível, percebendo que apenas duas horas haviam se passado desde que conhecera o garoto e ali já estava ele, testando-a. Ela estava totalmente ciente de que, qualquer que fosse sua resposta, determinaria a forma como ele a trataria no futuro. Perguntou-se se deveria ser uma víbora ou um capacho, e decidiu que iria pelo meio-termo.

— Bem, como sou eu quem vai cozinhar para todos vocês de agora em diante e, muito provavelmente, arrumar as camas para seus convidados, então um aviso antecipado seria, sem dúvida, bem-vindo.

Marcus não se moveu. — Você poderia pedir para Agnes arrumar as camas.

Daphne sorriu friamente para ele. — Mas eu prefiro não fazer isso, Marcus.

Marcus virou a cabeça para o lado como se não ligasse a mínima para aquilo e se recostou no assento, enfiando novamente os fones nos ouvidos. Daphne olhou para Leo, que parecia ter encolhido ligeiramente no banco, como se estivesse se esquivando das farpas de negatividade que eram atiradas pelo interior do carro.

E, naquele momento, Daphne entendeu que lidar com enteados seria como andar em brasas, e que qualquer autoridade que ela tivesse na casa poderia muito bem ver-se socavada pela manipulação das lealdades familiares.

CAPÍTULO 14

Tal mãe, tal filha. Quase desde o instante em que Marcus e Charity colocaram o pé lá, Claire começou a desejar que tivesse continuado a ser apenas Leo, Daphne e ela na casa, para sempre. Durante a semana anterior, ela tivera controle total do lugar, explorando cada centímetro, do sótão atulhado à adega escura e úmida. Mas agora que seus meios-irmãos haviam chegado, era como se houvesse estranhos no ninho. Seu lugar favorito entre todos era a velha sala de jogos no andar de cima, porque tinha sofás enormes e desconjuntados com almofadões nos quais você podia se jogar para assistir à televisão; no entanto, foi praticamente o primeiro lugar a que Marcus e Charity foram, ao voltar para casa, e quando Claire conseguiu juntar coragem suficiente para entrar na sala, eles a olharam com tamanha inimizade que ela simplesmente deu meia-volta e saiu. Enquanto percorria o patamar da escada com desânimo, sentiu pela primeira vez, desde que Leo e Daphne haviam se casado, uma saudade enorme de sua casinha em West Sussex, onde tinha seu próprio espaço e não precisava dividi-lo com ninguém.

Pensou em ir para seu quarto ler, mas, quando abriu a porta, o sol da tarde penetrava pela janela e, sentindo que seria errado desperdiçar aquele clima, decidiu ir lá fora e ver o que Daphne estava fazendo.

Na verdade, ela ainda não tinha ido até as estufas. Leo e Daphne haviam passado grande parte da semana anterior juntos lá ou no jardim. Em alguns momentos, enquanto fazia suas explorações, ela olhava pela janela de um cômodo qualquer — o que sempre a ajudava a desvendar em que parte da casa estava — e, com muita frequência, via a mãe e Leo conversando enquanto limpavam um canteiro de flores ou analisavam algum aspecto do jardim. Até mesmo os vira através das janelas embaçadas da estufa mais próxima, uma vez, com os braços ao redor um do outro, e foi então que percebeu que aquela era uma fase muito boa para os dois, antes que Marcus e Charity viessem para casa, e que seria o máximo de lua de mel que eles iriam ter. Portanto, Claire decidiu deixar que eles a aproveitassem.

Mas agora sentia necessidade de falar com a mãe. Ela desceu a escadaria principal e atravessou o hall até a pesada porta de entrada. Abriu-a, olhando furtivamente para as escadas às suas costas quando as dobradiças rangeram, e então fechou-a silenciosamente atrás de si. Correu pelo cascalho até o gramado e, depois, seguiu a toda velocidade até as estufas.

No instante em que entrou ali, o aroma nostálgico das plantas mornas e doces pareceu acalmar sua mente agitada, mas ela pôde ver que só Leo estava ali, trabalhando na parte dos fundos da estufa. Ele estava em mangas de camisa, seu paletó de tweed pendurado numa enxada encostada na parede, e inclinado, observando uma das plantas nas prateleiras elevadas que percorriam cada lado do corredor calçado. Ela caminhou até ele, contemplando as centenas de vasinhos com as plantas estranhas de Leo.

Claire se anunciou de forma bastante casual: — Olá, Leo.

Ele se endireitou rapidamente e se voltou para olhar para a menina. — Oh, Claire! — Deu um tapinha no bolso de sua camisa, produzindo um som oco em seu estojo de óculos vazio. — Você me deu um susto e tanto.

— Desculpe — respondeu Claire, baixinho. — Eu só estava procurando a mamãe.

— Ah — disse Leo, enxugando uma gota de suor da testa com as costas da mão suja de terra. — Acho que ela está na cozinha... ou talvez no quarto dela, não tenho certeza. — Ele imediatamente retomou seu trabalho, apertando a terra com os dedos em volta da base longa e fina de uma planta de folhas pontudas, verde-escuras. — Então, o que te traz aqui fora?

Claire deu de ombros. — Nada, na verdade.

— Onde estão Marcus e Charity?

— Na sala de jogos, acho.

Leo olhou novamente para ela e assentiu devagar com a cabeça, a boca retorcendo-se para um lado. — Seu território, hein? — Ele puxou o lóbulo da orelha, pensativo. — Será, talvez, um pouco difícil no início, Claire, você sabe, todos nós morando juntos. Imagino que Marcus e Charity se acostumaram a que fôssemos apenas nós três... e agora também há você e a sua mãe. Com o tempo, todos encontrarão seu lugar, acredite.

Claire soltou um suspiro. — Eu não me importo, sério, se Marcus e Charity querem fazer as coisas sem mim. Eu sempre brincava sozinha quando eu e a mamãe morávamos na Inglaterra.

Leo sorriu para ela. — Na verdade, eu também sou assim. Gosto muito da minha própria companhia, principalmente aqui fora.

— É a primeira vez que eu vejo você aqui sem a mamãe.

Leo apontou um dedo para ela. — Você está absolutamente certa. Muito astuto da sua parte. E a razão para isso é... — ele esticou as palavras novamente para dar a si mesmo tempo para pensar —, bem, infelizmente, sua mãe não ficou muito feliz comigo quando não lhe dei meu total apoio, naquele impasse que ela teve com Marcus no carro. É provável que ela esteja coberta de razão, mas, sabe, Claire, não acho que este seja o momento certo para se tomar partido. Nesta etapa inicial, isso simplesmente não seria justo.

Então as coisas já haviam começado a mudar, Claire pensou consigo mesma.

— Você e a mamãe brigaram, então?

— De forma alguma! — exclamou Leo. — Só estamos nos dando um pouco de espaço para ver como as coisas ficarão. — Ele pegou uma garrafinha plástica de spray, desenroscou a tampa e a entregou para Claire. — Já que você está aqui, seria bom se me ajudasse. Precisa encher isto com a água do barril que está lá fora em frente à porta.

Claire viu a mangueira verde enrolada na torneira atrás de Leo. — Por que você não usa a água dali?

— É muito melhor usar a água da chuva para estas plantas — respondeu Leo, passando a mão de leve numa das folhas pontudas. — Ajuda-as a florescer.

Quando Claire voltou com a garrafa cheia, Leo havia se virado para trabalhar no outro lado do corredor, pressionando terra ao redor da base de mais uma daquelas plantas de folhas pontiagudas; foi então que Claire notou que as prateleiras no alto da estufa estavam carregadas de vasos contendo a mesma planta.

— Obrigado, minha querida — disse Leo, pegando o frasco de sua mão. Ele atarraxou o bocal de spray e o devolveu a ela. — Agora, se você puder vaporizar as folhas de cada planta com uma bruma de água, seria maravilhoso. Me economizaria muito trabalho.

— Você tem um montão destas plantas, não? — disse ela, já começando a tarefa.

Leo se virou e analisou ambas as prateleiras. — É, imagino que sim. Tenho um fraco por elas.

— Como elas se chamam?

— Bem, o nome certo é *Dracaena marginata*, mas geralmente é chamada de Árvore Dracena de Madagascar. — Ele passou as costas da mão de forma quase afetuosa nas folhas de uma das plantas. — Na verdade, acho que é meio falso chamar algo deste tamanho de árvore, então eu chamo simplesmente de Planta Dragão.

— Que nome lindo! Ela é muito... exótica?

Leo riu. — Não tão exótica quanto algumas das outras plantas aqui, mas é uma das minhas favoritas. — Ele apoiou uma mão na prateleira e a outra na cintura, observando a enteada borrifar cuidadosamente as folhas das plantas. — Sabe de uma coisa? Acho que, em todo o tempo em que moramos aqui, Marcus e Charity nunca puseram o pé nestas estufas. Certamente nunca mostraram o menor interesse pelas minhas plantas. É uma alegria para mim ter uma aprendiz de jardineira. — Ele retomou seu trabalho. — E, olha, Claire, voltando ao que estávamos falando sobre... bem, sobre se estabelecer, quero que você saiba que esta casa e a propriedade ao redor são tão suas e da sua mãe quanto nossas... ao menos pelo futuro próximo, de qualquer maneira; portanto, você deve tratá-las como tal, está bem?

Claire assentiu. Ela não entendia realmente tudo que ele estava dizendo. Leo tinha mesmo o costume de falar sem dizer muita coisa. — Como se chama a casa?

Leo se virou e encarou-a com surpresa. — Minha nossa, nunca te contei isso?

— Não. Eu sempre a chamei apenas de "a casa".

Leo franziu a testa e sacudiu rapidamente a cabeça. — Que omissão da minha parte, me desculpe. Será retificada imediatamente. O nome da casa é Croich.

Claire explodiu numa gargalhada. — O quê?

— Croich. — Ele soletrou: — C-R-O-I-C-H. É um antigo nome escocês, acho.

— Não é muito bonito — observou Claire, os cantos da boca virados para baixo com desgosto. — Parece o som de alguém vomitando.

Leo repetiu a palavra, dessa vez com muito mais ênfase nas duas últimas letras. Ele assentiu com a cabeça num gesto assertivo. — Concordo, é asqueroso. Você e eu deveríamos pensar num nome novo imediatamente.

Claire parou de borrifar e olhou em volta da estufa em busca de inspiração. — Que tal... — Ela pareceu pensativa por um momento antes que seus olhos, de repente, brilhassem com a ideia que lhe veio à mente — a Casa da Planta Dragão!

— Humm — murmurou Leo, dando uma quantidade exagerada de consideração à sugestão de Claire. — Sim, é um nome excelente! De agora em diante, você e eu não devemos mais parecer que estamos vomitando; vamos chamá-la de Casa da Planta Dragão. — Ele dirigiu a ela um olhar assustador. — Talvez, agora, ela se transforme numa casa muito especial, que solta fogo e come as pessoas!

Claire o encarou de olhos arregalados. Não era assim que ela queria pensar na casa. — Mas só se forem perversas e maldosas — disse, esperançosa.

Leo franziu o cenho. — Sim, claro — respondeu ele, tomando o spray das mãos de Claire e usando-o aleatoriamente nas plantas —, foi isso que eu quis dizer. Só se elas forem perversas e maldosas. Ou não.

Naquele momento, um garoto apareceu do lado de fora da estufa e ficou olhando para eles, lá dentro. Ele usava um macacão sujo que pendia frouxamente de seu corpo miúdo, com as pernas compridas demais enfiadas em galochas e as mãos enterradas nos bolsos.

— Leo, tem alguém lá fora — disse Claire, baixinho.

Leo se voltou e espiou pelo vidro embaçado de sujeira. — Ah, é Jonas Fairweather — disse ele, acenando para o garoto. Ele bateu o pó das mãos, pegou a jaqueta e a pendurou sobre o ombro, passando por Claire no corredor entre as plantas. — Ele veio buscar o carro. Venha conhecê-lo.

Claire viu o garoto caminhando em direção a eles enquanto seguiam até a porta. Ele não era muito mais alto do que ela e tinha cabelo comprido e escuro que caía atravessado em sua testa, de um lado do rosto, e que ele impedia de cobrir seu olho direito com um constante movimento da cabeça.

Estava parado à frente deles quando saíram pela porta.

— Olá, Jonas — disse Leo com jovialidade. — Como vão as coisas, rapaz?

— Bem — respondeu o garoto, emburrado, a cabeça baixa enquanto chutava uma pedrinha do gramado para o canteiro de flores.

— Jonas, esta é minha enteada, Claire Barclay.

Jonas ergueu os olhos e a cumprimentou com um breve aceno de cabeça.

— Acho que você e Claire devem ter quase a mesma idade — prosseguiu Leo. — Com quantos anos você está agora?

— Doze — respondeu Jonas, baixinho.

Leo franziu a testa para Claire. — É quase a sua idade?

— Tenho onze — disse Claire, sentindo o rosto queimar de vergonha.

— Que beleza, é bem próxima — exclamou Leo ao cruzar o gramado na direção da casa. Jonas e Claire o seguiram, sem olhar um para o outro. — Você poderia dizer ao seu pai que eu acho que é a tampa do distribuidor que precisa ser trocada e que, aproveitando o ensejo, ele também pode trocar o óleo?

— Quão cê qué ele de volta? — perguntou Jonas. Era a primeira vez que Claire o ouvia juntar as palavras numa frase, e ele falava com o mesmo sotaque escocês pesado do pai, a quem Claire se lembrava de haver conhecido quando fora o padrinho de Leo no casamento.

— Assim que você puder. Que tal amanhã?

— Meu pai só vai voltar amanhã à noite. Eu poderia fazer o serviço, se você quiser.

Leo parou ao lado do velho Humber, que estava estacionado no cascalho em frente à casa. — Por mim, tudo bem — disse ele, abrindo a porta do motorista. — Tenho certeza de que você vai fazer tudo direitinho. E quanto a comprar as peças?

Jonas quase sorriu; o canto de sua boca se curvou um milímetro para cima. — Meu pai tem quase tudo.

Leo riu. — Claro que sim. Que pergunta boba! — Ele tirou a jaqueta do ombro, dobrou-a e colocou no banco do motorista. — Pronto, isto te dará um pouco mais de altura. — Ele se afastou e indicou a porta aberta com um gesto. — É todo seu. Pode levar.

Jonas foi até a porta e se virou, olhando primeiro para Claire e depois para Leo. — Se ela viesse comigo, poderia trazer sua jaqueta de volta.

Leo assentiu. — Que boa ideia! Você gostaria de ir, Claire?

Claire olhou para Leo, apreensiva. Não que ela tivesse medo de ser conduzida por alguém que tinha quase a mesma idade que ela, mas sim porque fora Jonas quem havia sugerido e ela não tinha muita certeza do que dizer a ele quando estivessem a sós no carro.

Leo se aproximou, pôs a mão em seu ombro e a guiou em volta do carro até o outro lado. — Vamos, será uma aventura para vocês dois e eu confio cegamente na habilidade de Jonas como motorista. — Ele abriu a porta do passageiro. — A fazenda fica só a oitocentos metros daqui, portanto você pode voltar caminhando quando quiser.

Claire subiu cautelosamente no banco do passageiro e Leo fechou a porta. Ela afivelou seu cinto de segurança e olhou de relance para Jonas com um sorriso ansioso no rosto e achou que ele, a bem da verdade, parecia extremamente pequeno para estar dirigindo um carro tão grande. Ele girou a chave na ignição, deu a partida no motor e, então, selecionou uma marcha puxando para baixo a alavanca que se projetava ao lado do volante. Escorregando um pouquinho no assento, apertou um dos pedais no assoalho com a pontinha do pé estendido e eles se moveram suavemente pelo caminho, que Jonas enxergava espiando por cima do volante.

A velocidade de Jonas não excedia a de um passo apressado, mas, mesmo assim, sua concentração não vacilou sequer um instante; além disso, ele não parecia querer conversar, para grande alívio de Claire. Em algum ponto do caminho, virou à direita numa estradinha que passava por trás das estufas. Era escura e úmida, a luz do sol estava obscurecida pelas árvores altas que a margeavam, formando acima um impenetrável túnel de copas. Mas só durou algumas centenas de metros, e então eles saíram novamente para o sol, dirigindo em meio a dois campos abertos de cevada madura, com um mar de papoulas vermelhas nas bordas, e seguindo em direção a um conjunto de prédios, do outro lado.

Como Claire, desde que chegara, ainda não havia saído do terreno da mansão, ficou bastante surpresa por estar naquela área rural, sabendo que a estrada principal levava diretamente aos bairros residenciais de Alloa. Mas, então, viu que a faixa urbana se estendia por ambos os lados dos campos e pensou que a propriedade de Leo parecia uma ilha de beleza colorida no meio de um mar de concreto frio e cinza.

Conforme o carro seguia lentamente pela estrada esburacada, Claire começou a ver a que Marcus tinha se referido, voltando de Edimburgo naquela manhã, ao dizer que o lugar estava em péssimo estado. Os campos deram lugar a uma área de terra e arbustos, repleta de carros velhos, alguns sem portas ou janelas, outros sem rodas e apoiados em blocos de madeira. A maioria estava com o capô aberto, o que fazia parecer que haviam acabado de quebrar, um após o outro, e sido deixados ali para apodrecer.

Jonas estacionou no pátio da fazenda, espantando algumas galinhas magricelas que cacarejaram de indignação diante daquele tratamento. Ele girou o volante, por pouco não batendo numa pilha de tambores enferrujados de óleo, e se deteve em frente a uma casa de fazenda construída em pedra, cujas portas e janelas estavam precisando urgentemente de pintura.

— Esta é a sua casa?

— É, meu pai e eu vivemos aqui.

— E a sua mãe?

— Ela foi embora — disse Jonas, simplesmente. — Mora com outro homem em Kirkcaldy.

— Ah, entendi — respondeu Claire, sentindo-se um pouco estúpida por ter feito a pergunta.

Jonas fez um clique no câmbio e começou a dar marcha a ré no carro através das portas abertas do galpão, atrás deles, olhando pelos retrovisores laterais conforme se movia. Claire podia ver que ele já havia feito aquilo muitas vezes antes, porque fez tudo sem parar nenhuma vez, e, quando o carro estava no galpão, não sobrava mais do que alguns centímetros de espaço a cada lado.

Jonas puxou o freio de mão e desligou o motor.

— Você é um bom motorista — disse Claire, timidamente, ao desafivelar seu cinto de segurança.

Jonas deu de ombros. — Eu pratico bastante por aqui, com os carros velhos do meu pai. — Ele abriu a porta com cuidado para não bater na bancada de trabalho e saiu se espremendo, levando junto a jaqueta de Leo. — Melhor sair por este lado — disse ele. — Tem mais espaço.

Claire pulou por cima do banco e saiu do carro. Passou por Jonas para que ele pudesse fechar a porta e, ao fazer isso, aspirou o aroma metálico de óleo e graxa que impregnava seu macacão.

— Você vai trabalhar no carro agora?

— Não, vou deixar para amanhã cedo — respondeu Jonas, fechando a porta e contornando o carro até a frente. — É uma tampa de distribuidor com defeito, vou ter que ver de onde posso tirar outra, talvez daquele Sunbeam Rapier velho atrás do galpão. — Ele entregou a ela a jaqueta de Leo.

— Então... é melhor eu voltar a pé para casa, então.

— É.

Claire dobrou a jaqueta de Leo sobre o braço e deu alguns passos na direção da estradinha. Ela se virou. — Tchau, então. Pode ser que eu veja você quando levar o carro de volta.

Jonas enfiou as mãos nos bolsos do macacão e passou caminhando por ela. — Eu vou com você.

— Tudo bem. Acho que eu consigo encontrar o caminho de volta.

Jonas olhou em volta, enquanto seguia para a estrada. — Eu vou com você.

Claire correu para alcançá-lo e eles percorreram o caminho, lado a lado, em silêncio.

— O Leo disse pra gente que você era da Inglaterra — disse Jonas, finalmente.

— Sim, eu vivia em West Sussex com a minha mãe.

— A Escócia é bem diferente, né?

— É, sim.

Jonas deu um forte chute numa pedra no meio do caminho e ela voou para o meio da cevada. — Mas você gosta?

— Acho que sim. Só faz uma semana que estou aqui.

Eles percorreram os vinte metros seguintes em silêncio.

— Imagino que você vai para longe, estudar, depois das férias, como Marcus e Charity — disse Jonas.

— Não, não vou. Vou estudar em alguma escola por aqui.

Jonas olhou para ela e Claire viu uma centelha em seus olhos escuros. — Talvez você termine indo à mesma escola que eu, então.

— Pode ser. Onde você estuda?

— Vou começar na Clackmannanshire Secondary, em Alloa, no próximo período.

— Então você também vai se mudar para uma escola nova?

— Sim. Acho que somos iguais, então.

Claire sorriu para ele. — Acho que sim.

Eles haviam chegado ao extremo dos campos de cevada e agora caminhavam sob o abrigo das copas das árvores. A folhagem densa obscurecia o sol, e o ar, subitamente, perdera o calor. Claire, vestida apenas de camiseta e calça jeans, sentiu um calafrio percorrer seu corpo. Jonas percebeu.

— Você deveria colocar a jaqueta de Leo.

— Não precisa.

— Vamos lá.

— É grande demais para mim. Eu pareceria estúpida.

Jonas riu e puxou as laterais de seu macacão. — Como você acha que eu me sinto, então, usando um dos macacões do meu pai?

Claire olhou para a jaqueta pendurada em seu braço. — Está bem, então. — Ela a vestiu enquanto eles seguiam caminhando e foi só quando olhou de lado para ver por que a conversa havia parado que percebeu que ele estava tentando se segurar para não rir.

— Qual é a graça? — perguntou ela, quase com indignação.

Jonas sorriu abertamente. — Você. Esta jaqueta faz você parecer um macaco.

Claire ficou de queixo caído com o insulto. — E você parece um... homem-balão.

Jonas adotou uma pose de halterofilista, dobrando os joelhos e flexionando os músculos em seus braços finos. — Homem-Balão e Menina-Macaco, a nova dupla de super-heróis — disse ele, imitando o sotaque americano —, lutando contra as forças malignas do mundo.

Claire imediatamente pegou o espírito da brincadeira e, sacudindo os braços compridos da jaqueta de Leo para longe do corpo, foi galopando pela trilha e fazendo os ruídos de guinchos que achava que um macaco faria. Jonas a perseguiu, afastando as pernas do macacão do corpo e gritando: — Boing! Boing!

Eles não pararam de correr até chegarem ao gramado, onde se atiraram sobre a grama recém-cortada, num ataque de riso. Por fim, as risadas foram diminuindo e eles ficaram deitados de costas, em silêncio, olhando para as nuvens quebradiças que deslizavam lentamente no céu azul.

Foi Claire quem falou primeiro. — Quer um pouco de suco de laranja? — perguntou, sentando-se e apoiando-se nas mãos.

— Você tem aí com você, é?

— Não, mas tem lá na cozinha. Nós poderíamos ir até lá.

Jonas se apoiou num cotovelo e arrancou alguns talos de grama. — Não, não precisa.

Claire estudou seu rosto, vendo o aborrecimento voltar a seus traços. — Se eu tivesse suco aqui comigo, você iria querer um pouco?

Jonas deu de ombros. — Pode ser que sim.

— Você não gosta de entrar na casa?

Ele lhe dirigiu um olhar sob as sobrancelhas escuras que lhe dizia que não queria responder.

— Por que não? — perguntou ela, mesmo assim.

Novamente, ele encolheu os ombros. — Eu tento ficar longe de lá durante as férias.

Claire pensou por um momento. — É por causa de Marcus e Charity?

Jonas respondeu com um sorriso e um movimento da cabeça.

— Você não se dá bem com eles?

— Não — respondeu Jonas, voltando a cair sobre a grama.

Claire olhou na direção da casa. — Acho que eu também não.

— Eles são metidos.

Claire franziu a testa. — São? Metidos em quê?

Jonas riu e Claire ficou contente por ele estar alegre novamente, ainda que não soubesse o que era tão engraçado. — Metidos neles mesmos, praticamente — ele deu uma risadinha.

— O que isso quer dizer?

— Você sabe, eles acham que são melhores do que os outros.

— Como assim? Do que você e eu?

— Exatamente.

— Mas eles não são, são?

— De jeito nenhum. — Ele agora puxava a grama com força, com ambas as mãos, como se estivesse furioso por ela estar crescendo à sua volta. — De qualquer forma, eu vou ser famoso quando for mais velho.

— Fazendo o quê?

— Ainda não sei direito. Provavelmente alguma coisa com carros. — Ele se virou e olhou para ela. — É nisso que eu sou bom.

— Você vai correr com eles?

Jonas sorriu abertamente, os olhos cintilando, e Claire soube que ela provavelmente havia descoberto seu sonho.

— É, como o Jackie Stewart.

— Quem é ele?

— Um piloto de corridas da Escócia. Ele era o melhor.

— Por que não é mais?

— Ele se aposentou há uns oito anos. Era campeão mundial.

— E ninguém tomou o lugar dele ainda?

— Claro que sim, mas ninguém da Escócia.

— Então talvez você seja o próximo campeão mundial escocês, né?

— Talvez. Já ganhei algumas corridas.

— Ganhou nada!

— Ganhei sim!

— Pilotando um carro?

— Não, sua bocó, não posso fazer isso. Eu corro de kart.

— Onde?

— No circuito lá em Knockhill. Fica a uns vinte e cinco quilômetros daqui.

— Você tem seu próprio kart?

— Sim, o meu pai comprou um kart batido para mim há um ano, mais ou menos. Mas nós trabalhamos nele juntos, então agora é uma máquina e tanto. — Ele pegou a pilha de mato que tinha arrancado do gramado e jogou tudo para o ar, olhando-a se espalhar na brisa leve. — Eu te mostro, se você quiser.

— Sério? — perguntou Claire, animada. — Quando?

— Em alguma hora, amanhã à tarde?

— OK, vou a pé até a fazenda.

— O carro de Leo já estará pronto até lá, então eu posso te trazer de volta.

Claire se levantou. — É melhor eu voltar para casa. Minha mãe deve estar querendo saber onde eu estou.

— Marcus e Charity provavelmente já disseram para ela.

— Eles não sabem onde estou.

— Sabem, sim. Estão nos observando da janela da sala de jogos já faz uns dez minutos.

Claire se virou para olhar para a casa e vislumbrou uma figura se abaixando na janela. Ela sabia que era Charity.

— Marcus tem um amigo que virá amanhã se hospedar aqui em casa — disse ela, ainda olhando para a janela, lá em cima. — O nome dele é Toby.

— Ah, ele — resmungou Jonas. — Ele é um pé no saco. Charity ficará babando em cima dele o tempo todo.

— Foi isso que Marcus disse. — Ela se voltou para Jonas. — Como você sabe que aquela janela é da sala de jogos?

Jonas sorriu. — Eu só disse que não entrava na casa durante as férias.

— Certo. Então, quando Marcus e Charity estão na escola...?

— Venho aqui quase todos os dias. Faço alguns servicinhos na casa para Leo, encho os cestos de lenha e coisas assim. — Ele se pôs de pé. — É claro que isso provavelmente irá mudar agora, com você e a sua mãe aqui.

— Não precisa mudar — retrucou Claire —, principalmente se você e eu formos amigos. — Seu rosto se ruborizou imediatamente, ao perceber o que acabara de dizer. — Bem, nós somos, mais ou menos, não somos?

Jonas enterrou as mãos nos bolsos do macacão e fez seu costumeiro gesto evasivo de encolher os ombros. — Sim, suponho.

Claire sorriu para ele e levantou a mão. — Tchau, então.

— Te vejo amanhã.

Ela andou até a casa, passando ao lado da estufa. Olhou lá dentro e viu as fileiras de plantas de folhas pontiagudas na prateleira. Lembrando-se, ela deu meia-volta para ver se Jonas ainda estava lá. Ele não tinha se movido, ainda estava no centro do gramado com as mãos nos bolsos, observando-a. Ela correu de volta até ele.

— Esqueci de te contar — disse ela, ofegando um pouco. — Leo e eu inventamos um nome novo para a casa.

— Ah, é?

— Vamos chamá-la de Casa da Planta Dragão.

Jonas assentiu. — Por causa das plantas dele.

— Sim. Você gostou?

Jonas deu de ombros novamente. — Não está mal. Mas duvido que meu pai queira mudar o nome da fazenda.

— E por que ele iria fazer isso?

— Porque também se chama Croich. Não acho que ele vá adotar o nome de Casa da Planta Dragão.

Claire pareceu confusa. — Ah, o nome não vai mudar de verdade. É só que, bem, Leo e eu vamos chamá-la assim.

Jonas sorriu para ela. — Então, é um bom nome.

Claire ficou aliviada. — Te vejo amanhã.

Ela correu para a casa.

— Claire! — chamou Jonas às suas costas.

Ela se virou. — O quê?

— Não se dê ao trabalho de contar a Marcus e Charity sobre o nome.

Claire ficou imóvel ao pensar naquilo. Ele tinha razão. Eles só iriam pensar que ela era uma tola. — OK.

E se virou e continuou correndo.

CAPÍTULO 15

Foi ideia de Leo fazer a refeição da noite na sala de jantar. Ele disse a Daphne que achava que todos estavam precisando de uma "sessão de união familiar" que ele e Daphne pudessem orquestrar sutilmente, através da conversa. Além disso, com a chegada de Toby Winston naquele dia, o jantar estabeleceria certo padrão para a semana em que o amigo de Marcus ficaria com eles, e Leo estava determinado a não permitir que os jovens ficassem "vegetando" na frente da televisão sempre que quisessem. Um pouco de esforço, argumentou ele, seria requerido de todos.

Não menos de Daphne. Quando era só ela e Claire na casinha de West Sussex, raramente houvera a necessidade de testar suas habilidades culinárias.

Tinha sido mais um caso de encontrar tempo, entre seus compromissos de jardinagem, para dar uma corrida ao supermercado ou, simplesmente, improvisar algo com o que por acaso estivesse na geladeira. Agora, com seis bocas para alimentar — que podiam ser contadas como oito, com a capacidade de comer de Marcus e Toby —, três vezes ao dia, apesar da constante ajuda de Agnes, a governanta, como *sous-chef*, Daphne parecia estar constantemente diante de uma fileira de panelas amassadas borbulhando no velho fogão a gás da cozinha.

E o que era pior: os problemas não se resumiam ao preparo da comida. Ao voltar de Edimburgo para casa, no dia anterior, parecera uma boa ideia abordar o tema do "apoio mútuo" que surgira com Marcus no carro, e ela havia chamado Leo a um lado para perguntar se podiam falar discretamente sobre aquilo. Mas a reação dele fora a de simplesmente erguer a mão e dizer: "Agora não é o momento certo", e se refugiar na estufa. E, então, ela ficara com raiva de si mesma porque percebeu que ele estava totalmente certo. Qualquer tentativa de forçar uma discussão sobre aquilo poderia trazer discórdia a longo prazo e ela realmente não queria que aquilo acontecesse. Eles vinham se dando tão bem ultimamente.

No entanto, mais tarde, quando Leo finalmente reaparecera na cozinha, onde Daphne estivera dividindo seu tempo entre preparar a refeição da noite e continuar limpando os armários para criar espaço para suas coisas, e disse que tinha deixado Claire sair de carro com um menino de doze anos, ela não pôde esconder a irritação. Disse a Leo, de forma bastante enfática, que, com sua ação, ele não só havia demonstrado pouca consideração pela segurança de Claire como também tinha atribuído a si uma decisão a respeito da filha dela sem consultá-la, apesar de ter recusado de forma tão veemente discutir sua própria prole.

Tendo recebido o que merecia, Leo não tentou argumentar sobre o assunto. Ele se desculpou por sua falta de consideração e disse que só havia feito aquilo porque achava que Jonas e Claire fossem se dar bem. E, então, por sua livre e espontânea vontade, abordou a questão que Daphne quisera discutir naquela tarde.

Não demorou muito para que eles acertassem os ponteiros. Nenhum dos dois queria se desentender com o outro e tudo terminou com Leo dando-lhe um abraço demorado e prometendo que, de agora em diante, eles nunca mais evitariam intencionalmente qualquer discussão sobre os filhos.

E foi mais tarde, quando tudo estava resolvido entre eles, e Daphne descascava batatas na pia da cozinha, que ela viu pela janela Claire e o garoto, Jonas, deitados na grama, conversando e rindo. Ao observá-los, percebeu que Leo havia demonstrado compreender mais sua filha do que ela pensara. Claire era solitária, um espírito livre, e era muito menos sofisticada que Marcus ou Charity, e Jonas, o jovem vizinho, era o contraste perfeito para ela. Ao deixar que Claire fosse no carro com ele, Leo havia inteligentemente direcionado a criação de uma amizade sem forçar a questão.

Quando Leo chamou Marcus, Charity e Toby para que descessem para o jantar, houve a inevitável rebelião lamurienta enquanto a televisão era desligada na sala de jogos, e o controle remoto jogado com força num dos sofás. Eles entraram na sala de jantar, onde Claire, que estivera com Daphne na cozinha desde que entrara do jardim, estava ajudando a mãe a servir. Daphne notou olhares ressentidos para a filha e, entendendo a insinuação silenciosa, achou melhor que Claire interrompesse o que estava fazendo e fosse se sentar à mesa.

Leo surgiu na sala trazendo uma garrafa de vinho tinto e um saca-rolha. — Achei que todos poderíamos tomar um gole de vinho bom — disse ele, removendo o papel da boca da garrafa —, já que esta é uma ocasião mais formal.

— Eu e Toby podemos tomar uma cerveja, em vez disso? — perguntou Marcus.

Leo pareceu decepcionado. — Oh, está bem, seus bárbaros, se é isso que vocês querem. — Ele serviu um pouco de vinho na taça colocada à cabeceira da mesa, levantou-a e cheirou antes de tomar tudo num gole só. — Mas vocês não sabem o que estão perdendo. — Ele voltou a encher a taça. — Certo, como Claire já está sentada neste lado da mesa, que tal você, Charity, sentar-se no outro lado com Toby, e Marcus vem para este lado?

Charity lançou um sorriso apaixonado para Toby, extasiada com o arranjo feito pelo pai, mas essa emoção não foi compartilhada por Marcus quando este voltou com as duas latas de cerveja. — Ah, tenha dó, pai, isto é ridículo. Por que não posso me sentar ao lado de Toby?

— Porque eu quero estas duas garotas encantadoras ao meu lado, assim como tenho certeza de que Daphne quer a companhia de dois jovens charmosos.

— Mas... — Marcus resmungou, afastando a franja do cabelo do rosto — por que você, Daphne e Claire não podem ficar nesta ponta e nós nos sentamos na outra?

— Por favor, Marcus, apenas faça o que pedi — respondeu Leo. — Não vai te matar. — Ele serviu um pouquinho de vinho na taça de Charity e a preencheu com água.

— Ah, pai — gemeu Charity —, isso não é justo. Por que eles podem tomar uma lata inteira de cerveja cada um?

— Talvez porque eles sejam pelo menos dois anos mais velhos que você — disse Leo, sentando-se à cabeceira da mesa e desdobrando seu guardanapo. — De qualquer forma, não há nada de errado com o que você recebeu. "Rich Man's Ribena", é como se chama. — Daphne colocou um prato com ensopado de carne, batatas e cenouras na frente dele, que lhe deu um sorriso. — Obrigado, minha querida, parece delicioso. — Servindo-se imediatamente de um bocado, ele pousou o garfo e a faca e se recostou na cadeira. — Então, Toby, quanto tempo seus pais vão ficar em Paris?

A conversa foi se animando durante a refeição e Daphne soltou um suspiro interno de alívio ao notar a quase harmonia que parecia tomar conta do jantar. Leo, inteligentemente, envolveu Claire no diálogo e, a certa altura, enquanto Charity perguntava a ela sobre sua antiga escola, ele cruzou olhares com Daphne e fez um sinal de esperança quase óbvio demais, esfregando os dedos cruzados ao lado do rosto. No entanto, aquilo não iria durar muito tempo. Durante uma breve calmaria no fluxo da conversa, um momento em que se poderiam consultar os relógios para ver se anjos estariam passando por ali, Toby Winston demonstrou uma delicadeza digna de nota ao tentar romper o silêncio.

— Você vai mesmo mudar o nome da casa, Leo? — perguntou ele.

Leo estava com uma colherada de pudim de frutas vermelhas a meio caminho da boca. — O quê? — perguntou, perplexo com a pergunta de Toby. Ele olhou casualmente para Claire ao dizer aquilo, enquanto o creme pingava lentamente da colher para o prato. Daphne viu as bochechas da filha ficarem vermelhas e seus olhos dardejarem em volta da mesa.

— Eu não contei para ninguém — disse ela a Leo, com um tremor na voz. — Só para o Jonas, e nós só chamamos a casa desse jeito entre nós.

— Que história é essa? — perguntou Marcus, franzindo a testa para o pai.

— Ah, entendi! — exclamou Leo, entendendo de repente o assunto a que Toby estava se referindo. — Não é nada, só uma coisa que Claire e eu estávamos discutindo na estufa.

Marcus olhou furioso para a irmã. — O quê? Mudar o nome da casa? Jesus! — Ele jogou o guardanapo na mesa e se levantou, saindo arrogantemente em direção à porta.

— Pelo amor de Deus, Marcus — exclamou Leo. — Sente-se e pare de ser tão dramático.

Marcus deu meia-volta. — Dramático? Pai, elas só estão aqui há uma semana e já estão tentando mudar o nome da casa. Você não consegue ver o que está acontecendo? É uma maldita tomada de controle.

Daphne pressionou os dedos na testa, enquanto via Leo levantar a mão para tentar apaziguar o filho. — Marcus, pare de ser ridículo. Você está interpretando tudo isso de forma exagerada.

— Acho que não — retrucou Marcus e saiu da sala feito um furacão.

O barulho da porta batendo foi seguido por um silêncio incômodo que, no final, foi rompido por Charity. — Então, qual é o nome novo? — perguntou ela, dirigindo sua pergunta a Claire.

— A Casa da Planta Dragão — respondeu Claire —, mas é só um nome de faz de conta.

Leo se inclinou sobre a mesa e deu um tapinha no braço de Claire. — Claro que sim, minha querida.

— E eu realmente não contei a ninguém... exceto Jonas. — Claire casualmente olhou para Charity e a viu repetir em silêncio, de forma sarcástica, suas últimas palavras. O fato de ser vista ao menos fez com que as bochechas gorduchas da garota se ruborizassem de vergonha.

— Ah, bem — continuou Leo —, talvez Jonas tenha contado a Toby, então. — Ele olhou para o amigo de Marcus. — Foi isso que aconteceu?

Toby pareceu ficar encabulado. — É, acho que sim — respondeu, com um dar de ombros.

Leo assentiu lentamente. — Bem, vamos tentar deixar esse episódio tolo para trás. Toby e Charity, é melhor vocês irem procurar o Marcus, onde quer que ele esteja, e dizer a ele que Croich continuará sendo Croich e que nenhum outro nome está sendo cogitado, OK?

Toby e Charity se levantaram da mesa e deixaram a sala. Quando a porta se fechou, tanto Leo quanto Daphne soltaram suspiros simultâneos de alívio. Leo olhou para Claire. — Você também quer ir?

— Talvez não neste instante — disse Daphne rapidamente, sorrindo para a filha. — Vamos deixar a poeira baixar um pouco, sim?

— Jonas me disse para não contar a Marcus e Charity sobre o nome da casa — disse Claire, baixinho. — Eu não achei que ele fosse contar a Toby.

Leo balançou o dedo para ela. — Tenho quase certeza de que ele não contou.

— Por que você diz isso? — perguntou Daphne.

— Porque Jonas mantém distância daqui quando os meninos estão em casa. Ele não teria conversado com eles.

— Então, quem mais teria contado a Toby?

— Ah, imagino que seja um bom e velho caso de bisbilhotice. Toby já ficou hospedado aqui algumas vezes com Marcus e eu já notei que ele é um fumante clandestino. Um de seus esconderijos preferidos é no meio dos arbustos atrás das estufas, então minha teoria é que ele simplesmente tenha ouvido por acaso Claire e Jonas conversando, depois que eles trouxeram o carro.

— Deveríamos dizer alguma coisa a ele? — perguntou Daphne.

— Quem, pro Jonas?

— Não, para o Toby, sobre fumar. — Ela balançou a cabeça. — Sinto informar que ainda não tive nenhuma experiência desse tipo.

— Bem, não é nada fácil, mas, nas atuais circunstâncias, acho que temos o suficiente em que pensar além de Toby tragando alguns cigarros. — Ele riu. — Sinto um pouco de pena do garoto, no entanto. Ele estava fazendo o melhor que podia para puxar conversa e quase se entregou. — Ele voltou a se recostar na cadeira, o rosto ficando mais sério enquanto olhava pela janela. — Vai demorar um pouco, não é mesmo? — Ele se virou para olhar para Daphne, na outra extremidade da mesa. — Eu não tinha imaginado como seria.

Levantando-se da cadeira, Daphne caminhou ao longo da mesa e se inclinou sobre o marido, passando os braços em volta de seu pescoço.

— Ainda é cedo, meu amor — disse ela, dando um beijo no topo da cabeça dele. — Vai dar tudo certo, você vai ver. — Ela pegou seu prato vazio e começou a se movimentar em volta da mesa, retirando as coisas. — Claire, será que você poderia me dar uma mãozinha, querida?

Mais tarde naquela noite, quando Claire estava deitada em sua cama, de pijama e lendo um livro, sua mãe veio lhe desejar boa-noite.

— Vamos lá, criança, está na hora de dormir. — Ela foi até a janela e levantou a vidraça para que entrasse um pouco de ar no quarto abafado, antes de fechar as cortinas.

Deixando o livro cair no chão, Claire encolheu as pernas e enfiou-as por baixo do lençol. Ela ficou deitada olhando para o teto enquanto a mãe se sentava a seu lado.

— Você está bem? — perguntou Daphne, baixinho.

Claire assentiu, com a cabeça no travesseiro. — Eu sabia que Jonas não iria contar.

Daphne sorriu. — Ele já é um amigo, então?

Claire pareceu contente. — Sim, e ele também é muito inteligente. Sabe tudo sobre carros e coisas.

Daphne acariciou a testa da filha, afastando uma mecha de cabelo gentilmente para o lado. — Foi o que Leo disse.

Claire se sentou, apoiando-se nos cotovelos. — Mamãe, Jonas estuda numa escola bem perto daqui e ele perguntou se eu iria estudar na mesma que ele. Você acha que eu poderia?

— Bem, vamos ter que começar a pensar nisso logo, não é? Vou conversar com Leo e ver o que ele diz.

Claire deixou a cabeça cair pesadamente no travesseiro. — Fico feliz de estudar perto daqui. Não acho que Charity queira que eu vá estudar com ela. — Ela olhou para a mãe. — Ela e o Marcus não gostam de nós, gostam?

Daphne deu um tapinha em sua mão. — Você precisa entender que é muito difícil para eles, querida. Eles viveram nesta casa com a mãe deles, além de Leo, e é uma mudança grande para eles ter-nos aqui agora. Como Leo disse, vai levar algum tempo, mas se você e eu continuarmos agindo de forma normal e amigável, então as coisas irão se ajeitar, por fim, e nós todos vamos formar uma grande família feliz. — Ela se inclinou e deu um beijo na testa de Claire. — Mas você deve se lembrar, minha querida, de que você é minha menina muito especial e que, o que quer que aconteça, eu estou do seu lado e estarei para sempre. Entendido?

Erguendo os braços, Claire abraçou o pescoço da mãe e apertou-a com força. Ela não soltou o abraço e, portanto, Daphne permaneceu ali, inclinada sobre a filha, até que seus braços finalmente caíram e ela mergulhou no sono.

CAPÍTULO 16

Nova York — Setembro de 2004

Durante toda a sua vida, Claire jamais havia devotado um só minuto de consideração à ideia de que, talvez, sua mãe pudesse não estar ali para sempre. Quando Daphne ligou para o restaurante a fim de dizer que estava indo ao hospital para uma cirurgia — algo meramente rotineiro, disse ela, só um probleminha feminino —, Claire havia tratado a conversa telefônica com a mãe como outra qualquer e continuado seu trabalho, com o fone encaixado entre o ombro e a orelha. Não houve nada, nem mesmo o mais mísero fragmento de incerteza e apreensão que pudesse ter advertido Claire de que aquela seria a última vez que falaria com Daphne.

Leo telefonou para ela dois dias depois para dar a notícia, com a voz trêmula e desprovida da costumeira inflexão jovial, agora apenas uma casca vazia, destituída de sua profusão de riso e bom humor. O coração de Daphne havia parado de repente enquanto ela estava sob anestesia, ele disse a ela, e mesmo estando em um dos melhores hospitais de Edimburgo, com todos os equipamentos mais modernos, eles não puderam fazer nada. E, então, Leo perdeu o fio da meada completamente e Claire apenas o ouviu soluçando do outro lado da linha, repetindo as mesmas frases sem parar: "Era só uma operação de rotina" e "Não era nada sério, só rotina..."

Foi sorte Claire estar no escritório, por acaso, quando recebeu o telefonema; caso contrário, Art e todos aqueles que estavam no restaurante, deliciando-se com seu jantar, teriam pensado que ela havia sofrido um derrame. Mesmo depois de Leo ter encerrado a ligação, ela ficou sentada imóvel com o fone ainda no ouvido, olhando fixamente para a parede acima da mesa. O barulho do restaurante parecia vir até ela através de um tubo, ou talvez fosse apenas seu cérebro gritando-lhe a advertência de que não suportaria a sobrecarga de informações que ela estava pedindo que ele absorvesse. Sua mãe, sua única parente, sua amiga, sua confidente, sua única ligação verdadeira com o passado e com David, havia... partido. Simples assim, mudando completamente sua vida em não mais do que um estalar de dedos. E Daphne tinha só sessenta e um anos.

Após cinco minutos, quando a realidade começou a irromper através de seus sentidos, suas emoções explodiram à superfície e ela chorou longa e descontroladamente.

Claire e Art voaram para a Escócia no dia seguinte, para o funeral. Eles deixaram a data de retorno aberta, mas estavam calculando não passar mais do que quatro dias lá; portanto, decidiram deixar Violet nas mãos capazes de Pilar. Art, enquanto isso, pediu a um amigo que fosse ao restaurante, apenas para garantir que o chef e o maître não tentassem se sobrepor um ao outro na administração do local.

Quando chegaram à casa, Claire ficou surpresa com a aparência do lugar, visto que desde o Natal de dois anos antes ela não tinha ido até lá. Todas as janelas da frente brilhavam com pintura nova, a pesada porta de carvalho estava reenvernizada e o jardim, imaculadamente cuidado. Mas, apesar disso, a velha casa parecia curvar-se sob a imensa pressão da melancolia. As venezianas de todas as janelas estavam fechadas para o fulgor da manhã e, nos degraus que conduziam à porta de entrada, alternando um sim outro não, havia vasos com uma única papoula preta cada um. As flores se curvavam à brisa suave, como se também respeitassem o luto da família.

— Ei, o lugar está muito bonito — observou Art, inclinando toda sua estatura por cima do volante para olhar pela janela do carro alugado.

— Sim, suponho que esteja — respondeu Claire, distante.

Quando entraram na casa, Claire ficou parada por um momento, respirando o aroma demasiadamente familiar do vasto hall — um coquetel estranho de poeira e flores de perfume adocicado —, e foi imediatamente atingida por um devastador rompante de saudade que, de fato, fez com que percebesse o imenso vazio deixado em sua vida pela morte da mãe.

— Ai, Art — ela soluçou baixinho, cobrindo o rosto com as mãos. Ela sentiu Art rodeá-la com os braços e apertá-la de encontro ao peito.

— Eu sei, meu anjo — sussurrou ele em seu ouvido. — Deixe tudo sair. Estou bem aqui do seu lado.

Enquanto eles estavam ali, abraçados, uma porta se abriu ruidosamente em uma extremidade do hall e Agnes Smith, a governanta, entrou arrastando os pés, com os olhos concentrados na bandeja cheia que estava carregando. De súbito, ciente da presença deles, ela parou e fixou os olhos para tentar ver quem estava parado próximo à porta de entrada.

— Ah, minha menininha, é você — exclamou ela, colocando a bandeja em cima da estante envidraçada no canto escuro. Ela se aproximou deles, enxugando as mãos no avental antes de estender-lhe os braços. Claire se soltou de Art e deu um abraço apertado na governanta. — Eu sinto tanto pela sua mãe, menina. Ela era uma pessoa maravilhosa e eu gostava muito dela.

— Eu sei que gostava — respondeu Claire, dando um sorriso corajoso para Agnes e enxugando as lágrimas com as costas da mão —, e também sei que o sentimento era mútuo.

A governanta usava um roupão fora de moda sob o avental, e sua cabeça estava adornada por um chapéu de feltro preto enterrado sobre as orelhas, apesar do calor de fim de verão. Claire só podia concluir que aquele era o seu equivalente a uma braçadeira de luto. Ela não parecia ter envelhecido muito com o passar dos anos, mas também Claire sempre achara que Agnes tinha certo ar de antiguidade, desde a primeira vez que a vira, no casamento de Leo e Daphne.

Claire soltou um suspiro demorado para acalmar as emoções. — Como está o Leo, Agnes?

— Ficou bem mal, aquele lá — respondeu Agnes com tristeza. — Não arredou pé da sala de estar estes últimos dois dias, nem mesmo para ir até as estufas. — Ela atravessou o hall para apanhar a bandeja. Pegou-a e olhou, com desesperança, para a comida intocada no prato. — Perdeu o apetite e tudo. — Ela seguiu até a cozinha. — Você deveria ir lá vê-lo, menina. Talvez sua presença aqui coloque um pouquinho de luz nos olhos dele.

Art passou o braço pelos ombros de Claire e deu um apertão tranquilizador. — Você está em condições de fazer isso?

— Acho que sim. — Ela sorriu para ele. — Você se importaria se eu fosse sozinha?

— Não, de jeito nenhum. É melhor assim. Vou pegar as malas no carro e levá-las para o nosso quarto, lá em cima. Mas vou estar por aqui, caso você precise de mim.

Claire se aproximou e deu um beijo no rosto dele. — Obrigada.

A sala de estar estava escura, exceto por um intenso raio de sol que penetrava por uma das venezianas que não fora completamente fechada. A princípio, Claire achou que Leo tivesse ido a alguma outra parte depois que Agnes retirara sua bandeja, pois o silêncio na sala era absoluto; porém, ao passar por trás do sofá, ela o viu sentado em sua poltrona, olhando fixamente para a lareira apagada. Ela ofegou de surpresa, percebendo quanto a morte de Daphne já havia custado a ele. Ele tinha setenta e seis, mas parecia que os acontecimentos dos últimos dois dias lhe haviam acrescentado dez anos. Tudo nele parecia ter encolhido. Suas pernas finas e compridas assomavam sob a calça de veludo desbotada; o colarinho da camisa, ainda com a gravata, mal tocava a pele flácida do pescoço; e o cabelo crespo, que uma vez crescera abundantemente aos lados da careca, agora se reduzia a algumas finas mechas grisalhas. A única coisa nele que havia conservado o tamanho era o paletó de tweed, que parecia distanciar-se de seu corpo, acentuando a casca oca e vazia que agora existia dentro dele.

Claire foi silenciosamente até ele e se inclinou para dar um beijo em seu rosto. — Olá, Leo.

Ele se sobressaltou, como se despertado de um sono profundo, e ergueu os olhos para ela. — Oh, Claire, minha querida. — Ele se esforçou para se levantar e pôs os braços em volta dela, e Claire inspirou o aroma de tweed velho. Achava que tinha atingido o ponto mais profundo de seu luto durante os últimos dois dias, mas o cheiro e o contato físico daquele homem, que tanto amara sua mãe, romperam qualquer resistência de sua parte e ela desandou a chorar. Leo também começou a chorar, e eles se abraçaram, ambos sentindo a perda com mais intensidade do que antes.

— Onde ela está? — perguntou Claire finalmente, limpando as lágrimas dos olhos com as costas da mão.

Leo lhe deu um beijo no rosto e voltou a se sentar na poltrona. — Na funerária. Achei que seria melhor. Você se importa?

— Em que sentido?

— Fiquei pensando se deveria trazê-la para cá.

— Não, não acho que Daphne teria achado isso importante. Você já conseguiu organizar alguma coisa para o enterro?

— Sim, já está tudo arranjado para amanhã. Haverá uma missa na igreja St. John às onze e meia da manhã e, depois, vamos para o crematório em Falkirk.

— É isso que ela queria?

— Sim, estava em seu testamento. Ela queria que suas cinzas fossem espalhadas aqui no jardim.

Claire ficou um tanto confusa pelo fato de Leo estar com tudo tão bem organizado, principalmente depois de Agnes ter dito que ele nunca saía da sala de estar. — Você tomou todas essas providências sozinho? — perguntou ela, sentando-se no sofá ao lado da poltrona dele.

Leo balançou a cabeça. — Tenho sido bastante inútil, infelizmente. John Venables, o advogado, tem cuidado de todos os procedimentos legais. O ruim é que tudo estava organizado partindo do princípio de que eu é que iria bater as botas primeiro. Nunca pensei, nem em um milhão de anos, que seria Daphne... — ele se calou por um momento, esfregando a testa como se para aliviar uma dor irritante — então suponho que tudo terá de ser feito de novo.

— Tenho certeza de que será. Eu não me preocuparia muito com isso agora. — Ela fez uma pausa, entrelaçando as mãos, sem muita vontade de fazer aquela pergunta: — Quando é que Marcus e Charity chegam?

— A última notícia que tive é de que chegariam amanhã cedinho. Um monte de coisas a fazer lá, sabe, muita coisa a organizar com os filhos e tudo mais.

— Sim, claro. — Ela suspirou profundamente. — Pensei que um deles pudesse ter vindo para cá um pouco antes, para te dar ajuda e apoio emocional.

Leo deu de ombros. — Falou-se de um deles ficar aqui por algum tempo, mas eles não queriam se envolver, já que Daphne não era...

Ele parou e acenou com a mão para Claire, percebendo que estava a ponto de dizer algo que não queria.

— Que Daphne não era mãe deles?

Leo balançou a cabeça. — Eu não quis dizer isso. Olha, provavelmente foi melhor que eu tenha ficado sozinho desde que tudo aconteceu. — Ele olhou para Claire. — E, de verdade, não quero que haja motivos de discórdia entre vocês. Já temos muita coisa a fazer sem precisar lidar com isso.

Claire estendeu o braço e deu um tapinha na mão dele. — É claro que não vai haver discórdia. Só estou aqui por você e por Daphne, meu querido, por ninguém mais. — Ela olhou em volta da sala vazia. — E então, há alguma coisa que eu possa fazer? E quanto às flores?

— Chegarão amanhã cedo, acho. — Ele se virou e pegou uma folha de papel A4 da mesa ao lado de sua poltrona e entregou-a a Claire. — Aqui está o cronograma que Jonas redigiu. Acho que ele não se esqueceu de nada.

Claire o encarou, com a folha pendendo frouxamente da mão. — Jonas Fairweather?

Pela primeira vez, um leve sorriso rompeu a solenidade de seus traços. — Você conhece outro Jonas?

— Ele tomou todas as providências?

— Tudo, desde conseguir o atestado de óbito até organizar o bufê para o velório.

— Pensei que ele estivesse morando longe da fazenda — disse ela, distante.

— E estava, mas voltou.

— Ele conseguiu se tornar um piloto de rali, então?

— Não, nunca encontrou patrocinador. No entanto, ele tem tido bastante sucesso financeiro.

— Fazendo o quê?

— Ele obteve um cargo de mecânico em uma das equipes grandes de Fórmula Um. Ele sempre foi um mago dos motores, o Jonas. Ele viajou pelo mundo durante vários anos.

— Eu não teria pensado que isso pudesse trazer riqueza.

— Não, você tem razão, mas aí ele teve uma ideia brilhante de como deixar o carro de sua equipe mais econômico sem afetar o desempenho. Continua sendo totalmente incompreensível para mim, mas foi considerado algo revolucionário na indústria. De qualquer maneira, ele entrou em sociedade com um de seus colegas mecânicos que tinha tino comercial e os dois desenvolveram esse conceito para carros de alto desempenho. E depois, cerca de um ano e meio atrás, eles venderam a patente a um dos grandes fabricantes alemães por uma quantidade obscena de dinheiro.

— Então, ele voltou aqui para morar.

— Sim, não muito depois da morte do pai.

— Bert Fairweather morreu?

— Infelizmente, sim, de um ataque cardíaco. Desculpe, eu deveria ter te contado isso. Uma falha minha. — Ele olhou para ela. — Não, isso não é verdade. Eu simplesmente não achei que você fosse se interessar em saber sobre a família Fairweather, já que você e Jonas não... bem, você sabe o que eu quero dizer.

Claire balançou a cabeça, desconsiderando o assunto. — Já são águas passadas. — Ela fez uma pausa. — Então, ele faz alguma coisa da vida?

— Ah, certamente. Assim que voltou, ele comprou o controle majoritário de uma franquia de carros esportivos em Glasgow e, depois, comprou a fazenda de mim.

— Você vendeu a fazenda a ele?

— E por um preço bastante bom. Você deve ter notado que foram feitas algumas reformas na casa.

— Tanto Art quanto eu estávamos dizendo como a casa estava bonita, com tudo pintado.

— Isso é só o que se pode ver. O telhado inteiro também foi recoberto de chumbo. Pela primeira vez na vida, não precisamos correr para os andares de cima com os baldes toda vez que chove.

— Deve ter custado uma fortuna.

— Sim, mas pude pagar, graças ao Jonas.

— Então, onde ele está morando? Com certeza não é naquela fazenda caindo aos pedaços, né?

O sorriso de Leo foi quase jovial. — Você não iria reconhecer o lugar, minha querida. Ele o renovou completamente, com uma nova construção nos fundos e uma sala envidraçada na frente. Tudo muito elegante. Além disso, é claro, os carros velhos e o mato pelo terreno também são coisa do passado. Ele começou a cultivar morangos para os grandes supermercados, então, cada metro quadrado da fazenda está coberto por túneis de polietileno; e atrás do galpão velho... você sabe, onde Bert costumava consertar os carros, há essa vila bizarra de trailers e casas rodantes onde os colhedores ficam hospedados, geralmente jovens estudantes tchecos ou poloneses. — Ele inclinou a cabeça a um lado. — Não, o jovem Jonas está indo muito bem.

— Ele é... solteiro? — perguntou Claire, sua suposta indiferença soando um pouco evidente demais.

— Não, ele está casado com Liv. Ela é uma garota maravilhosa, da Suécia, acho, e muito bonita. Eles têm dois lindos filhos nórdicos, Rory e Asrun, que vêm aqui com bastante frequência para me ajudar nas estufas, exatamente como você costumava fazer. — Ele sorriu para ela. — Eles até mesmo chamam isto aqui de a Casa da Planta Dragão.

Claire se flagrou experimentando uma sensação ridiculamente imatura de mágoa, querendo manter apenas para si todas as lembranças privadas do lugar. — Verdade? Não achei que o nome fosse virar conhecimento público.

— Oh, eu não contei a eles. Isso foi coisa do Jonas.

Claire ficou surpresa. — Não acredito que ele fosse se lembrar disso.

— Não tem muita coisa que passe despercebida a Jonas Fairweather, isso eu posso dizer.

Claire olhou novamente para a folha A4 que ainda estava segurando. — Bem, isso é bastante evidente. Ele não se esqueceu de nadinha, não é mesmo? — Ela colocou a folha a seu lado, no sofá. — Imagino que ele vai estar no funeral amanhã, então.

— Não, infelizmente ele não vai poder. Terá de tomar um voo até Manchester hoje à noite para se encontrar com um homem e discutir a possibilidade de uma associação comercial. Era uma reunião que ele não podia adiar.

Claire ficou quase zonza de alívio. — Que pena! — Ela se levantou e foi até a janela fechada. Virou-se para o padrasto. — Sabe, Leo, eu não acho que Daphne iria gostar de ver a casa tão triste e fechada. Ela sempre foi uma pessoa muito alegre e animada. Você não acha que deveríamos fazer com que a casa refletisse isso?

Leo sorriu debilmente para ela. — Eu queria que você tomasse essa decisão. Como filha dela, senti que era seu direito.

— Nesse caso, vamos abrir essas janelas agora mesmo. — Ela dobrou as venezianas da primeira janela e o sol entrou na sala, os raios não apenas dispersando imediatamente o ar de tristeza fúnebre, mas também expondo a grossa camada de poeira sobre cada peça da mobília. Claire passou o dedo no tampo da escrivaninha perto da janela e ergueu-o para mostrar a mancha escura para Leo. — Ahá, acho que acabei de encontrar trabalho para mim — disse ela, indo até a porta e saindo da sala.

Enquanto ela atravessava o hall em direção à cozinha, Art lutou para se levantar do sofá murcho próximo às escadas e largou sobre a mesa de pinho o jornal que estivera lendo. — Como ele está?

Claire foi até ele e lhe deu um abraço apertado. — Está bem. Provavelmente melhor agora que nós conversamos. Mas amanhã será um dia duro para ele.

— Tenho certeza de que sim. E quanto às providências para o funeral?

— Tudo feito.

Art lhe deu um beijo no topo da cabeça. — Parece bastante positivo. Obviamente, Agnes foi meio exagerada na avaliação do estado mental de Leo.

— Parece que sim — respondeu Claire, não querendo mencionar nada sobre Jonas Fairweather nem seu envolvimento no caso.

Art foi até o centro do hall e olhou para cima, avaliando o teto alto de cornijas e a cúpula acima. — Sabe, eu havia me esquecido de como esta casa era fantástica. — Ele olhou para Claire. — O que você acha que Leo vai fazer com ela agora?

— Como assim?

Art deu de ombros. — Bem, é só que, com Marcus e Charity baseados em Londres, duvido que eles queiram se mudar para cá; e você deve ter algumas lembranças maravilhosas desta casa.

Claire franziu as sobrancelhas. — Não estou entendendo.

Art sorriu tristemente para ela. — Ei, eu nem devia ter falado nada. É só que, bem, quando nós chegamos aqui, pude ver quanto este lugar significa para você e comecei a pensar... — Ele balançou a cabeça. — Olha, esqueça, é uma ideia inapropriada. Minha cabeça só está viajando um pouco.

Claire se aproximou dele e colocou a mão em seu braço. — Vá em frente, o que você ia dizer?

Art fez uma pausa. — OK, não estou falando do futuro imediato, mas se, com o tempo, Leo achar que é trabalho demais administrar a propriedade, bem, o que eu pensei foi que, se nem Marcus nem Charity quiserem assumi-la, seria uma pena que fosse vendida fora da família. — Ele olhou em volta do hall. — E me ocorreu que este lugar tem muito potencial para ser transformado numa espécie de centro de conferências de alto nível, principalmente com todas as indústrias que estão por aqui e também pelo fato de estar relativamente perto dos aeroportos de Edimburgo e de Glasgow...

— É uma ideia adorável, Art — interrompeu Claire —, mas sinto dizer que você está se esquecendo de um detalhe muito importante.

— O quê?

— Minha única ligação com esta casa era através de Daphne. E essa ligação foi rompida quando ela faleceu. Agora, já não tem mais nada a ver comigo.

— Ah, eu entendo isso completamente, mas, com certeza, nós poderíamos comprá-la. Você sabe que eu venho procurando algo novo em que investir. Nós faríamos um restaurante nos mesmos moldes do que temos lá em casa e eu colocaria uma boa equipe de gerenciamento aqui para administrar o restaurante e o centro de conferências, e daí nós viríamos para cá de tempos em tempos, a negócios, para ver como vão as coisas. Nunca se sabe, eu poderia até mesmo arrumar um tempinho para jogar golfe.

Apesar de estar se sentindo desprovida de emoções e de energia, Claire não pôde evitar se divertir com o segundo motivo. Art havia "descoberto" o golfe há apenas três anos, mas sua paixão pelo jogo se tornara tão forte quanto seu entusiasmo pelos negócios. Ele até mesmo havia sugerido trazer seus tacos de golfe nesta viagem, mas a reação gelada de Claire colocara um fim naquilo.

Ela sorriu ironicamente. — Ah, estou começando a entender seu raciocínio.

Art riu. — Bem, e você me culpa? Estamos na Escócia, afinal, terra de alguns dos melhores campos de golfe do mundo. — Ele ficou sério. — E isso realmente tem um papel muito importante na minha ideia para esta casa; mas é claro, meu anjo, o mais importante é que você não teria de romper sua ligação com o lugar e ainda poderia visitar Leo.

— E onde ele se encaixaria, nesse seu plano grandioso?

— Bem, nós... poderíamos substituir uma das estufas por um apartamento pequeno para ele — ele riu — e, daí, colocaríamos uma porta unindo o quarto à estufa para que ele pudesse, alegremente, ir cuidar das suas plantas estranhas de pijama. — Ele sorriu para Claire. — Ei, olha, por favor, não pense que estou agindo com frieza ou falta de consideração ao mencionar isso neste instante. Como eu disse, sei quanto esta casa significa para você... e para Leo. Só estou pensando no futuro.

Claire suspirou. — O único problema com a sua ideia, Art, é que Marcus e Charity teriam o maior poder de decisão no assunto e eu acho que eles prefeririam vender a alma ao diabo em vez de me deixar ter qualquer coisa a ver com a casa.

— Sim, mas o dinheiro pesa muito, se o valor for suficientemente alto — disse Art. — Você me deixaria, pelo menos, mencionar a ideia para Leo... no momento certo, quero dizer?

Claire pensou naquilo por um instante. — OK, mas agora não é o momento certo.

CAPÍTULO 17

Durante as duas cerimônias, no funeral e no crematório, Claire ficou a um lado de Leo, com Charity e Marcus e seus respectivos cônjuges no outro. Apesar de sua própria dor, Claire sentia que era Leo quem precisava de mais apoio ao longo daquele ordálio e, constantemente, olhava para ele em meio às lágrimas. Ele parecia estar aguentando bem, com sua postura altiva e orgulhosa, o olhar focado em algum ponto diretamente à frente, e não no caixão de Daphne, mas, quando as cortinas se fecharam ao redor e o padre entoou as últimas palavras da cerimônia, ele abaixou a cabeça, seus ombros começaram a se elevar e ele estendeu a mão — a direita, não a esquerda — para Claire. Ela a tomou e apertou de forma tranquilizadora e, enquanto olhava para ele com amor e imensa tristeza, captou casualmente os lábios apertados de Charity olhando para suas mãos unidas.

Das cerca de setenta pessoas que compareceram a ambas as cerimônias, apenas metade retornou à casa para a vigília, a maioria constituída de parentes de Leo e amigos que ele e Daphne haviam feito durante seus vinte e três anos de casamento. O último avô de Claire morrera havia três anos e ela perdera o contato com os primos por parte de David; portanto, ficou surpresa quando um homem corpulento e bem-vestido, de uns setenta anos, se apresentou como primo em segundo grau de sua mãe.

Brian Knight era um advogado aposentado de Hampshire que nunca tinha se casado e que sempre se mantinha atento aos membros distantes da família. Ao ler o obituário de Daphne no *Daily Telegraph*, ele havia tomado um avião para vir prestar suas homenagens. Durante a breve conversa com ele, Claire ficou sabendo que haviam restado pouquíssimos parentes, de ambos os lados da família, e que Leo, agora, era realmente o único elo que ela tinha com sua juventude.

Muito embora a casa pudesse facilmente acomodar todos que voltaram ali para a vigília, mesas e cadeiras haviam sido colocadas no gramado próximo às estufas para o caso de o clima de final de verão continuar gentil. O dia estava ventoso, mas quente, com nuvens altas deslizando rapidamente pelo céu azul-claro, e, portanto, tomou-se a decisão de servir o almoço lá fora. Claire e Art ocuparam a mesa ao lado da de Leo, que havia sido tomada resolutamente por Charity para os membros da família Harrison. Claire, no entanto, não tinha nem tempo nem inclinação para refletir sobre aquilo. Durante a refeição, estava constantemente levantando-se para beijar ou apertar a mão daqueles que desejavam oferecer suas condolências. Lá pelo meio da tarde, a repetição de respostas padronizadas às superficialidades bem-intencionadas havia drenado todas as suas reservas de energia e ela ansiava apenas por um momento que fosse de contemplação solitária.

Sua oportunidade surgiu quando carregava uma bandeja cheia de pratos e talheres sujos de volta à casa e Agnes, nos degraus da frente, retirou a carga de suas mãos. Claire não voltou para sua mesa, mas contornou o gramado intencionalmente, evitando qualquer contato visual, e tomou o rumo da estufa mais próxima, onde havia passado tanto tempo com Leo e Daphne. Ela chorou no momento em que adentrou o interior quente e úmido, o ar densamente perfumado trazendo-lhe lembranças de sua mãe, não apenas ali, mas na pequena estufa de Daphne em sua casa em West Sussex. Ela apoiou o traseiro em uma das prateleiras de plantas e cobriu o rosto com as mãos, aspirando o ar para tentar controlar suas emoções e sabendo que não demoraria muito para que Art percebesse que ela não estava por perto e viesse procurá-la. Estendeu a mão e tocou a folha comprida e pontuda de uma das plantas dragão, dizendo palavras silenciosas a Daphne que pareceram trazer consolo imediato. Ela, agora, sentia a presença da mãe mais do que nunca e, em sua mente, as palavras pareciam tomar forma sem necessidade alguma de estímulo racional. "Cuide de você e da sua família, minha querida, e fique de olho em Leo."

Ela deu alguns passos pelo corredor central pavimentado, pegando um trapo velho da prateleira e esfregando uma das vidraças sujas. Isso lhe permitiu ver claramente Leo, sentado em sua mesa à sombra irregular da árvore no centro do gramado. Ele estava conversando com Marcus e Charity, ambos a seu lado, e, enquanto Charity dirigia a conversa com o pai, Marcus olhava ao redor, distraído por alguma coisa que estava acontecendo em frente à casa. Charity se inclinou e deu um beijo no rosto de Leo, após o que Marcus deu umas palmadinhas no ombro do pai e apertou sua mão. Ele e a irmã, então, começaram a ir em direção à casa. Não se viraram novamente, portanto não viram o aceno final de Leo para eles. Mas Claire viu, e também viu como ele se deixara cair visivelmente na cadeira quando sua mão se abaixou e como sua cabeça ficou inclinada, tão baixo que o queixo se apoiava no peito.

Quando Claire saiu da estufa, Marcus e Charity haviam desaparecido na frente da casa. Ela correu pelo gramado até a entrada de cascalho. Um dos Mercedes pretos enormes que haviam sido alugados para transportar a família naquele dia estava parado em frente aos degraus e Harry Thomson, marido de Charity, estava se acomodando no banco traseiro. Ela se aproximou do carro, forçando um sorriso amigável.

— Harry? — perguntou. — O que está acontecendo?

— Ah, Claire, aí está você — disse o marido de Charity, saindo novamente do carro. — Nós estávamos te procurando.

— Vocês vão a algum lugar?

— De volta ao aeroporto. Nosso avião parte às sete.

Claire ficou sem palavras. Olhou para o banco de trás do carro, onde a esposa de Marcus já estava acomodada. Ela deu a Claire um sorrisinho estreito e um aceno.

— Então, são só você e Sarah que vão embora — Claire afirmou, esperançosa.

Harry lançou um olhar furtivo em direção à porta da casa. — Não, na verdade, nós todos precisamos voltar. Marcus e Charity só estão se despedindo de Agnes.

Sem esperar para ouvir mais, Claire se virou, correu escadaria acima e entrou no hall, justamente quando seus meios-irmãos saíam da cozinha, emitindo suas despedidas finais para a governanta.

— Vocês não podem ir ainda — disse ela com vigor.

Charity se aproximou. Ela ainda tinha o mesmo rosto redondo da juventude, embora as bochechas rosadas fossem agora disfarçadas com maquiagem. Porém, nunca perdera o aspecto rechonchudo, e o terninho de lã escuro se esticava sobre o busto cheio e os quadris largos.

— Perdão?— disse Charity.

— Vocês não podem ir embora. E o Leo?

— O que tem ele?

Claire sacudiu a cabeça com descrença. — Bem, tem tanta coisa para organizar, não? Quem vai cuidar dele, agora que Daphne partiu?

O olhar de Charity era de doce incompreensão. — Não estou entendendo direito o que você quer dizer, Claire. Você não está se esquecendo do fato de que nosso pai viveu aqui sozinho por seis anos, depois que nossa mãe morreu e antes de ele se casar com a sua mãe?

— Mas isso foi há mais de vinte anos! — explodiu Claire, ignorando o tom venenoso de Charity. — Leo é um homem idoso agora e, quer você admita ou não, ficou devastado pela morte de Daphne.

Charity suspirou. — Bem, nesse caso, talvez você deva resolver tudo isso.

Claire ofegou. — Pelo amor de Deus, Charity, você fala como se minha mãe tivesse morrido de propósito!

— Ah, tenha dó, Claire — disse Marcus, avançando em defesa da irmã. — Que coisa mais infantil de se dizer!

— Infantil! — exclamou Claire. — Você ouviu o que sua irmã acabou de dizer?

— Acho que deveríamos ir agora, Marcus — disse Charity, ofendida, apanhando a bolsa de cima da mesa de pinho. — Eu sabia que você iria fazer drama hoje, Claire. Você sempre precisou ser o centro das atenções, não é mesmo?

Claire achou que transmitir ódio num sorriso fosse algo impossível de se fazer, mas Charity passou no teste com louvor, pouco antes de sair pisando duro até a porta. Então, ela se voltou.

— Oh, a propósito, Claire, você pode dizer ao seu amigo Jonas que ele fez um trabalho excelente organizando tudo hoje. — Ela levantou um dedo num gesto de advertência. — Mas eu ficaria de olho nele, se fosse você. Tanto Marcus quanto eu tivemos de lidar com ele quando o papai lhe vendeu a fazenda e, te digo uma coisa, eu não confiaria nele nem por um segundo.

— Então é uma sorte que eu não esteja planejando vê-lo, não é mesmo? — retrucou Claire, seca.

— Humm — respondeu Charity antes de girar nos calcanhares e descer ritmicamente os degraus.

Ao menos o sorriso de Marcus foi um pouco mais caloroso, ao se despedir. Ele até mesmo se dignou a dar um beijo no rosto de Claire, antes de seguir a irmã.

— Marcus?

Ele se virou, na porta da frente.

— Não tem como você ficar um pouco? Eu realmente não posso organizar tudo aqui sozinha.

Marcus passou a mão pela cabeça, revelando o princípio de calvície acima das têmporas. Ao contrário de Charity, ele não tinha herdado a corpulência do pai; no entanto, sua postura ereta e elegante e os olhos agudos e estreitos pareciam refletir um constante desdém pelas demais pessoas.

— Não posso te ajudar, Claire, sinto muito. Tenho um negócio importante em andamento agora com uma propriedade no East End. Amanhã é a reunião decisiva. Não posso perdê-la.

— Mas Art e eu temos de voltar para os Estados Unidos, o quanto antes. Violet está lá sozinha e nós também temos nosso negócio a administrar, você sabe.

Marcus deu de ombros. — Como eu disse, sinto muito. Diga olá ao Art por mim. — Ele lhe dirigiu um aceno apressado e saiu.

CAPÍTULO 18

Alloa — Abril de 1986

Claire estava de pé diante da mesa da cozinha, balançando a cabeça ao ritmo de "Like a Virgin", de Madonna, que martelava em seus ouvidos pelos fones do walkman. Ela sacudiu a espátula de plástico no ritmo da batida antes de mergulhá-la na tigela de glacê cremoso de limão e, sem qualquer cerimônia, lançar uma considerável bolota sobre o bolo de aniversário recém-assado que se encontrava no prato à sua frente. Então, sua cabeça virou de lado quando o fone foi arrancado com força e ela se voltou para descobrir Agnes olhando-a com cara feia.

— Eu disse para tomar cuidado, menina — disse a governanta com severidade. — Não gastei três horas fazendo este lindo bolo para você estragar tudo com sua mão pesada.

Claire sorriu abertamente para ela e se afastou da mesa, para admirar sua obra. — Até que está bonito. Ao estilo de um quadro de Picasso. Acho que Charity vai gostar.

— Vou te dar um Picasso, se você não prestar atenção — retrucou Agnes com uma centelha de humor na voz, antes de voltar a seu trabalho no outro lado da mesa, moldando hambúrgueres, com as mãos enfarinhadas, a partir de um monte enorme de carne moída.

A porta da cozinha se abriu com violência e Daphne entrou, vestindo apressadamente uma jaqueta acolchoada. — Alguém viu minha bolsa?

Agnes apontou o dedo branco para o aparador desordenado. — Está lá, ao lado do telefone.

— Graças a Deus! — respondeu Daphne, apanhando a bolsa. — Achei que a tivesse deixado no supermercado, hoje de manhã.

— Aonde você está indo? — perguntou Claire casualmente.

— Leo e eu vamos buscar uns amigos de Charity na estação, mas antes disso precisamos ir à loja de jardinagem pegar carvão para o churrasco. Esquecemos de comprar hoje cedo.

— Parece uma boa desculpa — disse Claire, com um sorriso.

Daphne se aproximou da filha e lhe deu um beijo rápido no rosto. — Você sabe como ele é. Aproveita qualquer oportunidade para comprar mais plantas.

O grito de um jovem soou do hall, seguido por um ruído retumbante. Daphne lançou um olhar resignado a Agnes. — Espero, sinceramente, que eles não quebrem nada.

— Você se refere a membros ou a móveis? — perguntou Agnes.

Daphne riu. — Não acho que, nesta casa, precisamos nos preocupar muito com estes últimos. — Ela se virou, a cabeça altiva cheirando o ar e, então, foi rapidamente até a porta. — Por favor, não fumem dentro de casa! — gritou o mais alto que podia. Ela suspirou, ansiosa. — Agnes, você poderia, por gentileza, cuidar para que ninguém entre na sala de jantar? Não quero que os garotos comecem a tomar cerveja pelo menos até as sete horas, caso contrário eles já estarão trêbados quando a festa começar.

Agnes deu de ombros. — Vou fazer o possível, mas não sou nenhuma policial.

— É verdade. Talvez seja pedir demais. — Daphne acenou com a mão. — Vejo vocês mais tarde.

— *Och*, essas crianças de hoje — resmungou Agnes indo até a pia e lavando as mãos sob a torneira. — Era muito mais fácil quando as festas de aniversário eram apenas uns pãezinhos, um prato de gelatina e depois todo mundo era levado embora pelos pais.

— Não acho que Charity iria gostar muito disso — disse Claire, lambendo o restinho de glacê da espátula.

— Não, duvido muito — respondeu Agnes, enxugando as mãos no avental. — E então, o que você vai fazer esta noite? Vai ficar por aqui, para a festa?

Claire balançou a cabeça. — Ela também não iria gostar disso. Vou até a fazenda. Bert vai nos levar até a trilha da floresta no carro de Jonas.

— Bem, tome cuidado, minha menina. Você vai correr mais perigo zunindo por aí naquele carro do que se encarar a barafunda desta noite.

— Eu nunca vou no carro, Agnes. Meu trabalho é marcar o tempo, então eu sento na beira da estrada e sou coberta pela poeira quando Jonas passa voando.

Agnes soltou um suspiro demorado e balançou a cabeça com resignação. — Não entendo por que o pai deixa ele fazer isso. Ele vai se matar qualquer hora dessas.

Claire riu. — Não seja tão pessimista, Agnes. Jonas é um excelente piloto.

— Sei, Jim Clark também era e olha só o que aconteceu com ele.

Claire estava prestes a perguntar mais a Agnes sobre o famoso piloto de corridas escocês quando um jovem de cabelo escorrido, de jeans e camiseta polo vermelha, com o rosto rubro de suor, entrou na cozinha.

— Com licença, por acaso vocês teriam alguma coisa para beber?

— Não — respondeu Agnes com veemência. — Você vai ter que esperar. Foram essas as minhas ordens.

O garoto pareceu surpreso. — Eu quis dizer água, na verdade.

Abafando o riso, Claire foi até a pia, pegou um copo do escorredor e o encheu na torneira. Ela o entregou ao garoto e ele o tomou de um gole só.

— Obrigado — disse ele, sorrindo para ela ao devolver o copo. Ele se virou e saiu apressadamente da cozinha.

— Quem é esse? — perguntou Agnes.

— O namorado da Charity, acho — respondeu Claire, baixinho.

— Ah, tá — suspirou Agnes, tirando a fôrma cheia de hambúrgueres da mesa da cozinha e colocando-a no aparador —, pelo menos um deles tem um pingo de educação.

— Acho que você iria se...

Claire foi interrompida, em sua censura ao comentário seco de Agnes, pelo reaparecimento do jovem.

— Oi — disse ele, sorrindo para Claire.

— Olá — respondeu ela, lançando um olhar incerto para Agnes.

— Olha, vários de nós estamos jogando futebol no gramado da frente. Você não quer vir jogar também?

Claire olhou novamente para Agnes, cujo rosto miúdo parecia a ponto de explodir de intriga. Ela se voltou para o garoto e sorriu. — Obrigada, mas eu estou, hã, ocupada.

Ele olhou para a tigela de glacê vazia na mesa. — Parece que já terminou.

— Sim, bem...

O riso agudo de Charity ecoou pelo hall e, um instante depois, ela entrou correndo na cozinha, os cachos de cabelo louro balançando em volta da cabeça. Ela expirou longa e exaustivamente e, então, o sorriso gorducho desapareceu de seu rosto.

— Daniel, qual é o problema? — gorjeou ela. — Por que você não vem?

O garoto sorriu para Charity e, depois, para Claire. — Só estava perguntando à sua irmã se ela queria vir jogar futebol conosco.

Os olhos de Charity dardejaram de Claire para o garoto e de volta para ela, e, então, seu rosto se abriu num sorriso inesperadamente amplo. — Por que não? Vamos, Claire, venha jogar com a gente. Em que time devemos colocá-la?

— Ela pode jogar no nosso lado.

Charity deu uma risada curta, quase maníaca. — Claro que sim. — Ela avaliou rapidamente a camiseta branca de Claire. — Mas você não pode vestir isto. Nós estamos jogando de vermelho.

— Eu tenho... — começou Claire.

— Não, venha comigo, tenho algo para você lá no meu quarto. — Ela agarrou a mão de Claire, a primeira vez que Claire se lembrava de ter contato físico com a meia-irmã, e a arrastou pela porta da cozinha. Claire só teve tempo de desenganchar o walkman do cós da saia e soltá-lo com um ruído preocupante na mesa da cozinha antes de ser puxada até o hall.

— Pode ir lá para fora, Daniel — disse Charity com animação para seu jovem pretendente. — Nós vamos num minuto.

Claire se apressou pelas escadas atrás de Charity, desconcertada pela amabilidade inédita da meia-irmã e se perguntando se não seria apenas uma desculpa para Charity lhe dar mais um sermão sobre ficar longe dela e de seus amigos. Mas Charity ainda estava cheia de risadinhas de afeição fraternal e de conspiração quando abriu a porta de seu quarto e correu até a cômoda.

— Você também quer uma calça jeans — perguntou ela, abrindo a gaveta superior e procurando intensamente — ou está bem de saia?

— Não se preocupe — respondeu Claire, ainda perplexa com o repentino surto de cordialidade, enquanto examinava sua saia curta e evasê. — Isto está bem.

— Droga, eu sei que tenho uma camiseta aqui em algum lugar. — Charity bateu a gaveta e abriu a seguinte, começando a jogar roupas descuidadamente pelo chão. — Claire, procure no guarda-roupa. Tem uma camiseta parecida com esta minha, mas com um logotipo amarelo da Ferrari na frente.

Claire foi até o enorme closet e entrou, forçando os olhos no escuro para ver as fileiras de roupas penduradas a cada lado. — Onde estaria? — perguntou, virando-se novamente para Charity, que agora vasculhava a gaveta de baixo.

— Na prateleira acima dos vestidos. Tem um banquinho no qual você pode subir.

— Tem luz aqui?

— Infelizmente, não. A lâmpada queimou.

Claire foi tateando e encontrou o banquinho no fundo do closet. Ela o colocou sob a prateleira, subiu e começou a empurrar as pilhas de roupas de lado para procurar a camiseta. De repente, encontrou-se em total escuridão — a porta do closet fora fechada com um estrondo e ela ouviu a chave girando na fechadura.

— Charity? O que você está fazendo?

Não houve resposta.

— Charity? — gritou mais alto enquanto descia rapidamente e corria para a porta, batendo a perna dolorosamente na quina do banco. — Ai — gritou, mancando e apalpando para encontrar a porta. — Charity, me deixe sair, está ouvindo? Isto é ridículo.

Ela pressionou o ouvido na porta e tentou ouvir, mas não escutou nada. O negrume total do closet começou a se fechar à sua volta e o cheiro sufocante das roupas de Charity, impregnadas com seu perfume, era avassalador naquele confinamento sem ar. Claire sentiu as primeiras ondas de adrenalina do pânico sendo lançadas em seu cérebro ao se dar conta de que não havia ninguém por perto para ajudá-la. Marcus tinha saído com alguns amigos, em seu carro recém-adquirido; Daphne e Leo tinham saído por tempo indeterminado, e não havia modo algum de Agnes saber que ela não estava lá fora no gramado, jogando futebol com os amigos de Charity.

— Charity, por favor me deixe sair.

Ela se inclinou para esfregar a perna que latejava de dor e, quando a primeira lágrima rolou por seu rosto, ela fechou o punho e socou repetidamente a porta. Depois de dez minutos, desistiu e desmoronou chorando no chão, mais uma vez se contraindo de dor quando o salto fino de um dos sapatos de Charity cutucou sua nádega.

Não fazia ideia de quanto tempo ficara sentada ali no chão do closet, encurvada e com o rosto manchado de chorar apoiado nos joelhos. Podia até mesmo ter dormido um pouco. Finalmente, seus ouvidos estavam tão acostumados ao silêncio que ela escutou o nítido clique da maçaneta da porta, no outro extremo do quarto de Charity. Ela levou a mão à porta e se encostou, esforçando-se para ouvir se alguém havia entrado. E, então, ouviu o mais leve dos passos que, lentamente, atravessava o quarto.

— Charity? — gritou. — É você?

— Claire? Onde você está?

Era a voz de Jonas, e o imenso alívio que Claire sentiu ao ouvi-la fez com que explodisse novamente em lágrimas. Ela se levantou com esforço e socou a porta. — Aqui. Estou no closet.

Ela ouviu a chave girar na fechadura e a porta se abriu; ela caiu para fora com força, de encontro ao corpo magro e alto de um surpreso Jonas. Atirou os braços em volta do pescoço dele e abraçou apertado, piscando com os olhos cheios de lágrimas, conforme eles iam se acostumando à luz ofuscante que vinha da janela.

— Graças a Deus que você veio. Pensei que não fosse conseguir sair dali. — Ela liberou o abraço e se afastou dele. — Mas o que você está fazendo aqui? Você nunca vem quando eles estão em casa.

Jogando o cabelo para o lado com timidez, Jonas deu de ombros e escorregou as mãos nos bolsos traseiros do jeans. — Meu pai e eu estávamos te esperando na fazenda, mas você não apareceu, então decidi vir te buscar. Entrei pela porta do porão para não ser visto e, então, encontrei Agnes na cozinha. Ela disse que você estava lá na frente jogando futebol com Charity e os amigos dela; eu não achei aquilo normal, então fui dar uma olhada pela janela do hall e você não estava lá. — Jonas olhou para baixo e viu o fio de sangue na canela de Claire. — Olha só, você cortou a perna.

Claire foi se sentar na beira da cama desarrumada de Charity, levantou a perna e examinou o ferimento. — Não foi nada. — Ela deu uma esfregada. — Só está dolorido. — Olhou para Jonas. — Como você sabia que eu estaria aqui?

— Não sabia. Tentei quase todos os outros cômodos primeiro. Eu sabia que você não estaria longe de casa, no entanto.

Do lado de fora, veio a torcida abafada do jogo de futebol no gramado. Claire virou a cabeça e olhou para a janela. — Foi a Charity, sabe?

— E quem mais? — respondeu Jonas, baixinho. — Qual foi o motivo disso?

Claire suspirou. — Provavelmente porque aquele namorado dela me perguntou se eu queria jogar futebol com eles.

— Provavelmente! — exclamou Jonas, rindo. — Claire, não há a menor dúvida disso! Há uma impossibilidade física para Charity compartilhar qualquer bem de sua propriedade, principalmente quando isso envolve um namorado e principalmente se é com você.

— Mas eu nem o conheço! E, de qualquer forma, nem sequer tenho idade para alguém como ele, que estuda em colégio particular e tal. Ele não iria se interessar pela meia-irmã de quinze anos da namorada.

Jonas ficou em silêncio por um momento. — Por que não?

Claire ergueu as mãos, como se sopesasse a complicada explicação em sua cabeça. — Bem... porque não.

— Porque você não é suficientemente bonita ou porque você iria sair correndo para brincar com suas bonecas?

Ela apanhou um dos velhos ursinhos de pelúcia de Charity sobre a cama e atirou nele. — Cale a boca, Jonas, você sabe muito bem que eu nunca brinquei com bonecas.

Ele pegou o míssil macio sem esforço. — Então deve ser sua aparência. — Ele riu. — Você não precisa se preocupar muito com isso.

Ela o encarou pelos cinco segundos que levou para entender o significado do comentário. — Não preciso? — perguntou, baixinho.

Jonas não respondeu, mas foi até a janela e ficou ao lado de uma das pesadas cortinas pregueadas, espiando o gramado lá embaixo. — Parece que o jogo está terminando. — Ele correu para a porta. — Vamos, é melhor sairmos daqui.

Claire se levantou da cama e foi para o lado dele, que abria a porta e procurava escutar qualquer ruído.

— Você falou sério, isso que acabou de dizer? — perguntou ela.

Mas, de novo, Jonas não respondeu à sua pergunta. Apenas agarrou sua mão e, juntos, eles correram o mais rapidamente possível pela casa e saíram pela porta dos fundos, sem parar de correr até terem passado por trás das estufas e saído na estradinha que levava à fazenda.

Ambos se recostaram numa árvore para recuperar o fôlego e Jonas se virou para descobrir Claire encarando-o com os olhos brilhantes.

— Está bem, por que esse sorriso tão largo? — perguntou ele.

— Não vou contar — respondeu Claire, dando um empurrão forte em seu corpo magro que quase o mandou parar nos arbustos do outro lado da estrada. Ela se virou e correu na direção da fazenda. — Vamos, eu aposto uma corrida com você.

CAPÍTULO 19

Alloa — Setembro de 2004

Depois que o carro partiu, Claire ficou enraizada naquele ponto do hall, completamente perplexa com a atitude cáustica de Charity e com a partida prematura dela e de Marcus. No final, sacudindo a cabeça com resignação, ela se virou e saiu novamente da casa para se juntar aos demais no gramado. Procurou imediatamente por Art, vendo-o no meio do grupo, conversando com uma senhora baixinha e troncuda cujos cabelos grisalhos escapavam de um coque malfeito atrás da cabeça. Ele captou o olhar de Claire e, imediatamente, pediu licença à mulher e atravessou o gramado até ela, parecendo preocupado.

— Ei, você está bem? Parece abatida.

Claire evitou o casal de idade com um sorriso amistoso e pegou Art pelo braço, levando-o até o outro extremo da árvore de faia para que ficassem escondidos da maior parte das pessoas no gramado.

— O que está acontecendo? — perguntou Art, confuso.

— Marcus e Charity foram embora.

— Ah, é? Aonde eles foram?

— Voltaram a Londres.

— Quê? — exclamou ele, virando em volta como se os procurasse. — Quando?

— Há uns cinco minutos, em um dos Mercedes.

— Cacete, eles vão voltar?

Claire negou com a cabeça.

— Então, o que vai ser de Leo? — perguntou ele.

— Charity acha que ele ficará bem com Agnes.

— Você também acha?

De novo, Claire fez que não com a cabeça.

Art passou a mão pelo topo da cabeça. — Claire, não podemos ficar aqui muito mais tempo. Temos que voltar por causa de Violet, caramba, e para trabalhar.

— Eu disse isso a eles, mas não quiseram ouvir. Charity foi grosseira comigo.

Art chutou a grama, com raiva. — Jesus, que família essa sua!

— Não é minha família! — exclamou Claire, a voz falhando com a emoção que subiu por sua garganta. — Minha família era a minha mãe, Art, e ela acabou de morrer.

Art pressionou a mão no próprio rosto. — É — disse ele, tranquilizando sua voz. Ele passou os braços em volta dela num abraço apertado. — Me desculpe, eu não deveria ter dito isso.

— Sinto tanta falta dela — soluçou Claire de encontro a seu ombro.

— Eu sei que sente — disse ele, dando-lhe um beijo no alto da cabeça. — Acho que vamos ter de pensar em alguma coisa.

Claire ergueu os olhos para ele. — Você sabe que eu vou ter de ficar aqui um pouco. Não há alternativa.

Art soltou um suspiro. — Acho que sim. — Ele a soltou. — Olha, acho que eu vou dar alguns telefonemas. O melhor momento é agora, como dizem.

— Você vai ter de voltar?

— Vamos ver. Se Pilar disser que Violet está bem e se o restaurante estiver funcionando bem, então talvez possamos estender nosso tempo aqui em uma semana. Eu posso até mesmo pensar um pouco mais a respeito dessa ideia do centro de conferências, se você me deixar falar com Leo.

Claire abafou uma risada. — Bem, Marcus e Charity deixaram bem claro que é obrigação nossa organizar os assuntos dele, então não vejo por que não.

— Certo. — Ele deu um apertão no braço dela. — Vou voltar para a casa. Você vem?

— Ainda não. Acho que não consigo aguentar nem mais um minuto de conversa fiada. Acho que vou dar uma sumida até que a barra esteja limpa.

Art assentiu. — OK, faça isso. Eu cuido de tudo por você.

Ele lhe deu uma piscada tranquilizadora antes de se virar e ir a passos largos em direção à casa.

Claire caminhou até o fim do gramado, mantendo-se sempre alinhada com a faia, para que houvesse a menor chance possível de ser vista; então, percorreu o acesso de cascalho por uns cinquenta metros antes de tomar a estradinha da fazenda. Ela não punha o pé naquela parte da propriedade há quase dezesseis anos, desde aquelas férias geladíssimas de Natal em que sua amizade com Jonas havia terminado de forma tão abrupta. Não obstante, o sol cintilando entre a abóbada das árvores e o cheiro dos arbustos úmidos a transportaram de volta àqueles incontáveis dias em que ela e Jonas haviam caminhado juntos da fazenda até sua casa. Agora, enquanto caminhava, podia quase definir os anos de sua formação pelas brincadeiras que haviam feito e pelas conversas que haviam ocorrido entre eles. No início, eles corriam de um lado a outro da estrada brincando de Menina-Macaco e Homem-Balão; depois, quando ambos começaram a estudar na Escola Secundária

Clackmannanshire, eles simplesmente passeavam ao longo dos oitocentos metros, discutindo sobre o dever de casa ou sobre quais amigos de um deles o outro gostava; mais tarde ainda, quando ambos estavam no meio da adolescência e estudavam para seus exames de qualificação iminentes, ocorrera uma das poucas desavenças entre eles, quando Claire tentou convencer Jonas a não matar aulas, dizendo-lhe que seria melhor ele se concentrar em passar nos exames em vez de passar cada minuto trabalhando no carro velho que seu pai lhe dera. E, então, quando a escola finalmente perdeu a paciência com Jonas, e Claire teve de seguir adiante e prestar os exames avançados sem a companhia de seu melhor amigo, eles só conversavam sobre as técnicas exigidas para se dirigir um carro em altíssima velocidade numa trilha de floresta e sobre como, um dia, ele iria ficar famoso.

Ainda assim, nunca, naquelas caminhadas tarde da noite, houvera qualquer contato físico entre eles — nem um toque de mãos, nem um beijo secreto e experimental. Eles andavam próximos, mas sempre em seus respectivos lados da estrada, com a grama que crescia no centro, intocada pelas rodas dos carros e tratores e parecendo atuar como uma fronteira que, efetivamente, mantinha sob controle qualquer possível demonstração externa de afeto.

A agitação emocional do dia e a partida repentina de Marcus e Charity pareciam atrair Claire como um ímã à fazenda. Sempre fora seu refúgio quando os meios-irmãos estavam em casa durante as férias, um lugar para onde podia ir a fim de fugir de sua provocação constante ou de sua rejeição nociva. Sem importar quão deprimida e infeliz ela estivesse se sentindo, assim que adentrava o patiozinho sujo cheio de galinhas ciscando em volta das peças mecânicas descartadas, seu ânimo se elevava com os sons vindos da oficina: o papo entre Jonas e o pai, o ruído metálico das chaves de boca, a forte aceleração de um motor e, durante um momento muito raro de silêncio, a batida da música pop vindo do velho rádio de pilha sujo de graxa na prateleira acima da bancada. A velha e decrépita fazenda simbolizava tanto um lar para ela quanto a casinha de sua mãe em West Sussex ou a Casa da Planta Dragão.

Mas, então, tudo havia terminado naquele dia, durante as férias de Natal, já há muito tempo. Ela jamais descobrira por que tinha havido uma mudança tão avassaladora no comportamento de Jonas em relação a ela. Já analisara aquilo tudo vezes sem conta em sua mente, tentando desvendar o que dissera, o que fizera. Havia tentado telefonar para ele, mas ele simplesmente desligava; ou se fosse seu pai, Bert, quem atendesse, apenas resmungava alguma desculpa sobre Jonas estar ocupado demais para falar ou que ele tinha saído e passaria o dia fora. No fim, ela havia desistido de telefonar e, durante os dolorosos meses que se seguiram, a perda inexplicável da amizade de Jonas se manifestara na mente de Claire na forma de uma amarga fusão entre traição e desconfiança, como uma bomba-relógio de raiva irracional que continuamente explodia na cara de qualquer pessoa da residência Croich que, por acaso, dissesse a coisa errada no momento errado. Mas, então, ela partiu em sua viagem para o exterior e, com o decorrer do tempo, aquela sensação fora controlada e, por fim, subjugada. E, depois, a felicidade de estar casada com Art e de ter Violet encerrara os últimos vestígios de dor e tristeza, fechando-os num cofre de lembranças tristes dentro dela que, esperava, permaneceria intocado para sempre.

Nunca mais havia voltado à fazenda.

Agora, Claire se detinha subitamente na leve curva da estrada, pouco antes de sair da cobertura das árvores e atravessar os campos abertos até a fazenda. As lembranças haviam rompido o encanto e ela não queria se aventurar mais além. A bola flamejante do sol poente brilhava diretamente em seus olhos, e ela levantou a mão para protegê-los, ao mesmo tempo que ouvia um barulho, não mais do que um farfalhar de galhos à sua esquerda — um veado, talvez, passando clandestinamente pelos densos arbustos. De repente, sentindo-se desconfortavelmente sozinha, decidiu voltar para casa, mas ao abaixar a mão para o lado viu uma figura aparecer na estrada através do velho portão de madeira que conduzia aos campos. Ela ergueu novamente a mão, mas não pôde definir quem era, já que a figura não passava de uma silhueta contra a luz ofuscante. Sabia pela altura, no entanto, que era um homem. Ele ficou olhando para ela por um momento, as pernas separadas acima dos tufos baixos de grama do centro da estrada. Ele se virou e voltou pela estrada na direção da fazenda, e foi então que Claire soube, com toda a certeza, quem era ele, reconhecendo imediatamente as passadas largas e o balanço confiante dos ombros que havia conhecido desde sua juventude.

Claire correu de volta pela estrada, querendo colocar distância entre ela e a figura que se afastava, mas, enquanto caminhava, o sutil vapor tóxico de um pensamento amargurado pareceu vazar em sua mente e ela começou a se perguntar se realmente houvera a "reunião" em Manchester sobre a qual Leo havia lhe contado. Se não, já que Jonas tivera todo aquele trabalho para organizar os mínimos detalhes do funeral de Daphne, por que havia se incomodado em comparecer? Não podia ser porque ainda não queria se aproximar da casa enquanto Marcus e Charity estivessem lá. Certamente, a afeição que ele tinha por Daphne e seu próprio sucesso indiscutível na vida já o teriam feito superar aquela aversão, não?

Só quando ela se viu de volta ao gramado, agora deserto, vagando entre as mesas e cadeiras vazias até a casa, foi que a ideia lhe ocorreu. É claro que Marcus e Charity não eram a razão. Daphne era a mãe dela, e ele sabia que ela viria de Nova York para o funeral. Só podia ser a presença dela o que Jonas ainda continuava tentando evitar.

CAPÍTULO 20

Alloa — Junho de 1987

Não havia mais do que oito quilômetros no percurso entre a fazenda e o portão no começo da trilha da floresta, mas Claire sempre ficava feliz quando eles finalmente chegavam. O velho Ford Escort havia sido completamente desmantelado por Jonas e pelo pai: o banco de trás fora removido para dar espaço aos bancos altos de rali da Corbeau e para a incômoda barra de proteção anticapotamento, que o próprio Bert soldara e adaptara ao carro em sua oficina na fazenda. Com Jonas e o pai ocupando os bancos dianteiros, Claire tinha de se contorcer atrás. As molas do carro eram duríssimas e até mesmo na estrada mais plana ela podia sentir cada protuberância através de sua pequena almofada de espuma; o ronco do escapamento aberto, reverberando pelo interior sem forro do carro, apenas servia para aumentar ainda mais seu desconforto.

Mesmo assim, não perderia aquilo por nada neste mundo. A animação de Jonas com a perspectiva de mais uma corrida cheia de derrapadas e pedras voando para os lados também era compartilhada por Claire. Ela esperaria no começo da estrada, com o dedo pairando sobre o botão do cronômetro, aguardando o clamor distante da buzina que indicava a partida. Ela apertaria o botão e, então, esperaria pelas nuvens de poeira acima das árvores de abeto, instintivamente sabendo, a cada ponto da corrida, se Jonas estava no tempo ou atrasado, se estava recuperando ou perdendo preciosos segundos. Então, o carro apareceria na curva final, com a traseira rabeando, e ela veria Jonas lutar com o pequeno volante de couro, acelerando para que a tração dianteira do carro se aferrasse à estrada e endireitando-o para que o Escort voasse como um foguete pelo segmento final. Quando ele passasse rugindo, ela apertaria o botão do cronômetro e, com os olhos fechados, cairia de costas nos arbustos acolchoados, ficando deitada para evitar a nuvem de poeira e as pedras lançadas pelas rodas.

E, então, Jonas sairia do carro numa fração de segundo, tirando o capacete e correndo até ela. Ele pararia à sua frente e ficaria olhando para ela, ali sentada no alto do barranco.

— Bem? — perguntaria ele, os olhos escuros dardejando com a adrenalina da corrida e a expectativa do resultado.

E Claire o faria esperar, franzindo a testa enquanto fingia estudar o cronômetro, até que Bert, o navegador, incoerentemente vestido com um macacão sujo e um reluzente capacete branco com raios vermelhos, houvesse chegado, tendo vindo devagar desde o carro.

— Bom ou mau? — perguntaria Bert, com as bochechas malbarbeadas apertadas para a frente pela proteção interna do capacete.

E, só então, Claire daria seu veredicto.

Por causa do barulho dentro do carro, eles raramente conversavam durante os dez minutos da ida e, naquela ocasião, Claire ficou contente por isso. Seu estômago se revirava de expectativa ao pensar nos planos que Bert tinha para ela naquela tarde — não por duvidar de sua habilidade, mas pela reação de Jonas quando o pai fizesse a sugestão. Quatro meses antes, ela fora até a fazenda depois da escola e encontrara Bert sozinho na oficina. Era a oportunidade perfeita para lhe fazer aquele pedido.

A partir do momento em que Jonas passou de pilotar kart a correr num carro de rali de verdade, Claire também quis ser parte daquilo. Eles eram uma equipe, haviam sido durante todo o colégio, e ela não queria que isso mudasse. Marcar o tempo era algo divertido, até emocionante, de certa forma, mas Claire queria compartilhar a mesma euforia que Jonas, queria ser parte de todas as suas conquistas. Queria estar no carro com ele — dependendo dele — e que ele também dependesse dela.

Tal desejo não era somente motivado pela paixão que Jonas dedicava àquele esporte. Tinha mais a ver com a paixão que ela mesma nutria pelo próprio Jonas. Ela tinha quase dezessete anos, não era mais uma menina, e sim uma jovem, e tudo que desejava era que o relacionamento entre eles se transformasse em algo mais profundo. Sonhava com o momento em que a barreira entre amizade e amor finalmente ruísse, quando, então, ele estenderia a mão para tocá-la e passaria o braço em volta de seus ombros, seguindo-se aquele primeiro e tão esperado beijo.

Só precisava de um catalisador que permitisse que aquilo acontecesse.

Portanto, esse fora o motivo pelo qual havia pedido a Bert para aprender a ser copiloto de Jonas. Queria ser sua navegadora, cantar as curvas das estradas e as distâncias entre elas para que Jonas agisse de acordo com suas instruções, economizando preciosos segundos de seu tempo de forma que ela se tornasse indispensável para ele — na vida.

Bert tirou o velho boné de tweed e coçou a cabeça, enquanto ponderava sobre o estranho pedido. — Você precisa ter cabeça fria para fazer isso, menina. Tem que pensar rápido, agir depressa e ter nervos de aço, porque estará correndo a uma velocidade terrível. Você acha que dá conta?

Claire engoliu com dificuldade e assentiu.

Bert sorriu para ela, exibindo a dentadura brilhante. — Nesse caso, sim, eu te ajudarei — ele fez um gesto indicando sigilo —, mas isso tem que ficar só entre nós, menina. Jonas é extremamente sério com relação a onde quer chegar nesse esporte, portanto, ele não vai tolerar alguém que só queira brincar. Não diga nem uma palavra sequer para ele até eu dar a ordem.

Naquela tarde, Bert telefonou para Leo e pediu-lhe que discutisse a ideia com Daphne, deixando claro que não iria permitir que Claire chegasse perto do carro até ter certeza de que estivesse à altura da tarefa. — Precaução e habilidade são os vencedores — ele sempre dizia —; imprudência e burrice, os perdedores.

Houve muita discussão sobre o assunto por trás de portas fechadas, Leo pela primeira vez se mostrando reticente e Daphne propensa a permitir; no final, ambos chegaram à decisão de confiar em Bert. Eles conheciam seu profundo carinho por Claire e sabiam que ele jamais permitiria qualquer coisa que pudesse colocar sua vida em risco.

Quando o sinal verde foi dado, Bert entrou em ação, fazendo uma visita especial à nova megalivraria em Dunfermline. Ele voltou com um livro sobre navegação de rali e um vídeo que mostrava o atual campeão do WRC, Juha Kankkunen, narrando todos os eventos em que havia competido no ano anterior.

A tática de segredo entre Bert e Claire, de ali em diante, foi intensa. Todas as noites, depois que terminava os estudos para os exames avançados, ela devorava repetidamente as informações do livro e do vídeo. Sempre que possível, geralmente sob o pretexto de "fazer umas compras", Bert apanhava Claire na escola em seu velho Land Rover e eles passavam uma hora na trilha da floresta, na qual ele ia dirigindo lentamente de uma ponta à outra, ajudando Claire a tomar notas das distâncias e do ângulo das curvas. — Diminua uma fração na distância desta aqui, menina — diria ele —, e você fará com que Jonas tome a curva um pouco antes. Isso irá lhe render alguns segundos em tempo.

E quando Claire passou a conhecer a estrada como a palma de sua mão, Bert a levou até outra parte da propriedade florestal, onde ela sabia que Jonas jamais havia estado. Essa nova estrada se interligava à anterior, mas serpenteava por mais de um quilômetro e meio por trás da colina. Bert levou Claire de uma ponta à outra da estrada, passando pela mesma preparação meticulosa, até que ela pudesse cantar as instruções praticamente de olhos fechados.

Então, justo no dia anterior, quando Bert fechou o portão que conduzia à estrada principal, ele voltou a entrar no Land Rover e bateu as mãos no volante. — Certo, menina, acho que você está pronta. Fará sua primeira corrida com Jonas amanhã.

No extremo da trilha da floresta, Jonas virou o carro no giro da curva e deu uma freada. Bert abriu a porta do lado do passageiro e saiu, desajeitadamente, antes de empurrar o banco para a frente para Claire sair. Ele ficou estirando as costas e, então, deu uma piscadela encorajadora para Claire, entregando-lhe o capacete.

— O que está acontecendo? — perguntou Jonas, espiando-os do banco do motorista.

— Eu é que vou controlar o tempo hoje — respondeu Bert.

— Você está brincando — disse Jonas, incrédulo.

— Não estou, não, rapaz — riu Bert. — Você vive reclamando de que eu dou as instruções tarde demais, então vou entrar em greve. — Ele se inclinou sobre o carro, abrindo o porta-luvas e tirando o bloco grosso de papel no qual Claire tinha escrito suas notas de navegação. Ele o entregou a ela. — Vamos ver se Claire pode fazer melhor.

— Mas ela não sabe! — exclamou Jonas, com o lado da boca retorcido para cima, em desdém.

Bert sorriu intencionalmente para Claire. — *Aye*, ela sabe, rapaz... ela sabe.

— O que está acontecendo com vocês dois, hein? — perguntou Jonas, olhando com desconfiança de um para o outro.

Tomando o capacete das mãos de Claire, Bert o colocou cuidadosamente na cabeça dela e começou a ajustar a correia. — Espere e verá.

Balançando a cabeça com resignação, Jonas colocou vigorosamente o próprio capacete. Bert pegou o braço de Claire e a guiou até a porta do passageiro. — Mantenha a calma, menina. Você conhece a estrada como a palma da mão, mas desta vez estará indo a uma velocidade dos infernos. Você tem que acompanhá-lo. — Ele deu um apertão tranquilizador em seu braço, enquanto Claire entrava no carro. — Houve uma pequena mudança de planos na corrida, rapaz — disse Bert a Jonas, inclinando-se para ajudá-la a prender o complicado cinto de segurança. — Sabe aquela estrada que vem da direita, a meio caminho do portão?

— Sim — respondeu Jonas, desconfiado.

— Pois vá para lá. Fica a exatos dois mil e quinhentos metros do topo, o que significa que, ao começar, sua corrida será de exatamente três quilômetros e meio de distância. É bem mais do que você já fez, portanto fique concentrado e não abuse do motor.

— Mas eu nunca dirigi nessa estrada antes!

Bert balançou a cabeça. — Você não pode esperar ganhar medalhas dirigindo sempre no mesmo pedaço de estrada, rapaz.

— Mas eu não a conheço.

— Talvez não, mas Claire conhece. — Ele se endireitou e bateu a porta com força. — E isso é tudo que importa — gritou, através da janela fechada.

— Como você vai saber que a gente começou? — gritou Jonas para o pai.

— É só tocar a buzina — respondeu-lhe Claire, baixinho. — Ele pode ouvir de onde começamos.

Jonas olhou para ela, preocupado, depois ligou o carro e partiu estrada abaixo.

— Diminua a velocidade, Jonas — disse ela, com a cabeça abaixada enquanto examinava suas anotações. — Não estamos correndo ainda.

— Você está me dizendo o que eu devo fazer?

Ela se voltou para ele, sorrindo. — Estou, sim, vá se acostumando.

Eles dirigiram em silêncio, Jonas apenas emitia eventuais palavrões enquanto guiava o carro devagar por algumas das curvas mais fechadas da nova estrada. Claire o viu morder com força o lábio inferior e percebeu que ele estava tão nervoso com relação ao que o pai lhe estava pedindo para fazer quanto ela.

Quando viraram no alto da estrada, Jonas soltou a respiração, acalmando-se, e acelerou o motor do Escort. — Você está preparada, então?

— Não, ainda não.

— Ah, pelo amor de Deus — resmungou ele.

Claire jogou o caderno sobre o painel e se virou para ele. — Jonas, você está bravo?

Jonas não respondeu e seguiu olhando para a frente, respirando de forma superficial.

— Porque se estiver, então nós não vamos começar até você se acalmar. Este é um trecho muito difícil da estrada e você precisa estar totalmente confiante. Eu vou cantar a rota, mas você terá de me ouvir, OK?

Ela disse aquilo com tanta autoridade que Jonas se virou para olhar para ela e sorriu. — Você fala como uma navegadora de verdade.

Claire assentiu. — E eu sou. Agora você está pronto?

Jonas riu e agarrou o volante com força. — Sim, capitão, mais do que nunca.

Claire apanhou suas anotações do painel e deu uma última checada em seu cinto de segurança. — OK, então, vamos lá.

Jonas empurrou para a frente o câmbio curto e acelerou. Soltou a embreagem até o carro se mover um pouco e fez soar a buzina a ar; com isso, Claire sentiu a potência do carro pressionar seu corpo ao encosto do banco no momento em que eles partiam pela estrada.

Todo o treinamento que fizera com Bert a passo de tartaruga jamais poderia tê-la preparado para a velocidade em que Jonas dirigia, e ela teve de se impedir mentalmente de se agarrar no cinto de segurança e simplesmente olhar pelo para-brisa feito um coelho hipnotizado. Balbuciou as duas primeiras instruções sem nem sequer entender muito o que estava dizendo, mas Jonas atuou de acordo e tomou as curvas exatamente nos ângulos certos. Então, veio uma reta com uma leve subida, mas Claire ficou tão ocupada se preparando para a próxima curva que se esqueceu de mencioná-la. O carro voou por cima do salto, permanecendo no ar por um segundo antes de descer, com um impacto tão chocante que Claire o sentiu em sua espinha.

— A cem jardas, curva de noventa graus à direita — gritou ela, sabendo, no instante em que disse as palavras, que faltavam menos de sessenta jardas até a curva. — Quis dizer sessenta jardas!

Jonas virou o volante com tudo para a direita e o carro derrapou de lado, em direção à curva. A traseira do Escort continuou se deslocando para fora e Claire se virou para ver a margem da estrada mergulhando entre as árvores. Jonas pisou fundo no acelerador, jogando o volante na direção contrária, e a frente do carro ganhou uma tração mais sólida na estrada de terra e se endireitou.

— Desculpa aí! — gritou Claire, com o coração aos pulos.

— Continue assim — gritou Jonas para ela. — Você está indo bem pra caramba.

E aquilo era tudo que ela queria ouvir. Daquele momento em diante, seu nervosismo desapareceu e ela cantou todas as instruções exatamente no tempo certo, até mesmo lembrando-se de reduzir a distância na curva em que Bert havia avisado. Jonas percebeu o que ela havia feito quando eles fizeram a curva de cem graus, e soltou um grito de triunfo quando o carro passou a centímetros da vala, no lado esquerdo.

No final da estrada, eles viraram para entrar no trecho em que Jonas vinha praticando nos últimos oito meses.

— Relaxe, eu levo a partir daqui — gritou Jonas.

— Não, continue me ouvindo — Claire gritou de volta, agora se sentindo no total controle da corrida. — Vou diminuir seu tempo.

Ela cantou todas as instruções como as havia anotado e foi só na última curva que soube que havia realmente conseguido. O carro tomou a curva em alta velocidade, jamais perdendo o controle da traseira e, então, ela viu Bert no final da reta, pulando como um doido no alto do barranco.

O carro passou zunindo pela linha de chegada e Jonas acionou o freio, detendo o carro antes de virar. Ele já havia soltado o cinto de segurança e saído do carro antes que Claire sequer tivesse tempo de recuperar o fôlego. Ela viu Bert descer do barranco e correr até Jonas com o cronômetro na mão estendida. Jonas o tomou dele e ficou olhando-o por um momento, antes de correr de um lado a outro da estrada, socando o ar toda vez que olhava para o cronômetro.

Desafivelando o cinto de segurança, Claire saiu do carro e tirou o capacete. — Como fomos? — perguntou, indo até Bert.

— Incrível, menina — disse Bert, aproximando-se dela. — Isso foi incrível. Eu tinha um tempo em mente de pouco menos de três minutos e vocês acabaram de fazer em dois e vinte. — Ele passou o braço pelos ombros dela e apertou forte.

Eles caminharam juntos de volta ao ponto em que Jonas ainda andava e gritava em triunfo.

— Bem, o que foi que eu disse? — disse Bert, sorrindo orgulhosamente para Claire. — Eu disse que ela era boa.

Jonas se aproximou dela, com um sorriso largo no rosto, e Claire se convenceu de que aquele era o momento pelo qual vinha esperando. A barreira estava a ponto de ser derrubada.

— Que máximo, Claire, que máximo — disse ele, estendendo a mão em sua direção; mas foi para dar um soco em seu braço, mais forte do que talvez fosse sua intenção, em virtude da adrenalina que inundava seu corpo. Ele olhou mais uma vez para o cronômetro e, com um grito triunfante, passou por ela e foi até o carro.

Naquele momento, Bert viu o olhar de profunda tristeza de Claire, que se virava para observar Jonas se afastando. Ele sorriu e assentiu devagar, de repente compreendendo tudo. — Não foi bem o cumprimento que você estava esperando, não é mesmo, menina? — perguntou, baixinho.

Claire não respondeu, mas olhou para seu rosto gentil e castigado pelas intempéries. Ela soltou uma risada que beirava perigosamente a angústia.

— Ah, bem, dê tempo ao tempo — disse ele, abraçando-a novamente —, dê tempo ao tempo. — Ele lhe deu um beijo na lateral da cabeça. — E, enquanto isso, você terá que se contentar com um beijo do pai bobão dele.

Durante o ano que se seguiu, Claire continuou navegando para Jonas na estrada da floresta, mas só uma vez eles conseguiram diminuir o tempo daquela primeira corrida. Jonas nunca a culpou, mas ela sabia que sua verdadeira motivação tinha sido perdida naquele primeiro dia. Mas estava disposta a "dar tempo ao tempo", como Bert dissera, e sabia que, se surgisse até mesmo a mais tênue das oportunidades de romper a barreira, ela a aproveitaria.

O vínculo entre ela e Jonas, no entanto, foi ficando mais forte, principalmente porque ela era uma parte importante de seu sonho de vitória. Claire passava cada momento livre de seu tempo na fazenda, conversando com Jonas na oficina enquanto ele realizava mais modificações no motor de seu carro, e geralmente só voltava para casa muito depois do pôr do sol. Esse contato próximo deu-lhe ainda mais esperança de que seu relacionamento pudesse, afinal, tornar-se realidade; mas, então, depois daquela noite, durante as férias de Natal, quando eles haviam estado juntos na oficina até bem depois da meia-noite, tudo havia mudado. Foi como se um muro impenetrável houvesse de repente sido colocado diante dela, tolhendo todos os meios de comunicação com Jonas. Desde então não houvera contato entre eles, o que deixou Claire com o coração partido.

Sempre fora seu plano ir direto para a universidade depois do colégio, mas agora tudo que ela queria era se afastar o máximo possível de Jonas. Ela dedicou seu ano livre, antes de iniciar a universidade, a viajar pelo mundo, sabendo que aquilo não apenas ampliaria seus horizontes como também lhe daria uma chance de tirar Jonas da cabeça. Ao deixar para trás a Casa da Planta Dragão de carro, naquela manhã quente de julho, não se dera conta de que também estava deixando ali os resquícios de sua juventude, como a sombra rebelde de Peter Pan, e de que seria uma pessoa muito diferente a que, com o tempo, iria voltar.

Uma jovem mulher, casada e realizada.

CAPÍTULO 21

Alloa — Setembro de 2004

Durante a semana posterior ao funeral, Claire se manteve ocupada com a tarefa altamente emotiva de tirar as coisas de Daphne dos armários e guarda-roupas. Ela tentou desligar sua mente enquanto colocava as roupas tão familiares em sacos plásticos pretos destinados ao bazar de caridade; vez ou outra, porém, o perfume de Daphne emanava de uma camisa ou de um suéter, inundando seus sentidos de saudade e destruindo sua determinação. Ela se sentava, então, na beira da cama, que agora parecia depressivamente grande apenas para Leo, e pressionava a peça de roupa de encontro ao nariz enquanto as lágrimas rolavam pelo seu rosto. Consequentemente, um trabalho que deveria ter levado uma manhã acabou tomando-lhe mais de dois dias.

Art jamais soube desses momentos de luto privado e Claire ficou contente por isso. Ele havia dedicado toda sua energia a pesquisar sobre a possibilidade de transformar Croich num centro de conferências e soubera escolher bem o momento para conversar com Leo a respeito. Soube-se que Marcus havia falado com o pai pelo telefone um dia depois da morte de Daphne, dizendo-lhe para pensar bem no que iria fazer com a propriedade e que tanto Charity quanto ele haviam construído suas vidas em Londres e, portanto, não planejavam morar em Croich no futuro. Com o mercado imobiliário tão em alta, ele achava que nunca haveria melhor momento para colocar a propriedade à venda e que era uma excelente oportunidade para Leo cortar as despesas, mudando-se para uma casa menor.

Só quando Art explicou sua proposta a Leo, dizendo-lhe que o principal critério por trás da ideia era manter a casa na família, e, então, ficou sabendo que as ideias de Marcus iam para o lado oposto, foi que percebeu quanto aquilo vinha contribuindo para a depressão do velho. As sobrancelhas franzidas se ergueram no minuto em que Art começou a lhe explicar seu plano, e houve até mesmo uma centelha de luz nos olhos de Leo, inclinado para a frente em sua poltrona e ouvindo com atenção. Sua aceitação da ideia ficou aparente quando, no meio da explicação de Art, Leo bateu as mãos decididamente nos joelhos, pôs-se de pé e caminhou de forma resoluta até a porta da sala de estar. Ele a abriu e, do corredor, gritou para Art, que ficara mudo diante da repentina metamorfose: — É melhor começarmos logo, então. O melhor momento é agora. Eu estarei no meu escritório, se você precisar de mim.

A novidade não apenas deu a Claire o empurrão de que ela precisava, mas também a deixou espantada pelo efeito provocado em Leo. No jantar daquela noite, o silêncio artificial que normalmente rodeava as refeições foi varrido pelas sugestões entusiásticas de Leo sobre a melhor forma de transformar a casa num centro de conferências e também por sua concordância com Art, no que se referia à conversão de uma das estufas em "apartamento de solteiro" como a solução ideal para seu futuro. No final da refeição, ele se levantou e começou a sair da cozinha, mas então se voltou para anunciar que queria que Art e Claire voltassem para Nova York no final da semana, pois ele já havia tomado demais o tempo deles. Ele tinha pensado muito durante aquela tarde, em seu escritório, e achava que agora deveria se conformar com as coisas e tocar a vida, e tinha certeza de que ficaria muito bem zanzando por sua velha casa, com Agnes para lhe dar uma ajuda. Então, interrompeu a resposta preocupada de Claire, dizendo-lhes que havia marcado uma reunião com John Venables, o advogado, dentro de dois dias para a leitura do testamento de Daphne, e que eles poderiam levar aquilo em consideração ao agendar o horário de sua partida. Em seguida, saiu da cozinha, deixando Art e Claire olhando um para o outro com surpresa e sem muito a dizer, exceto: — Bem, foi uma reviravolta e tanto, hein?

Na tarde seguinte, para sua grande alegria, Art foi convidado a jogar golfe com o diretor-executivo de uma madeireira local com quem entrara em contato para discutir suas ideias para a casa. No entanto, ao voltar para casa naquela noite e ir procurar Claire no quarto deles, Art estava com o humor estranhamente sombrio.

— Os tacos emprestados te decepcionaram, foi? — perguntou Claire para provocá-lo, enquanto ele olhava com desânimo pela janela.

Ele balançou a cabeça. — Não, na verdade, eram bons. Joguei bastante bem.

— Então, por que esta cara triste?

Art se virou e coçou a nuca, protelando a resposta por um instante. — Ben Cohen me telefonou logo que eu voltei para a sede do clube.

— Ben Cohen? O advogado de Nova York, você quer dizer?

— Sim.

— O que ele queria? — perguntou Claire, a voz agora um pouco preocupada.

Art soltou um longo suspiro. — Sabe a galeria de arte ao lado do restaurante?

— Sei.

— Vai fechar, e o prédio será colocado para alugar.

Claire ofegou. — Uau, por essa eu não esperava! Pensei que eles estivessem indo bem.

— Ben acha que a causa foi a separação do casal. De qualquer forma, ele foi até a imobiliária que está cuidando do aluguel e já apareceu um monte de gente interessada no local. — Ele olhou para ela, com uma expressão aflita no rosto. — Eu preciso pegar esse imóvel, Claire. Não posso perder essa oportunidade.

— Ah — disse Claire, solene, percebendo as implicações daquilo nos planos de Art para a casa. Ela se sentou pesadamente na cama e ficou quieta por um instante, com a mão cobrindo a boca. Balançou a cabeça. — Você tem que aproveitar essa chance.

— Eu sei. Eu só gostaria de não ter falado nada...

— Não é culpa sua. Só não é o momento certo. — Ela se levantou. — Mas não sei direito o que vamos falar para Leo.

Art enterrou as mãos nos bolsos da calça de sarja e encostou um ombro no batente da janela. — E se não disséssemos nada agora? Eu ainda acho que é um bom plano, nós só precisamos deixá-lo em suspenso por enquanto. Eu estava fazendo uns cálculos na minha cabeça enquanto voltava do golfe e diria que, daqui a um ano, talvez dois, nós teríamos o retorno de todos os custos de conversão do novo restaurante em Nova York e, então, estaríamos em posição de pensar mais no projeto daqui.

— Leo não irá questionar por que está demorando tanto?

— Acho que não. Eu disse a ele que nada iria acontecer imediatamente e, de qualquer forma, nós já o deixamos tranquilo com relação a onde ele vai morar. Assim que formos embora, ele irá simplesmente se perder em suas plantas de novo e se esquecerá completamente da ideia, até que estejamos prontos para dar prosseguimento. — Ele se afastou da parede. — Uma coisa boa é que Leo não vai dizer nada a Marcus ou Charity até que eu possa comprovar a viabilidade do projeto.

— Mas Marcus não vai ficar em cima de Leo para vender a casa?

— Acho que não. Marcus tem um projeto grande em Londres no momento e eu imagino que isso, por ora, ocupará sua mente por completo. A mesma coisa com Charity. Ela ficará envolvida com os filhos e com sua ambiciosa vida social e nem sequer pensará mais a respeito desse assunto.

— Você está dizendo que Charity sabia sobre a ideia de Marcus de colocar a casa à venda?

— Acho que foi isso o que realmente afetou Leo. Ele acha que os dois vêm agindo em conluio sobre a coisa toda.

Claire suspirou. — Pobre Leo... ele não deveria passar por esse tipo de coisa, a esta altura da vida.

Art foi até ela e deu um beijo tranquilizador em seu rosto. — Não se preocupe, ele está se recuperando bem e nós vamos nos manter sempre em contato com ele, depois que voltarmos para os Estados Unidos. — Ele tirou o suéter pela cabeça. — Ei, adivinha só: consegui dois birdies durante o jogo de hoje. Bastante bom, hein?

CAPÍTULO 22

Claire abriu a porta da sala de estar e recebeu o advogado. John Venables tinha o porte de uma cegonha velha, alto mas de ombros encurvados, o que fazia com que o paletó de seu terno escuro parecesse alguns números maior do que ele. Sua conduta era tão séria que, quando Claire o atendeu à porta, seu primeiro pensamento foi de que se tratava do representante da casa funerária que havia cuidado do enterro de Daphne.

— Nós poderíamos fazer nossa reunião ali — disse ela, apontando para a mesa redonda perto da janela. — Tudo bem?

— Perfeito — respondeu o advogado, pousando sua pesada maleta de couro ao lado de uma das cadeiras.

— Você gostaria de chá ou café?

— Café seria uma bênção.

— Certo; vou buscar Leo e meu marido, Art.

Claire saiu da sala e foi até o hall, onde encontrou Leo sentado numa cadeira, calçando suas galochas. Ele usava uma calça de lã grossa e uma jaqueta surrada de tweed.

— Leo, o que você está fazendo?

Ele ergueu os olhos para ela e sorriu. — Está tudo molhado, depois da chuva de ontem à noite. Não quero molhar os pés.

Ela franziu a testa para ele, primeiro desconcertada pela resposta, depois preocupada por sua aparente confusão. — Mas John Venables está aqui, na sala de estar. Nós deveríamos ter uma reunião. Você se esqueceu?

Levantando-se, Leo apanhou um par de luvas velhas de couro de cima da mesa de pinho. — Não, não esqueci, mas não há necessidade de eu estar presente. Tive uma longa reunião com John ontem de manhã quando você e Art saíram para fazer compras. Pedi a ele que te repassasse tudo que nós discutimos, antes de ler o testamento da sua mãe.

— Mas você, provavelmente, faz parte dele, Leo. Não vai querer ouvir a leitura?

O sorriso dele foi forçado. — Não, é melhor não. Eu ficarei sabendo de tudo que me disser respeito mais tarde, por intermédio de John. É um pouco recente, sabe. — Ele apanhou um boné de tweed do mancebo perto da escadaria e o enfiou na cabeça. — Se você precisar de mim para qualquer coisa, estarei na estufa. — Ele caminhou até a porta da frente e a abriu. — Provavelmente terei de abrir caminho a machadadas — disse ele, com uma risada. — Não apareço por lá há séculos.

Depois das apresentações e de uma breve conversa informal, o Sr. Venables pousou sua xícara de café no pires, com a mão de tendões salientes. — Bem, podemos dar início aos procedimentos? — disse ele, abrindo com um estalo os elásticos do arquivo que estava à sua frente na escrivaninha. — Se você não se importar, Claire, Leo me pediu para repassar com você algumas mudanças que ele fez em seu próprio testamento, antes de começarmos com o da sua mãe.

— Claro — respondeu Claire, olhando para Art, no outro lado da mesa. — Ele me disse isso antes de sair para o jardim.

— Ótimo — disse o advogado, colocando seus óculos de leitura. Ele abriu o arquivo, tirou dois documentos datilografados e os empurrou pela mesa em direção a Claire e Art. — Então, o testamento anterior de Leo havia partido do pressuposto de que ele, provavelmente, morreria antes da sua mãe, Claire. — Ele sorriu empaticamente para ela. — Infelizmente, não foi assim. — Ele baixou os olhos para sua cópia do documento. — Nada mudou, na verdade, com relação ao básico, no sentido de que a maior parte das coisas da casa que estavam aqui antes de sua mãe se casar com Leo serão divididas entre os filhos dele, Marcus e Charity...

— Sr. Venables — interrompeu Claire.

— Oh, me chame de John, por favor — respondeu o advogado.

— Está bem... John — prosseguiu ela —, se vamos analisar detalhadamente o testamento de Leo, não é um problema que os principais beneficiários não estejam aqui?

John sorriu, sem jeito. — É uma boa observação, mas eu devo, na verdade, me restringir a alguns pontos relevantes que têm influência nos planos de Art para esta propriedade.

Claire olhou com preocupação para Art, mas ele descartou seu receio com um aceno rápido de cabeça.

— Você está disposta a continuar? — perguntou John.

— Está bem — respondeu Claire.

— Muito bem, então — retrucou John, sorrindo-lhe de forma tranquilizadora. — Quando Leo comprou Croich, grande parte do capital havido pela venda de sua cervejaria, trinta anos atrás, foi investida na propriedade e em sua subsequente manutenção. Não obstante, ele ainda possui uma carteira de investimentos bastante sólida, com um valor presente de duzentos e setenta mil libras e, assim sendo, em caso de enfermidade no futuro, ele outorgou uma procuração conjunta a Marcus e Charity para administrar esses fundos. No entanto, em nossa reunião de ontem, Leo me informou sobre seus planos para esta casa, Art, e entendendo que isso não irá ocorrer imediatamente, ele decidiu, para o caso de vir a falecer nesse ínterim, nomear dois testamenteiros de fora da família para a futura distribuição de seu patrimônio. Tais testamenteiros somos eu e Jonas Fairweather.

— Jonas Fairweather! — exclamou Claire, sentindo de imediato uma bolha de ressentimento escapar daquele cofre escondido nas profundezas de seu ser e explodir em sua cabeça.

— Isso mesmo — respondeu John, hesitante, interpretando o tom de Claire como resultado da decepção por ela mesma não ter sido escolhida. — Eu sugeri, de fato, que você também fosse nomeada testamenteira, mas Leo achou que poderia haver um conflito de interesses se isso acontecesse e que seria melhor não dar ensejo a maiores confusões, por assim dizer.

— Quem é este tal de Jonas? — perguntou Art, notando o desânimo no rosto de Claire.

— A família dele foi inquilina da fazenda vizinha por muitos anos — prosseguiu John. — Ele ficou um bom tempo afastado daqui, trabalhando no sul e no exterior, mas voltou no ano passado e, em seguida, comprou a fazenda de Leo. Apesar de ser um empresário muito bem-sucedido e de ter reunido uma considerável fortuna pessoal, ele tem dado muito apoio a Leo neste último ano. Você sabia, Claire, que foi Jonas quem organizou o funeral da sua mãe?

— Sim, estou ciente disso — respondeu Claire, laconicamente.

— Verdade? — disse Art, surpreso. — Pensei que você tivesse dito que Leo organizou tudo sozinho.

Claire sentiu a cor subir ao seu rosto. — Eu nunca disse isso.

— Bem, certamente deu essa impressão.

Claire deu de ombros. — Não faço ideia por quê — respondeu, decidindo que aquele era um bom momento para dar um contragolpe que amainasse a curiosidade de Art. Ela se virou para John. — Você não acha que ter Jonas como testamenteiro pode causar um conflito de interesses ainda maior?

— De que maneira? — perguntou John.

— Bem, por um lado, ao ser o testamenteiro, ele sem dúvida ficará ciente dos planos de Art para a casa; por outro lado, sendo o dono da propriedade vizinha, ele pode querer impedir a coisa toda. Ninguém estará em melhor posição para fazer isso.

— Pessoalmente, não vejo razão para se mencionar isso por ora — disse John —, e tenho certeza de que Leo levou em conta todas essas possibilidades. Ele sabe que Jonas só quer o melhor para esta família. — Ele tirou os óculos e se recostou na cadeira, remexendo numa das finas hastes douradas. — Sabe, Claire, conheço seu padrasto há mais de trinta anos e, nesse tempo, ele se tornou um amigo íntimo. Como tal, nós compartilhamos muitas confidências, algumas das quais tiveram influência marcante nas mudanças que ele fez em seu testamento. — Ele fez uma pausa, tamborilando um dedo na mesa, como se desse a si mesmo tempo para escolher as palavras com cuidado. — Leo talvez seja uma das pessoas que mais confiam nos demais, e que mais são dignas de confiança, e eu imagino que ele ache muito... triste quando essa qualidade tão importante não é encontrada na natureza dos outros. — Ele sorriu de forma tranquilizadora para Art e Claire. — Agora, não estou fazendo nenhuma calúnia, mas queria que vocês estivessem cientes de que Leo pensou muito sobre as várias decisões que tomou. — Ele se inclinou de novo para a frente, afastando o testamento de Leo a um lado e, com isso, encerrando a discussão. — Então, vamos passar ao testamento da sua mãe? — Ele deslizou uma cópia sobre a mesa para Claire e Art. — Fiz uma lista de todos os pertences dela, Claire, e a maioria irá para você, excetuando alguns legados que ela deixou para Leo, para Art e para sua filha, Violet. Você, sem dúvida, está ciente de que sua mãe tinha pouco capital financeiro pessoal. Sua principal fonte de renda vinha de uma herança deixada para você pelo seu pai, o falecido David Barclay, da qual sua mãe colhia juros e que passaria a você após o falecimento dela. Agora, desde que sua mãe se casou com Leo, ele vem cuidando dessa herança para você, gerenciando-a em conjunto com sua própria carteira de investimentos. O valor presente é de pouco mais de trezentas e cinquenta mil libras.

Claire ofegou, admirada. — Não acredito! Quer dizer... eu não fazia ideia!

John sorriu abertamente para ela. — Bem, a herança foi administrada com muito cuidado. Leo fez um trabalho excelente em aumentar seu valor. — Ele apoiou os cotovelos na mesa, juntando as mãos compridas. — Agora, dependendo de sua atual posição financeira, você pode assumir a carteira de investimentos como ela está, ou posso providenciar para que ela seja convertida em dinheiro. A decisão é totalmente sua.

Claire olhou para Art, que deslizava o dedo pela boca, pensativo. — O que você acha? — perguntou Claire a ele.

Ele ficou calado por um momento, reclinando-se em sua cadeira. — Bem, de fato, eu tenho uma ideia — disse ele, olhando para o advogado. — Você falou muito sobre confidencialidade, John, e eu vou te pedir para fazer a mesma coisa neste caso e manter isso em segredo. Não seria bom para ninguém que se tornasse público.

John assentiu. — É claro.

— Você disse que Leo te informou sobre os planos que temos para esta casa.

— Detalhadamente.

— Bem, infelizmente, vamos ter que colocá-los em espera. Surgiu uma propriedade para alugar ao lado do nosso restaurante em Nova York. É ideal para expandir nossos negócios e eu tenho que aproveitar a oportunidade antes que seja tarde demais; consequentemente, o capital que eu havia destinado para este empreendimento terá de ser direcionado a esse outro. — Ele fez uma pausa. — Agora, eu entendo perfeitamente que a ideia deste projeto tem sido providencial para dar uma injeção de ânimo em Leo, então não quero que ele saiba disso, pois nossa intenção é simplesmente adiar o assunto, por ora, até que nos recapitalizemos. — Ele tamborilou com o dedo sobre o documento à sua frente. — Mas isto aqui, é claro, dá uma perspectiva completamente diferente ao assunto e nos permitiria reduzir esse prazo de forma bastante considerável. — Ele olhou para Claire. — O que você acha de direcionar seus investimentos para a compra desta casa?

Claire respondeu de imediato, com um sorriso enorme no rosto. — Acho que é uma ideia maravilhosa. A casa, então, iria se tornar não só parte de Leo e Daphne, mas também do meu pai.

Art sorriu para a esposa. — Exatamente o que eu pensei. — Ele voltou a olhar para o advogado. — Então, minha sugestão é que devemos manter o status quo. Vamos ter muito trabalho nos próximos anos com a expansão em Nova York, então, que tal deixarmos a carteira de investimentos sob o controle de Leo? É como se fosse nosso pagamento em sinal pela casa.

John Venables assentiu lentamente. — Me parece uma ideia muito boa. Leo é mais do que capaz de continuar supervisionando seus investimentos e tenho certeza de que, quando eu pedir a ele, ele ficará maravilhado em fazê-lo. — Ele voltou para a primeira página do documento à sua frente. — Então, por que agora não lemos o testamento por inteiro e você pode ir fazendo seus comentários quando desejar?

Uma hora depois, tendo conduzido John Venables até a porta da frente, Claire voltou para a sala de estar e encontrou Art parado em frente à janela, olhando para o gramado lateral e para as estufas mais além. Ela se aproximou por trás dele e passou os braços por sua cintura. — Obrigada, meu marido querido. Sua ideia não apenas foi excelente, como também muito generosa.

Art continuou olhando pela janela. — Pois é, bem, a longo prazo será bom para nós dois.

Claire soltou o abraço e o circundou para olhar seu rosto. — Você está bem?

Art assentiu. — Claro.

— No que está pensando?

Ele se virou, com um leve sorriso no rosto. — Me fale a respeito de Jonas Fairweather.

Claire suspirou. — O que você quer saber sobre ele?

— De início, quantos anos ele tem?

Claire se virou para longe, sentindo-se ruborizar mais uma vez. Na esperança de dar uma oportunidade para que o rubor desaparecesse, ela foi até a mesa e sentou-se na cadeira que havia ocupado durante a reunião. — Ele é cerca de um ano mais velho do que eu.

— Então você o conheceu bem.

— Sim.

— E sabia que ele tinha ajudado Leo com o funeral?

Ela fez uma pausa, com os olhos fechados, enquanto esfregava a testa com a mão. — Sim, sabia.

— Então, por que esse segredo?

Ela balançou a cabeça. — Não há nenhum "segredo", Art. Eu só não achei que fosse tão... importante.

Art assentiu. — Certo. — Ele se aproximou e sentou-se na cadeira de frente para ela. — E aí, vocês dois namoraram?

— Não... nunca namoramos.

— Mas eram próximos.

— Sim, ele era meu melhor amigo. Nós sempre estudamos juntos e passávamos a maior parte do nosso tempo livre na companhia um do outro. Ele fez com que minha vida fosse suportável quando Marcus e Charity estavam em casa.

— Então, o que aconteceu? É óbvio que você não liga muito para ele agora.

Claire fez uma pausa, virando a cabeça e fixando o olhar além da janela, no topo ondulante das árvores de abeto no final do gramado. — Bem, nós tivemos uma desavença.

— Por quê?

Claire se virou para olhar para ele, furiosa. — Não sei por quê. Ele simplesmente... parou de falar comigo. E até hoje, nunca descobri o porquê.

— Você... o amava? — perguntou Art, baixinho.

Ela deu um sorriso distante. — Acho que era mais uma paixonite adolescente.

— Uau, essas paixonites podem ser bastante fortes — disse Art com um riso abafado. — Estou surpreso por você nunca ter me contado sobre ele. Já estava tudo morto e enterrado quando você viajou para a Austrália?

— Em termos práticos, sim, mas não na minha cabeça... nem no meu coração, por sinal.

— E quando você me conheceu? Quais eram seus sentimentos por ele, naquela época?

Ela fez uma pausa, olhando diretamente para ele. — Meus sentimentos não estavam dirigidos somente a ele, mas a todos os membros do sexo masculino abaixo dos vinte e cinco anos.

— E quais eram?

— Que eu realmente não precisava de homens na minha vida, porque não podia acreditar que eles não me deixariam afundar lentamente num pântano de areia movediça emocional.

Ele riu baixinho. — Espero que isso tenha mudado.

Ela se levantou da cadeira e contornou a mesa para se sentar no colo dele. Passou os braços por seu pescoço e lhe deu um beijo na boca. — Ah, sim, isso mudou quase no instante em que eu te conheci.

Ele abriu um sorriso. — Bem, eu fico extremamente feliz em ouvir isso!

CAPÍTULO 23

Nova York — Junho de 2006

Duzentos e quatro serviços para o jantar. Era o recorde de todos os tempos. Não só todas as mesas estavam ocupadas, dentro e fora, na parte isolada na calçada, mas também sete delas tinham sido reservadas para antes do teatro, então agora estavam ocupadas por reservas mais tardias. Embora em seus planos de reforma Art houvesse ampliado muito a passagem entre a cozinha e a área do restaurante, o corredor estava tão caótico quanto a corrida de touros de Pamplona, com os quatro garçons tendo de desviar uns dos outros, erguendo no alto as bandejas carregadas. Até mesmo Claire e Art haviam sido pressionados a entrar na dança, abandonando seus papéis costumeiros como anfitriões para ostentar o uniforme de avental branco do Barrington's. Quando se encontraram cara a cara na passagem, ambos deram um passo para o mesmo lado, e depois para o outro, e então ambos pararam, rindo e balançando a cabeça.

Art expirou com exaustão. — Às vezes eu chego a ter dúvidas, viu?

— Sobre o quê? — perguntou Claire.

— Se nós não deveríamos ter mantido o restaurante no tamanho original. — Ele se recostou na parede. — Isto aqui é uma loucura. Nós nem sequer deveríamos estar aqui hoje. É o aniversário de nove anos da nossa filha e só conseguimos passar duas horas com ela.

Claire sorriu para ele com tristeza. Não era só o fato de ser aniversário de Violet. O trabalho infindável no restaurante havia relegado a existência de sua filha a não mais do que uma parte secundária da vida, e os sentimentos de culpa e frustração com isso nunca saíam da mente de Claire.

— Nesse caso, vamos fazer alguma coisa a respeito — disse ela.

— O que você sugere?

— Acho que já está mais do que na hora de contratarmos um gerente — respondeu ela.

Art sorriu. Não era a primeira vez que ela sugeria aquilo. Ele ficou por um instante supervisionando o caos no corredor antes de assentir decididamente. — OK, vamos fazer isso — respondeu, pressionando as costas contra a parede para deixar passar uma garçonete apressada. — Vamos resolver isso amanhã.

Claire sentiu vontade de gritar alto de júbilo enquanto ia correndo para a cozinha. Até que enfim, pensou consigo mesma.

Não havia férias, eles mal haviam tirado um fim de semana livre desde a ampliação do restaurante ao imóvel vizinho. Já desde o início fora uma operação muito maior do que eles haviam imaginado. A ideia inicial era que seria apenas uma questão de abrir um buraco na parede que conectasse as duas propriedades e, então, colocar um pouco de papel de parede e de piso de madeira para uniformizar tudo, antes de espalhar algumas mesas e cadeiras extras. Mas, então, houve sérios problemas causados pelos aspectos práticos, além dos regulamentos de saúde e segurança. A cozinha não era suficientemente grande nem cumpria com as especificações para atender ao maior número de mesas; logo, o pequeno escritório administrativo teve de ser sacrificado para permitir uma extensão da cozinha. Art pensou que eles sobreviveriam muito bem sem escritório, mas, depois de quatro semanas de reforma, os arquivos e a escrivaninha — agora cobertos de poeira vermelha de tijolo — já estavam atrapalhando o progresso da obra. Portanto, Art foi obrigado a priorizar, detendo os trabalhos de construção até que uma área fosse separada, nos fundos do imóvel, e todo o equipamento de escritório retirado do caminho.

Apesar de Art pressionar o empreiteiro para terminar a obra o mais rápido possível, o restaurante ficou fechado por um total de três meses. A cada dia que passava, sua agitação crescia ao pensar que a clientela habitual levaria sua fidelidade a outro restaurante, para nunca mais retornar. Ele não precisava ter se preocupado. Claire enviou noventa convites para a inauguração, tanto a clientes corporativos quanto aos habituais, e só tinham recebido três recusas. O restaurante ficara lotado naquela noite e continuara lotado desde então.

Consequentemente, seus planos para um centro de conferências escocês não foram apenas deixados em banho-maria — foram esquecidos completamente e, a despeito de sua garantia a Leo de que estariam sempre em contato, este geralmente se resumia a um breve telefonema nos domingos à noite. Era um momento em que Claire nunca estava no melhor dos estados de espírito, tentando recuperar a energia e passar um pouco de tempo de qualidade com Violet, que sentia ter sido meio abandonada desde a expansão dos negócios. Claire sempre se sentia culpada depois desses telefonemas, não por sua irregularidade, mas porque, cada vez mais, ela se flagrava queixando-se a Leo de que sua vida era difícil e que eles tinham pouco tempo para se divertir, em vez de ser o contrário. Na verdade, o mais animado e tagarela era sempre Leo, principalmente depois de sua vida ter ficado mais interessante com a chegada de um jovem casal tcheco para ajudá-lo com o trabalho no jardim, e Agnes com a casa. A reação de Claire àquela novidade fora ambígua, contudo ao saber que fora Jonas quem organizara tudo. Apesar das garantias dadas pelo advogado de Leo na reunião, ela ficara com uma sensação incômoda, embora impalpável, sobre o relacionamento íntimo de Jonas com seu padrasto. Mas então, na manhã seguinte, com o início de mais uma semana frenética, ela não tinha mais tempo para pensar no assunto.

Cinco pessoas responderam ao anúncio para o novo cargo de gerente do Barrington's e as entrevistas foram feitas durante dois dias; porém, logo no primeiro Art e Claire souberam, imediatamente, que haviam encontrado a pessoa que procuravam. Luisa Gambini tinha vinte e sete anos, era um exemplo de exuberância italiana em tamanho pequeno, tinha cabelos escuros e um constante sorriso na ampla boca pintada de batom. Desde que terminara a escola, ela havia trabalhado no restaurante de sua família no SoHo, primeiro como garçonete, antes de assumir a recepção da casa. Sua irmã agora se juntara à equipe do restaurante, e Luisa, com as bênçãos dos pais, estava em busca de um novo desafio na vida. A partir do instante em que Art e Claire mostraram o restaurante para ela e a apresentaram aos demais membros da equipe, puderam ver que suas habilidades de comunicação e de organização eram instintivas e profissionais.

As demais entrevistas foram meras formalidades. Luisa começou a trabalhar, por um período de experiência de dois meses, quase no mesmo instante em que a última pessoa entrevistada saiu do restaurante.

Art ficou satisfeito com a nova organização desde o início e até mesmo tirou dois dias de folga na segunda semana de Luisa para ir jogar golfe. Era seu primeiro jogo em mais de um ano. Claire, no entanto, achou mais difícil soltar as rédeas. Luisa agora comandava a operação do restaurante, desde anotar as reservas até fazer os pedidos de vinho e comida, e Claire podia ver que ela não apenas era extremamente respeitada pelos membros da equipe, mas que seus modos abertos e amigáveis encantavam até mesmo os clientes com quem Claire tivera dificuldade de lidar no passado. Claire estava começando a achar que seu próprio papel ali era supérfluo e, em ocasiões cada vez mais frequentes, ela e Luisa davam encontrões uma na outra tentando realizar a mesma tarefa. Mas, então, Luisa simplesmente lhe sorria com doçura e dizia: — Opa, me desculpe, vou encontrar outra coisa para fazer.

E, então, pequenas mudanças começaram a ocorrer, quase sem que Claire percebesse. Uma tarde, Violet telefonou da escola dizendo que estava se sentindo mal e que não tinha conseguido encontrar Pilar, então Claire disse, sem hesitar, que iria buscá-la. Pelo que se verificou depois, Violet, de fato, estava com febre; Claire a colocou na cama e ficou com ela o resto do dia. Aí Pilar pegou o mesmo vírus e Claire se viu com tempo de levar Violet para a escola antes de passar uma horinha de tranquilidade fazendo compras no mercado. Alguns dias mais tarde, uma amiga veio ao restaurante para um jantar mais cedo, antes de ir à inauguração de uma exposição de arte na Broome Street. Quando ela se foi, Art e Claire a acompanharam e, após passarem uma hora bebendo vinho e vendo algumas pinturas bastante ininteligíveis, eles se despediram da amiga e foram comer num restaurantezinho tailandês perto da Canal Street. E foi enquanto estavam sentados ali, com Claire usando seu raro momento de privacidade para expressar suas preocupações com relação a Luisa, que Art se reclinou na cadeira, cruzou os braços e sorriu para ela. Ela parou no meio da frase e franziu a testa estranhamente para ele.

— O que foi?

— Estava pensando se você tinha percebido o que nós estamos fazendo.

Claire deu de ombros. — Pensei que estávamos conversando sobre o restaurante.

— Não, quero dizer aqui, juntos. — Ele se inclinou sobre a mesa. — Não consigo me lembrar da última vez em que você e eu fizemos isso. — Ele retorceu um canto da boca enquanto refletia. — Acho que deve ter sido no nosso quinto aniversário de casamento.

Ela o encarou por um momento e, então, sorriu. — Minha nossa — respondeu, baixinho.

— Exatamente, e é assim que vão ser as coisas no futuro. Tudo vai mudar, Claire. O restaurante está indo tão bem, acho que melhor, do que quando estávamos nos esfalfando de trabalhar. Já fizemos nossa parte estabelecendo o negócio; agora podemos simplesmente entregar a administração a Luisa. Ela está fazendo um bom trabalho, sabe? A razão pela qual vocês duas vivem se topando é que ela é intuitiva o suficiente para seguir uma rotina igual à sua. Pode ser que você não tenha notado, mas ela te observou atentamente naquela primeira semana em que trabalhou conosco. Você foi a professora — ele riu —, e também a arquiteta-mor de sua própria queda.

Claire ficou ali sentada, de queixo caído, conforme as palavras dele começavam a calar, e, então, ela percebeu que a presença de Luisa no restaurante vinha permitindo que agisse espontaneamente. Nunca antes havia simplesmente saído do local, sem aviso prévio, sem se sentir culpada por tê-lo feito ou sem ter de organizar um plano B de antemão. Ela balançou a cabeça como se estivesse despertando para aquele novo mundo de liberdade.

— Você tem razão — disse ela, olhando em volta do pequeno e obscuro restaurante tailandês. — Que diabos nós estamos fazendo aqui?

Art sorriu. — Você quer voltar para o trabalho?

Ela pensou exageradamente naquilo. — Não — respondeu com leveza.

— Ótimo. — Art pegou sua taça de vinho e a levantou para ela. — Então, que tal brindarmos ao fato de esta ocasião ser a primeira de muitas?

CAPÍTULO

24

E a partir daquele momento, a vida deles realmente mudou. A rígida rotina diária que havia sido a norma durante os últimos dezesseis anos foi atirada ao vento, ao passo que cafés da manhã preguiçosos, passeios de compras não planejados, idas ao teatro e fins de semanas com os amigos ocuparam seu lugar. No primeiro mês de sua recém-descoberta liberdade, Art jogou golfe mais do que fizera nos quatro anos anteriores e, de quebra, conseguiu reduzir seu handicap em duas tacadas.

No entanto, demorou um pouco até que tanto Pilar quanto Violet se acostumassem à nova organização. Pilar, que antes podia zanzar facilmente pelo apartamento vazio em Gramercy Park, agora era perturbada pela presença de outras pessoas. Aquele sempre fora seu domínio durante o dia e, agora, sua rotina tinha sido completamente transtornada. Ela não mais podia chegar pela manhã e começar a tirar a mesa do café, porque Art invariavelmente ainda estava lá, tomando café e lendo jornal. Então, passava por ele com uma expressão de raiva no rostinho moreno, e ia para outra parte, começar a trabalhar com sua vassoura e seu balde cheio de produtos de limpeza. Suspiros audíveis e palavrões abafados em espanhol se sucediam quando ela encontrava as camas já arrumadas ou a máquina de lavar roupa, que ficava num recesso do corredor, zunindo já no final de um ciclo de centrifugação. Não demorou muito para que Claire percebesse que aquela intrusão estava sendo tão difícil para Pilar quanto tinha sido para ela aceitar o envolvimento de Luisa no restaurante. Portanto, abandonou imediatamente todas as recém-descobertas tarefas domésticas, deixando as camas desfeitas e as roupas sujas empilhadas no cesto da lavanderia, e não demorou muito para que a disposição alegre de Pilar retornasse.

Claire levou mais tempo, entretanto, para perceber que Violet era exatamente como ela havia sido aos nove anos. Estava ciente de que havia uma semelhança notável entre elas naquela idade, Violet tendo o mesmo cabelo curto e escuro, olhos castanhos e a boquinha pequena, que podia passar num instante de um bico de desaprovação a um sorriso feliz. Mas Violet também havia desenvolvido um feroz senso de independência e de amor pelo próprio espaço, advindo do fato de ter uma mãe que trabalhava o tempo todo, como Daphne também fizera em seus jardins em West Sussex. Violet ficava bastante feliz sozinha no apartamento com Pilar porque sabia que a empregada espanhola não lhe exigiria nada, apenas ocasionalmente a lembrava de fazer o dever de casa ou de desligar a tevê quando estava na hora do jantar. Durante as férias, como agora, não tinha de se levantar até Pilar entrar silenciosamente em seu quarto e assentar seu corpo atarracado na beira da cama. Ela, então, afastava uma mecha de cabelo do rosto adormecido de Violet e dizia: "Ei, *cariño*, hora de dizer bom-dia ao dia. Volto daqui a cinco minutos, está bem?"

Agora havia um despertar brusco todas as manhãs, e todos os momentos em frente à televisão eram ameaçados por uma invasão; a consequência era que Violet encontrava mais motivos do que nunca para viver com a boca em forma de bico. Mas então, com o passar do tempo, Claire entendeu que essa mudança na vida ordenada de Violet era tão drástica como quando ela havia se mudado para a Escócia com Daphne, todos aqueles anos atrás. Portanto, Claire se comprometeu, mas só em sua cabeça, a permitir que Violet desfrutasse seus momentos solitários e a esperar pelas ocasiões em que a filha, por acaso, decidisse sozinha que ter os pais por perto de forma regular era, na verdade, uma mudança bem-vinda em sua jovem vida. Com os passeios de compras no centro, os jogos de tênis no East River Park e as frequentes visitas aos cinemas Multiplex da Union Square, não demorou muito para que Violet, de livre e espontânea vontade, saísse da cama às oito e meia e a televisão continuasse desligada e dormente num canto da sala de estar.

Claire escutou o telefone tocando dentro do apartamento no instante em que saiu do elevador, rindo da narração quase perfeita de Violet de cada minuto de ação do filme *A Teia de Charlotte*, de cuja sessão acabavam de voltar. Correndo até a porta, ela entrou rapidamente e foi para a cozinha, apanhando o telefone na parede.

— Alô?

— Ah, alô. Me desculpe, mas eu gostaria de falar com a... hã... Sra. Barrington. — Era a voz de um homem jovem, de sotaque pesado.

— É ela.

— Ah, Sra. Barrington. Eu sinto, mas meu inglês não é muito bom. Meu nome é Pavel e eu estou morando na casa na Escócia com o Sr. Harrison.

Claire aquietou Violet, que tinha aproveitado o silêncio momentâneo da mãe como uma deixa para continuar a narração das aventuras aracnídeas. — Sim, claro, Pavel, Leo me contou sobre você. Como vão as coisas?

— Estava tudo indo muito bem até hoje de manhã, eu sinto muito dizer isso.

— O que aconteceu? — perguntou Claire, sentindo o rosto se ruborizar de repente com a ansiedade.

— Eu estava no jardim quando Gabriela... esse é o nome da minha namorada que mora na casa comigo...

A explicação dele era meticulosa e lenta demais para Claire. — Sim, Pavel, mas Leo está bem?

— Gabriela vem me dizer que Leo caiu da escada, e eu tenho que...

Claire fechou os olhos com força. — Oh, não — disse baixinho.

— Ele está bom, entanto! — Pavel respondeu rapidamente. Claire o ouviu dizer algo ininteligível no outro lado da linha. — É difícil dizer em inglês. — Claire agora ouviu outra voz falando, mais distante. — Espere, eu te passo...

— Alô, quem está falando? — A voz ainda era masculina, mas dessa vez o sotaque era escocês.

— É Claire Barrington.

Houve um momento de silêncio. — Ah, Claire, aqui é Jonas Fairweather.

Ela não ouvia a voz dele há mais de dezoito anos, mais que a metade de sua vida, mas reconheceu instantaneamente o tom uniforme, levemente hesitante. Nos poucos segundos silenciosos que se seguiram, a mente dela se acelerou conforme passava por várias emoções: choque, raiva, até mesmo um ridículo constrangimento, antes que a confusão tomasse conta. Ela quase bateu o telefone para encerrar a ligação, mas então se deteve, sabendo que tinha de continuar a conversa pelo bem de Leo.

Ela engoliu em seco. — Sim, olá.

— Me desculpe pelo Pavel. Você percebeu que o inglês dele não é lá essas coisas.

Claire não estava sequer remotamente interessada naquela observação. — Você poderia, por favor, me dizer o que aconteceu com Leo?

— Certo, bem, infelizmente ele tomou um tombo feio ao descer as escadas esta manhã e acabou quebrando a bacia. Foi levado para a Enfermaria de Stirling e eles decidiram operá-lo imediatamente.

— Você sabe como foi a cirurgia? — perguntou ela.

— Tudo bem, acho. Ele teve que colocar uma nova articulação no quadril, então foi uma operação demorada, mas ele voltou bem da anestesia. Está bastante abatido, no entanto.

Claire franziu a testa. — Você o viu?

— Estive no hospital o dia todo. Queria ter certeza de que estaria tudo bem. Acabei de voltar, neste instante.

Claire notou como seu tom de voz ficara um pouco mais grave com a idade, e o longo tempo que ele havia passado fora da Escócia eliminara a forte entonação gutural de seu sotaque. Parecia um tanto surreal para ela que estivesse parada ali conversando com Jonas sobre Leo. Ele era o denominador comum, a pessoa com quem eles haviam passado tanto tempo na juventude, e ela quase sentiu que seria a coisa mais natural do mundo pedir-lhe que explicasse, naquele preciso momento, o que havia acontecido todos aqueles anos atrás para provocar uma mudança tão drástica em seu relacionamento. Mas, logicamente, era absurdo pensar em tal coisa. Principalmente naquela altura e naquelas circunstâncias. De qualquer forma, será que aquilo ainda tinha alguma importância?

— Olha, Claire — prosseguiu Jonas —, eu estava querendo mesmo te ligar.

— Sim, bem, acho que provavelmente é um pouco tarde para isso.

— Como é que é?

Ouvindo a perplexidade na voz de Jonas, Claire apertou os olhos, percebendo que sua interpretação equivocada do que ele acabara de dizer havia permitido que seus pensamentos escapassem.

Rapidamente, ela disse: — Não, nada. Você disse que ia me ligar.

— Sim, é que não entrei em contato com mais ninguém da família para falar sobre Leo.

— Você quer dizer, com Marcus ou Charity?

Houve uma pausa. — Exatamente. Tentei te ligar algumas vezes mais cedo hoje, mas não houve resposta. Eu deixei algumas mensagens para você.

Claire olhou para o aparador e viu a luz vermelha piscando na secretária eletrônica. — Me desculpe, estive fora a tarde toda.

— Bem, eu disse a Pavel para continuar tentando. Eu queria que você soubesse... o quanto antes.

Claire suspirou, tensa. — Olha, eu vou telefonar para Marcus e Charity.

— Isso seria a melhor coisa a fazer.

— Está bem... e obrigada por me informar a respeito de Leo. Vou ter de pensar no que vamos fazer com relação a isso tudo.

— Estou certo que sim.

— Bem, adeus...

— Quanto você sabe, Claire?

Ela já havia antecipado o fim da ligação e se virado para pendurar o fone quando a pergunta a pegou de surpresa. — Sobre o quê?

— Leo.

— Como assim?

— Bem, neste último ano, ele tem ficado cada vez mais... confuso.

Ela balançou a cabeça. — Acho que é provavelmente pela idade, Jonas. Ele tem setenta e oito, afinal.

— Não, é demência.

— Por que cargas-d'água você diria uma coisa dessas?

— Porque o levei ao médico. Eu estava presente quando ele foi diagnosticado.

Claire não falou por um momento, só ficou enrolando o fio do telefone nos dedos. — Bem, se ele realmente tem isso, deve estar em estágio bem inicial. Eu converso com ele todos os domingos à noite e ele nunca me pareceu confuso.

— É sempre ele quem liga para você, não é?

— E daí?

— Ele não quer que você saiba. Ele faz listas.

— Como assim, listas?

— Quando ele te liga, ele sempre tem tudo por escrito. Espere só um minuto...

Claire pôde ouvi-lo falando com o jovem tcheco. Ela esperou mais trinta segundos antes que Jonas voltasse a falar. — Pois bem, Pavel acabou de trazer uma para mim. Lendo desde o início, aqui diz Claire e Art, depois Violet, idade nove, então diz Restaurante Barrington's e, em parênteses, perguntar sobre a reforma. Daí tem Agnes, governanta, e Pavel e Gabriela, da República Tcheca...

— Ele está tão mal assim? — perguntou Claire, baixinho, não acreditando realmente no que estava ouvindo.

— Infelizmente, sim. Há momentos em que ele está bem, mas então, alguns meses atrás, ele saiu caminhando no meio da noite e foi apanhado pela polícia no centro de Alloa. Ele disse a eles que estava indo se encontrar com a sua mãe na estação rodoviária. Por sorte, o sargento de plantão era um amigo meu e me telefonou e eu fui lá buscá-lo. Foi depois disso que eu providenciei para que Pavel e Gabriela viessem morar aqui com ele.

— Mas por que... quer dizer, Marcus e Charity sabem alguma coisa disso?

— Não sobre o meu envolvimento, mas eles sabem sobre a demência. Charity veio para cá há alguns meses e tirou suas próprias conclusões. — Ele fez uma pausa. — Vou deixar que você telefone para ela, então.

Foi abrupto. Ele dissera tudo que queria e, obviamente, não queria mais conversa fiada com ela.

— Certo. Bem, obrigada por me informar. Adeus.

Claire desligou e recostou o ombro na parede, esfregando a testa com a mão. Tudo estava indo tão bem para eles até aquele momento e, agora, a última coisa que ela queria era falar com Charity.

— Posso tomar um copo de leite, mãe? — perguntou Violet sem erguer os olhos da tela do laptop de Claire, na mesa da cozinha.

— Claro que sim, querida — respondeu Claire, pousando a mão no ombro da filha ao passar por ela e ir até a geladeira.

— Oh, por que isto não funciona? — exclamou Violet, girando o mouse pela mesa.

Claire colocou um copo de leite na mesa e se inclinou sobre o ombro da filha. — O que você está tentando fazer?

— Quero encontrar a página da *Teia de Charlotte* na Internet.

Claire clicou com o mouse, digitou algumas palavras no teclado e clicou novamente. — Pronto, aí está.

— Obrigada, mãe — disse Violet, tomando um golinho de leite. — Você quer olhar comigo?

— Vou num momento — respondeu Claire, apanhando sua bolsa de onde a havia deixado, no chão, ao entrar no apartamento. — Só tenho que dar um telefonema rápido.

Tirando um caderno Moleskine grande da bolsa, ela folheou as páginas; então tirou o fone do gancho e o encaixou sob o queixo enquanto discava o número. Jogou o caderno na mesa e soltou um longo suspiro de apreensão ao ouvir o zumbido duplo do sinal de chamada britânico.

— Alô? — a voz de Charity tinha a perfeita pronúncia arrastada inglesa, e seu cumprimento soava mais como se dissesse "Alá".

— Charity, aqui é a Claire.

— Oh, querida, eu ia te ligar. Tarkie voltou da escola com uma febre terrível, então vou deixá-lo ficar em casa amanhã. Você não se importa de levá-los amanhã, não é? É que...

Claire apertou os dentes. — Não, Charity, é... é Claire Barrington.

— Ah. — Houve uma pausa. — Desculpe, pensei que fosse outra pessoa.

— Sim, eu percebi. Então... como você está?

— Ocupadíssima, na verdade. Estou com uma criança de cama e preciso ir a Berkshire amanhã para a cerimônia de encerramento das aulas de James. — Claire a ouviu suspirar. — Ah, paciência, acho que vou sobreviver.

— Sinto muito.

— Essas coisas acontecem.

Charity ficou em silêncio, não oferecendo qualquer reciprocidade na conversa. Claire achou que não havia razão para prolongar o telefonema além do necessário.

— A notícia que vou te dar, então, não vai melhorar a situação.

— Ah? O que aconteceu?

— Infelizmente, Leo sofreu um tombo feio. Ele quebrou a bacia e teve de passar por uma cirurgia hoje.

— Quem te contou isso? — perguntou Charity, quase cuspindo a pergunta.

Claire achou melhor não mencionar Jonas. — O jovem tcheco que mora com Leo. Ele me telefonou há apenas um minuto.

— Pelo amor de Deus, por que ninguém me contou nada? De que serve contar para você, se você mora em outro país?

Era uma observação justa. — Não perguntei isso, Charity.

— É ridículo. — Claire ouviu-a suspirar novamente. — Ele não deveria estar morando naquela casa sozinho, sabe?

— Bem, ele não está sozinho. Tem Agnes e os dois tchecos...

— E que grande coisa eles são! Eles o deixaram cair na escada, pelo amor de Deus!

— Foi um acidente, Charity. Não acho que você possa culpar ninguém por isso.

— Pode ser, mas ele precisa de cuidados profissionais adequados, principalmente agora que está ficando caduco.

— Sim, bem, eu não sabia disso.

— Marcus e eu temos tentado convencê-lo a se mudar para uma casa de repouso durante este último ano — continuou Charity, ignorando a observação incisiva de Claire —, mas ele é um velho teimoso. Não quer entender que está velho demais para morar sozinho.

Claire apertou fortemente a testa com os dedos. Ela não fazia ideia dessas coisas. Leo nunca havia mencionado nada. Mas também ele tinha se esforçado bastante para não revelar sua verdadeira condição a ela. — Ele ama aquela casa, Charity, e os jardins, e todas as suas lembranças.

— Ah, pelo amor de Deus, Claire, você não sabe nada, não é mesmo? Ele não tem lembranças. Ele mal sabe que horas são. E me diga uma coisa: o que vai acontecer com ele agora? Ele vai estar totalmente incapacitado, tanto física quanto mentalmente.

Claire balançou a cabeça devagar. Charity havia resumido o caso com perfeição. A queda de Leo na escada o havia praticamente empurrado para uma casa de repouso. De repente, ocorreu-lhe uma ideia. Se aquilo acontecesse, o que seria da casa? Ela estava tentando pensar numa forma de adiar o inevitável quando a própria Charity veio em resgate.

— Oh, o momento para isso não poderia ser pior. Nós vamos viajar para o sul da França daqui a três dias, para passar duas semanas, e Marcus já está na Toscana com a família. Suponho que vamos ter de esperar que esses jovens tchecos consigam lidar com a situação por enquanto, porque não consigo nos ver resolvendo coisa alguma até depois das férias de verão.

Claire sentiu-se tão aliviada que começou a falar sem pensar: — Bem, acho que poderíamos... — Ela parou, percebendo de repente a total imbecilidade do que estava a ponto de sugerir.

— Vocês poderiam fazer o quê?

— Eu teria de conversar com Art, mas suponho que poderíamos ir à Escócia por algum tempo, cuidar de Leo.

— Verdade? Mas e a sua casa de chá?

Claire fez uma careta diante do comentário depreciativo de Charity. Nem sequer iria se dar ao trabalho de explicar que o Barrington's era considerado um dos melhores restaurantes do centro de Manhattan. Charity sabia disso muito bem. — Tenho certeza de que encontraremos alguém para fazer o chá — respondeu, com acidez.

— Bem, se você tem certeza, isso seria de muita ajuda.

De muita ajuda? Claire pensou consigo mesma. Quem diabos Charity pensa que é? Ela fala como se fosse da realeza. — Como eu disse, depende de Art.

— É claro. — Houve mais um dos inevitáveis suspiros de Charity. — Bem, imagino que seja melhor eu telefonar para o hospital para descobrir como ele está. Você não saberia em qual ele está, saberia?

— Stirling.

— Oh, meu Deus, esses lugares provincianos. Espero que ele não pegue uma dessas horríveis infecções hospitalares. Isso, sim, seria a glória, não? Você poderia me passar o número do telefone?

Claire apertou os dentes. — Não, eu não tenho, mas tenho certeza de que você pode conseguir chamando o auxílio à lista.

Houve outro suspiro, e Claire sentiu vontade de soltar o velho provérbio sobre não dar nem mais uma gota de sangue. — Mais uma coisa para fazer. Vou me despedindo, então.

— Aproveite as férias — cantarolou Claire alegremente antes de recolocar o fone no gancho. — E já vai tarde. — Com um suspiro de alívio, ela foi até Violet e deu um beijo no topo da sua cabeça. — Então, o que foi que descobrimos sobre a aranha Charlotte, hein?

Art serviu duas taças de vinho tinto e entregou uma a Claire. — Uau — disse ele, sentando-se pesadamente numa cadeira da cozinha e colocando as mãos na cabeça. Parecia cansado e tinha os olhos vermelhos, consequência de ter se trancado no escritório do restaurante o dia todo com o contador, olhando para a tela do computador. — Foi um pouco impulsivo da sua parte.

Claire tomou um gole de vinho e se sentou ao seu lado. — Eu sei, é só que Charity parecia tão desinteressada em Leo e, com ela e Marcus tentando colocá-lo numa casa de repouso, que eu senti que ele precisava de um pouco de carinho e apoio de, bem, um membro da família. — Ela fez uma pausa, apoiando os cotovelos na mesa e passando o dedo pela borda da taça de vinho. — Imagino que o sentimento de culpa também tenha tido uma parte nisso. Eu não o vejo mais desde a morte da minha mãe, e isso foi há quase dois anos.

Art se recostou na cadeira, esticando as pernas compridas. — Então, quanto tempo duram as férias de verão na Inglaterra?

— Os filhos deles estudam em colégios particulares, então voltarão no início de setembro.

Ele assentiu lentamente. — E, se eles mudarem Leo para uma casa de repouso, então, sem dúvida colocarão a casa à venda imediatamente.

Claire deu de ombros. — Eu diria que é uma suposição justa. Tenho certeza de que nenhum deles terá mudado de ideia com relação a morar em Londres. — Ela se reclinou sobre a mesa e pôs a mão sobre a dele. — Eu sinto muito, não deveria ter aberto minha enorme boca. É só que...

— Não, eu teria dito a mesma coisa, nessas circunstâncias. — Ele apertou a mão dela de modo tranquilizador. — O engraçado é que o contador estava dizendo hoje que achava que nós deveríamos pensar em fazer outra expansão, não onde estamos agora, mas na parte mais elegante da cidade.

Claire ficou espantada. — Estamos indo tão bem assim?

Art sorriu. — Parece que sim. — Ele soltou a mão de Claire e cruzou os braços. — Então, talvez seja a ocasião oportuna para dar continuidade à ideia do centro de conferências.

Os olhos de Claire cintilaram. — Você está dizendo que nós deveríamos ir para a Escócia?

Ele assentiu, num gesto decidido. — Sim, vamos fazer isso. Luisa é mais do que capaz de cuidar do Barrington's sem nós e, caramba, só Deus sabe desde quando nós não tiramos umas férias em família.

Levantando-se de um pulo, Claire foi até ele e abraçou seu pescoço, dando-lhe um beijo estalado na testa. — Obrigada, eu realmente te agradeço muito por isso.

Ele riu. — Ei, isso também é por mim, sabe? — disse ele. — Porque, com toda a certeza, vou levar meus tacos de golfe comigo desta vez!

CAPÍTULO 25

Alloa — Julho de 2006

Ao entrar na cozinha, Liv Fairweather olhou o relógio. Eram quase nove horas da manhã. Ela foi até a ampla janela e se inclinou sobre a pia, olhando o fluxo contínuo de jovens estudantes do leste europeu que atravessavam o pátio a caminho dos túneis de polietileno, nos campos. Como a colheita dos morangos estava no auge, Jonas os enviava para trabalhar em três turnos separados, e ele já estava lá fora havia mais de três horas para supervisionar a mudança de turno.

Um dos garotos retribuiu o olhar de Liv e sorriu, cutucando com o cotovelo seu colega, que virou a cabeça e sorriu abertamente para ela. Isso acontecia com muita frequência com Liv, não apenas na fazenda, mas em todo lugar aonde ela ia. Ainda que já houvessem passado dez anos desde que trabalhara como modelo, ela não perdera a aparência de capa de revista, e a visão de sua figura alta e esbelta caminhando pela rua, com os longos cabelos ao vento, ainda fazia os homens se virarem para olhar.

Acenando de forma amistosa para os dois garotos, ela se afastou da janela e tirou um telefone celular do bolso traseiro do jeans apertado. Digitou um número e o levou à orelha. — Ei, Rory, não ponha tanto açúcar — disse ela com voz melodiosa para o menino sentado à mesa. Este, rapidamente, esvaziou a colher sobre os cereais e sorriu diabolicamente para ela, com os olhos azuis cintilando sob a franja loura e lisa.

Liv o censurou com um aceno da cabeça precisamente no instante em que seu telefonema foi atendido. — Oi, onde você está?

Ela riu e se virou para ver o marido acenando-lhe pela janela da cozinha, com o celular na orelha. — Bem, nesse caso, vou me despedindo — disse ela, soprando-lhe um beijo.

Ela serviu uma xícara de café preto do bule que estava sobre o fogão Aga e caminhou até a porta dos fundos, sincronizando seus movimentos perfeitamente com a entrada de Jonas. Ela lhe entregou a xícara e lhe deu um beijo no rosto. — Está indo tudo bem?

— Tudo — respondeu Jonas, despenteando o cabelo do filho ao ir até a mesa e se sentar à cabeceira. O clima estivera quente na última semana, tanto durante o dia quanto à noite, portanto agora ele só vestia uma camiseta e uma calça jeans. — Ivan não apareceu para trabalhar, então tive de carregar o caminhão. É por isso que estou um pouco atrasado.

— Ele está bem?

— Uma gripe, segundo Paul. Com sorte, um dia de cama o fará melhorar.

Todos os anos, mais de cento e cinquenta estudantes atravessavam a Europa de trem, ônibus ou num carro caindo aos pedaços para enfrentar os longos turnos na fazenda, ansiosos por reforçar suas finanças antes de recomeçar a universidade após as férias de verão. Noventa por cento deles eram caras novas e Liv sempre ficava impressionada pelo fato de que Jonas parecia conhecer cada um pelo nome logo na primeira semana.

— Você vai ficar por aqui hoje, então? — perguntou Liv.

— Não vou à revendedora, se é isso que você quer saber. Por que a pergunta?

— Pensei em levar a Asrun até Edimburgo. Há uma exposição de bonecas antigas em uma das galerias.

— Onde ela está? — perguntou Jonas.

— Ainda na cama — respondeu Rory, em meio a um bocado de cereais.

— Bem, então é melhor ela se mexer, não? — disse Jonas, olhando para o filho.

— Então, você poderia cuidar de Rory? — perguntou Liv.

— O quê? Você não vai querer ir ver as bonequinhas? — Jonas perguntou ao filho de dez anos, com um sorriso provocador no rosto.

— Eu não! — respondeu Rory, com veemência.

Jonas assentiu em concordância. — Está bem, hoje você vai ficar comigo, então. Estou indo até a Casa da Planta Dragão, e você pode dar uma mão a Pavel no jardim. Ele vai querer que esteja tudo arrumado para o retorno de Leo.

— É hoje que ele vai sair do hospital? — perguntou Liv.

— Sim, ele deve estar em casa lá pela hora do almoço. Quero estar por lá quando a ambulância chegar, caso precisem da minha ajuda.

— Espero que Pavel e Gabriela consigam lidar com ele.

— Eles vão conseguir. De qualquer forma, a enteada de Leo irá chegar com a família depois de amanhã, então haverá ajuda suficiente.

Liv sorriu deliberadamente para o marido. — Ah, sim, é a sua antiga namorada, não é? — Ela riu. — Talvez você vá à casa com bastante frequência nas próximas semanas.

Jonas não reagiu à provocação divertida da esposa, mantendo o rosto sério. — Acho que não. Vou organizar a correspondência de Leo hoje para não precisar incomodá-los com isso enquanto estiverem aqui.

Liv balançou a cabeça. — Tudo isso aconteceu há tanto tempo. Por que você não toma isso como uma oportunidade de resolver a questão?

Jonas terminou sua xícara de café e se levantou. — Oh, vou fazer isso, qualquer hora dessas; mas só quando sentir que o momento é adequado. — Ele deu um beijo na esposa antes de colocar as mãos de leve em volta do pescoço do filho, fingindo estrangulá-lo. — Está pronto para um pouco de trabalho braçal, meu rapaz?

— Se você pudesse trazê-lo para cá, seria perfeito — disse Jonas ao entrar na sala de estar à frente do paramédico que empurrava Leo numa cadeira de rodas. A sala parecia um forno, pois Agnes havia se encarregado de acender um fogo intenso na lareira, apesar do calor abafado do dia. Jonas empurrou o banco largo que ficava em frente à lareira até a cadeira de Leo e, então, ajudou o paramédico a transferi-lo para lá.

— Se cuide — gritou o homem no ouvido de seu paciente ao ir embora com a cadeira de rodas. Leo se encolheu em reação.

— Obrigado pela ajuda — disse Jonas antes de se virar para a jovem tcheca que estava parada à porta. — Você pode acompanhá-lo até a porta, Gabriela?

Assim que eles saíram, Leo olhou para Jonas com olhos cansados e balançou a cabeça devagar. — Graças a Deus que estou de volta. Pensei que fosse enlouquecer naquele hospital. Todo mundo me tratava como um maldito imbecil.

— E como você está se sentindo? — perguntou Jonas, sentando-se no sofá ao lado dele.

— Um pouco grogue, um pouco dolorido... e um pouco velho, para ser bem sincero.

— Você passou maus bocados ultimamente.

Leo franziu o rosto enquanto segurava a perna que estava sobre o banco e a movia um milímetro. — Que estupidez a minha. Não sei no que eu estava pensando.

— Melhor esquecer e se concentrar em melhorar logo.

Leo assentiu. — Você, provavelmente, está certo. — Ele sorriu para Jonas. — E então, você fez o Humber funcionar enquanto eu estava fora, como eu te pedi?

— É claro que sim — respondeu Jonas, sem hesitar nem por um instante. Ficava triste ao ver Leo como ele estava agora, pálido e encarquilhado, uma sombra do homem a quem tanto tinha admirado em sua juventude.

Mas o que mais o deprimia era o declínio mental constante que o homem vinha sofrendo. O próprio Jonas havia conduzido o Humber em sua jornada final ao desmanche de automóveis mais de quinze anos atrás, mas de que serviria dizer-lhe aquilo? Concordar com o que ele dizia era muito mais fácil, e mais gentil. — O carro está um verdadeiro sonho — continuou ele. — Ainda há muita vida naquele velho amigo.

— Claro que sim. — Ele olhou cautelosamente pela sala, como se procurasse por alguém ou por algo.

Jonas acompanhou seu olhar. — O que você está procurando? — perguntou.

— Onde está Claire?

Dessa vez, Jonas fez uma pausa. Era aquela associação de antigas lembranças novamente. Lembranças dele mesmo, do Humber, e agora, de Claire. O velho estava de volta aos dias da Casa da Planta Dragão. Talvez esse fosse o lado positivo da demência: ser capaz de viver num universo próprio, de épocas mais felizes.

Mesmo agora, Jonas pensava em Claire com frequência. Desde o início, sua amizade teria parecido improvável, o garoto de fazenda e a menina de Londres; no entanto, tinha se desenvolvido de forma completamente natural e fora sustentada ao longo dos anos por uma mescla de caráter forte e de pura inocência. Na escola, eles eram tão abertos com relação ao carinho que sentiam um pelo outro quanto em casa, mas, ainda assim, nunca eram submetidos a acusações estigmatizantes de "andar juntos". Todos simplesmente sabiam que eles eram amigos inseparáveis. E ele ainda sentia falta dela, não na forma de uma lembrança profunda, quase esquecida, mas como uma memória que podia acessar com facilidade em sua mente. Claro que havia contado tudo a respeito de Claire a Liv, mas certamente não lhe contaria sobre isso, e tampouco sobre o verdadeiro motivo pelo qual sua amizade tivera um fim tão abrupto.

— Claire não está aqui no momento, Leo — disse ele, gentilmente, ao velho. — Ela está morando nos Estados Unidos.

— Ah, eu sei disso, mas ela vai vir me visitar.

Jonas sorriu e balançou a cabeça. A confusão era seguida, então, por um momento de perfeita claridade, completamente imprevisível e inesperada. — Sim, você tem razão, ela vai chegar daqui a dois dias.

Leo apontou com o dedo trêmulo na direção da escrivaninha bureau de madeira escura, no canto da sala. — Há uma lista ali, em algum lugar.

Jonas se levantou e foi até a escrivaninha. — Você sabe onde? — Ele se virou quando não houve resposta. Leo tinha soltado a mão com moleza no colo e olhava fixamente para a lareira. — Leo?

O velho se virou lentamente. — Desculpe, o quê?

— Você sabe onde a lista está?

Leo fechou os olhos com força e esfregou a testa enrugada com a mão trêmula. — Lista? — perguntou, baixinho.

— Não se preocupe — respondeu Jonas e começou a abrir as gavetas do móvel.

Cinco minutos depois, escondido entre uma pilha de publicações sobre horticultura em um dos escaninhos, ele encontrou um envelope com seu nome escrito na caligrafia delicada de Leo. Levou-o até ele. — Aqui está...

O velho caíra num sono profundo em sua poltrona, roncando baixinho com a boca aberta. Jonas tamborilou com a borda do envelope na própria mão antes de escorregá-lo para dentro do bolso de trás do jeans e sair da sala. Ele atravessou o hall em direção à porta da cozinha e enfiou a cabeça pela abertura. Gabriela estava em pé, sovando massa de pão sobre a mesa, com os braços brancos de farinha até os cotovelos.

— Agnes está por aqui?

— Não, mas ela volta logo. Foi buscar uns tomates lá com o Pavel.

— Certo. Nesse caso, você poderia deixar o que está fazendo e ir ficar um pouco com Leo?

— Não é problema — respondeu a garota, limpando apressadamente os braços enfarinhados com um pano de prato.

— E ele não deveria ser deixado sozinho em nenhum momento, está bem? Agnes, você ou Pavel têm de estar sempre com ele.

— Isso não é problema — disse Gabriela novamente ao passar por ele em direção à porta da sala de estar.

Depois de passar os últimos quinze minutos no confinamento abafado da sala de estar, Jonas sentiu os braços se arrepiarem de frio mesmo antes de descer pela escadaria em espiral, nos fundos da casa. Ele seguiu pelo corredor do porão, cuja extensão subterrânea era iluminada apenas por frágeis raios de luz que entravam pelas duas janelas encardidas que davam para o pátio pavimentado externo. Era onde Jonas sempre estacionava seu carro quando vinha visitar Leo. Ele tinha uma chave da porta dos fundos, o que significava que podia entrar e cuidar dos assuntos de Leo no escritório sem perturbar ninguém na casa.

Ele vinha fazendo isso por Leo havia mais de um ano, desde que este começara a mostrar sinais de demência. Tudo aconteceu quando Leo lhe havia perguntado se ele poderia recomendar um bom contador, porque seus registros estavam precisando de "uma boa olhada". Levara Jonas até o escritório no porão, mas ele mesmo não havia entrado, e a forma como correra de volta pelo corredor e subira as escadas fez Jonas se perguntar se o cômodo não conteria algum segredo sombrio, do qual Leo morria de medo. Ele teve de abrir a porta à força, já que estava bloqueada por alguma forma de resistência e, ao entrar na sala, percebeu imediatamente que não era de um contador que Leo precisava, mas de um caminhão de coleta de lixo. Devia ter sido preciso devastar uma pequena floresta para produzir a quantidade de papel que havia ali. Era impossível ver a superfície da escrivaninha, de tantos jornais velhos, revistas e cartas de propaganda — estas últimas amplamente entremeadas com envelopes fechados que ele descobriu serem contas vencidas há muito tempo, extratos bancários não lidos e informes de ações. Sobre os dois armários de arquivos, folhas amareladas de papel A4, já formando orelhas nos cantos, se empilhavam quase até o teto úmido e descascado; e as duas gavetas que estavam abertas tinham sido deixadas assim porque o sistema de arquivo irregular de Leo as tornava impossível de fechar.

Jonas levou quase duas semanas para colocar o lugar em ordem, e a fogueira que ficara acesa por dias no extremo do pátio ainda fumegava quando ele fechou a gaveta do arquivo pela última vez e grampeou o último papel em seu arquivo Arcadia específico, antes de colocá-lo na prateleira ao lado de outros vinte. Jonas sabia que não adiantava perguntar a Leo se queria que continuasse fazendo aquilo por ele. Simplesmente, não havia alternativa.

Jonas entrou no escritório e viu que a pilha de envelopes que Pavel havia colocado organizadamente sobre a mesa não era muito alta. Acionou o interruptor do pequeno aquecedor elétrico e, então, começou a descartar as propagandas no cesto do lixo. Sentado à escrivaninha, tirou o celular do bolso e enviou uma mensagem de texto ao capataz de sua fazenda, dizendo que voltaria dentro de uma hora. Havia tempo suficiente para limpar a escrivaninha de Leo e pegar Rory onde quer que ele estivesse, trabalhando no jardim com Pavel. Estendendo a mão sobre a mesa, tirou o abridor de cartas de prata de Leo do porta-lápis, apanhou o primeiro envelope e o abriu. Era uma conta do jornaleiro. Colocou-a na bandeja vermelha de arame e abriu o seguinte. Esse era um extrato bancário. Ele o colocou no lado direito da escrivaninha, para arquivar mais tarde, e pegou o próximo envelope. Então parou, pousou o envelope, estendeu novamente a mão para o extrato bancário e o analisou, franzindo a testa enquanto lia. Levantou-se da escrivaninha e foi até a prateleira para apanhar um dos arquivos Arcadia. Colocou-o sobre a mesa, abriu a presilha de mola e começou a folhear os extratos mais antigos.

— Mas que diabos...? — resmungou baixinho.

Voltando à escrivaninha, começou a examinar todos os envelopes, separando quatro que eram do tamanho que ele estava procurando. Abriu cada um deles e os examinou, depois voltou à prateleira e pegou os quatro arquivos correspondentes. Folheou as páginas de um por um, comparando-as aos extratos que segurava nas mãos. Deixou-os cair na escrivaninha, quase como se fossem carvões em brasa, e deu um passo para trás, passando a mão pela cabeça, com os olhos movendo-se das folhas de papel para os arquivos e vice-versa.

Soltou um longo suspiro. — Ora, ora, o que temos aqui? — disse em voz alta.

Ele contornou a escrivaninha, se jogou na cadeira e ficou ali sentado, olhando fixamente para a parede vazia à sua frente e contraindo os olhos de quando em quando, como se estivesse fora de seu alcance compreender o que acabara de ver. E, então, num momento de lucidez, fazendo a associação de um nome, ele se inclinou para o lado e tirou do bolso a carta que Leo lhe pedira para pegar na sala de estar. Sem se incomodar em usar o abridor, rasgou o envelope, tirou a carta e começou a ler. Não era mais do que uma lista, escrita de forma negligente e sem muito sentido ou forma, mas Jonas entendeu tudo que Leo estava tentando transmitir. Ao ler pela segunda vez, puxou um bloco de papel, pegou uma caneta esferográfica do porta-lápis e começou a escrever, seus pensamentos devaneando sobre o que tinha acabado de ver e o que acabara de ler.

Quando, finalmente, voltou para a fazenda com Rory, duas horas se haviam passado do seu horário estimado.

CAPÍTULO 26

Leo despertou em sua poltrona com um sobressalto, sentindo a pressão leve de uma mão sobre a sua. Por um momento, ficou olhando para a lareira apagada, desorientado e com a vista nublada, antes de virar a cabeça e ver a mulher de cabelo escuro sentada no sofá ao lado, com a silhueta marcada contra a luz do sol da manhã que entrava pela janela. — Gabriela — disse ele, sorrindo para ela —, como você está, minha querida?

— Não é a Gabriela, Leo — respondeu a mulher. — Sou eu, Claire.

Leo contraiu os olhos. — Claire. Você mora nos Estados Unidos.

— Isso mesmo, moro, mas vim te visitar, cuidar de você.

Leo pôs a outra mão sobre a de Claire e deu uma palmadinha. — Que bom!

— E Art e Violet também estão aqui. Nós vamos passar as férias de verão com você.

— Oh, isso é ótimo — respondeu ele, distante. — Espero que o clima melhore, então. Temos tido muita chuva ultimamente.

Claire sorriu tristemente para ele. O sol não só estava brilhando com intensidade num céu sem nuvens, como também, ao chegarem, dez minutos atrás, ela havia notado que o gramado em frente à casa já começava a amarelar por causa da falta de água.

— Tenho certeza de que ficará bom. — Ela deu um apertão carinhoso na mão dele. — E então, como você está se sentindo?

— Ah, não tão mal — disse ele, agarrando pela calça a perna que estava estendida sobre o banco —, só que eu fiz uma estupidez e caí da escada.

— Eu estou sabendo.

— Quebrei a bacia, sabe? Tive que fazer uma operação.

— Sim, eu sei.

Ele se virou para ela e franziu a testa, questionando-a. — Você foi até a estufa hoje?

— Ainda não. Nós acabamos de chegar.

— Ah, bem, você deveria ir. As plantas estão maravilhosas. Aquele garoto, o Jonas, está fazendo um excelente trabalho.

Claire mordeu o lábio inferior. — Está?

— Ele entende muito de jardinagem, sabe? Trabalhava nos parques de Praga.

— Ah, você deve estar falando de Pavel.

Leo assentiu. — Isso, esse garoto. Muito bom mesmo.

A porta da sala de estar se abriu e Art entrou. Claire sorriu para ele. — Art veio te ver.

Art colocou a mão no ombro de Leo ao contornar a poltrona para colocar-se à sua frente. — Olá, Leo, sinto muito em saber que você enfrentou uma batalha.

O velho ergueu os olhos para ele com pouco reconhecimento nos olhos. — Não foi tão sério, não tão sério.

— Violet está bem? — perguntou Claire ao marido.

— Ela está bem. Gabriela a levou para o jardim para conhecer Pavel. — Ele voltou sua atenção para o velho. — Então, aqui estamos, Leo, viemos dos Estados Unidos para ver como você está e ver se podemos fazer alguma coisa com relação a esta casa.

Leo baixou o olhar para seu colo e começou a remexer os polegares. — Não vou para um asilo. Vou ficar aqui.

Art se sentou na beira do banco no qual Leo descansava a perna. — É claro que você vai ficar aqui — disse ele, estendendo a mão para dar um tapinha tranquilizador nas mãos retorcidas de Leo. — Esse sempre foi nosso plano, você não se lembra?

— Meus filhos querem que eu mude para um asilo — resmungou Leo, mal-humorado, de cabeça baixa. — Eles vão vender a casa porque nenhum deles quer morar aqui.

— Você não precisa se preocupar com isso, meu amigo — disse Art. — Esta é a sua casa, e Claire e eu vamos garantir que você fique aqui tanto tempo quanto quiser.

Embora parecesse haver pouco entendimento por parte de Leo do que estava sendo dito, Art continuou falando baixo, com gentileza, explicando a ele sobre a viagem desde os Estados Unidos e como Violet ficara acordada quase o tempo todo, e que ele calculava que ela havia assistido a três filmes inteiros durante o voo. Claire foi até a lareira apagada e apoiou o ombro na moldura. Ela sorriu ao contemplar Art, com as pernas compridas dobradas, tão desajeitado quanto uma girafa, tentando despertar uma breve centelha de memória em Leo que desse um brilho momentâneo a seus olhos. Naquele momento, sentiu uma repentina onda de amor pelo marido, que se espalhou por seu corpo como ouro líquido. Não pela primeira vez, refletiu sobre o fato de ter sido verdadeiramente abençoada ao entrar no Restaurante Barrington's naquela noite fria de fevereiro, dezesseis anos atrás. Ela nunca contara a ele sobre seu passado e ele nunca a interrogara; portanto, era simplesmente sua gentileza, seu humor e sua total adoração por ela o que havia curado as feridas abertas de desolação e desconfiança dos homens, as quais se inflamavam dentro dela, naquela época. Ela não se apaixonara por ele de imediato. Nunca houvera chispas, estrelas e arco-íris girando em volta de sua cabeça e deixando-a tonta de paixão. Isso havia acontecido só uma vez antes, e não levara a lugar algum. Mas, com o tempo, viera a compreensão de que Art era seu melhor amigo, seu confidente, seu mundo, e que ela estava profundamente apaixonada por ele. E esse sentimento havia se conservado até então.

Ela se voltou e olhou pela janela no outro lado da sala de estar, vendo o longo gramado lateral e as árvores, mais além, que ocultavam a estrada que levava à fazenda. Sempre amara voltar à Casa da Planta Dragão com Art e Violet, mas umas férias de duas semanas sempre haviam sido suficientes. Ali, ela nunca sentia que era dona da própria vida. Havia saído de casa num momento de profunda tristeza e a associação provocada pelo simples fato de estar ali criava uma ponte forte demais com o passado. E, dessa vez, eles não somente iam passar mais tempo, mas também Jonas estava de volta, logo no final daquela estrada oculta.

Art se levantou e foi até ela. — Olha, você se importa se eu for andando? Tenho uma reunião com John Venables em meia hora.

— Já? — disse Claire, surpresa. — Acabamos de chegar.

Ele se inclinou para a frente e deu um beijo em seu rosto. — Eu sei, mas ele vai estar fora o dia todo amanhã e eu preciso descobrir se alguma coisa mudou em relação aos planos para a casa — ele baixou a voz —, considerando o estado de saúde de Leo.

— Você vai sair?

Tanto Art quanto Claire se viraram, surpresos, para olhar Leo, que fizera a pergunta.

— Sim, vou, Leo — respondeu Art. — Preciso ir falar com alguém, mas voltarei rapidinho.

— Antes que você vá, então — disse Leo, apontando para a escrivaninha bureau além da lareira —, dê uma olhada ali. Deixei uma lista para você.

Art se virou para olhar para a escrivaninha e, depois, para Claire, levantando as sobrancelhas, com esperança diante da lembrança repentina de Leo. Ele foi até a escrivaninha e abriu o tampo. Nada apareceu de imediato, então começou a remexer os papéis que estavam enfiados nos escaninhos. Após alguns minutos procurando, ele fechou a escrivaninha e voltou até Claire.

— Não há nada ali — disse ele, baixinho, apertando seu braço. — É melhor eu ir.

— Você encontrou? — perguntou Leo quando Art passou por trás de sua poltrona.

Art deu umas palmadas em seu ombro. — Não, Leo, infelizmente, não.

— Oh, que estranho — disse Leo, coçando a testa. — Estava ali. Talvez Pavel tenha pegado.

— OK, vou perguntar a ele — respondeu Art ao abrir a porta.

— Ou pode ter sido Jonas.

Art parou na porta e olhou de volta para Claire. Ela fez um movimento circular com os dois indicadores querendo dizer que Leo estava misturando os dois nomes. Art assentiu com um movimento da cabeça e saiu.

— Sim, acho que provavelmente foi Jonas — disse Leo quando Claire se sentou no sofá a seu lado.

— Ou Gabriela? — perguntou ela.

Leo sorriu para ela. — Ela é uma ótima cozinheira, sabe? Faz o pão mais delicioso do mundo. — Ele lambeu os beiços e se virou para pegar o copo de água na mesa a seu lado, levando-o à boca. Claire podia ver que não havia nada dentro.

— Você quer que eu encha para você, querido? — perguntou.

Leo estendeu o copo à sua frente e o analisou antes de entregar a ela. — Você poderia fazer isso? Seria muito gentil. É só água.

— Está bem — disse ela, levantando-se. — Voltarei em um minuto.

Quando Claire entrou na cozinha, Gabriela estava de pé diante da mesa descascando batatas e conversando com a mulherzinha de cabelo branco sentada do outro lado da mesa, que cortava laboriosamente as pontas das vagens de um cesto. Era a primeira vez que Claire via Agnes desde que chegara. Ela atraiu a atenção de Gabriela e levou um dedo aos lábios; caminhando na ponta dos pés por trás da velha senhora, cobriu os olhos de Agnes com a mão.

— Ah, meu Deus! — exclamou Agnes, surpresa.

— Adivinha quem é?

Claire tirou a mão e Agnes lentamente se virou para vê-la. — Minha nossa, é a menina em pessoa. — Ela se levantou devagar e estendeu os braços para Claire, com lágrimas já inundando os olhos azuis. — Venha aqui, deixe eu te abraçar.

Claire se inclinou para a frente, sentindo o aperto frágil em seus braços e a boca pilosa plantando-lhe um beijo estalado na bochecha. Agnes deu um passo para trás e a olhou de cima a baixo. — Ah, você está bem, está sim, e engordou um pouco também.

Claire ofegou e olhou de relance para Gabriela, que havia coberto a boca para abafar uma risada.

— Isso não é uma coisa muito gentil de se dizer, Agnes — disse Gabriela.

— Ah, você fica quieta, jovenzinha — retrucou Agnes, em censura. — Eu conheço esta menina desde que ela era pequenininha. Posso falar o que eu quiser a ela. — Ela estendeu a mão e beliscou de leve a bochecha de Claire. — Não é mesmo, minha querida?

— Parece que sim — disse Claire, rindo.

— Então, como vai a vida nos Estados Unidos? — perguntou Agnes, sentando-se à mesa e retomando seu trabalho.

— Vai bem.

— E aquele seu restaurante?

— Também está indo bem.

— É, mas estou vendo que você está trabalhando demais. Igualzinha à sua mãe.

— Por que você diz isso?

— Só tiveram tempo de fazer um nenê, vocês duas. Já é um sinal suficiente para mim.

Claire sorriu. — Você pode estar certa, Agnes.

— É, mas ela é uma lindeza, aquela sua filha, é você cuspida e escarrada quando tinha aquela idade. — Ela jogou uma vagem na panela e se virou para olhar para Claire, com uma expressão triste no rosto. — O que você achou do seu padrasto?

Claire brincou com o copo vazio em sua mão. — Ele... mudou muito.

— Pois é, você vai ver a diferença. Nunca é bom perder o tino e essa operação acabou tirando de uma vez o juízo dele; mas espere e você vai ver, tem horas que ele é o mesmo de sempre, lembra das coisas e tudo. — Ela sorriu para Gabriela. — Aí é quando ele escreve as listas para a gente, não é, querida?

Gabriela limpou as mãos no avental e deu a volta na mesa. — Quer que eu encha para você? — perguntou, estendendo a mão para o copo.

Claire o entregou a ela. — Obrigada — disse, seguindo a garota até a pia. — Gabriela, Leo acabou de mencionar uma dessas listas. Ele disse que a tinha colocado na escrivaninha da sala de estar para Art e para mim. Você sabe alguma coisa sobre isso?

Gabriela balançou a cabeça. — Talvez Pavel saiba. Ele coloca todos os papéis no escritório de Leo, lá embaixo. — Ela entregou o copo cheio de água para Claire. — Talvez Jonas também tenha visto.

Claire a encarou. — Jonas? Por que ele teria visto?

— Porque ele faz muitos trabalhos para Leo no escritório.

— Quando foi a última vez que ele esteve aqui?

— Hoje de manhã. Antes de você chegar. Ele vem todos os dias, desde que Leo voltou do hospital.

— Ele teria ido à sala de estar?

— Claro que sim — clamou Agnes. — Ele passa o máximo de tempo que pode com Leo, batendo papo com ele. Jonas tem paciência de Jó para isso. — Ela parou de cortar e se recostou na cadeira, fixando um ponto acima dos armários da cozinha. — É, eu me lembro que vocês dois eram quase inseparáveis nos velhos tempos, sempre entrando e saindo daquela estufa ou brincando no gramado lá fora. E, daí, quando você era um pouco maior, ia até a fazenda do pai dele e ficava brincando no meio daqueles carros velhos dele. — Ela se virou e olhou para Claire, com uma centelha nos olhos úmidos. — Sempre tive a impressão de que vocês iam levar aquilo mais adiante, mas não era para ser, né?

Claire dardejou um olhar entre Agnes e Gabriela. Não fazia nem uma hora que estava na casa e a ponte com o passado já fora reaberta. Forçou-se a dar um sorriso. — Acho que é melhor levar isso para Leo — disse, erguendo o copo.

— Faça isso, querida. Ele deve estar precisando desta água. São todos aqueles comprimidos que ele tem que tomar. Deixa a boca terrível de seca.

Agnes seguiu Claire com os olhos enquanto esta deixava a cozinha e, depois, se virou com um suspiro e continuou cortando as vagens. Gabriela puxou a cadeira do outro lado da mesa e se sentou. Ela afastou uma mecha de cabelo dos olhos antes de se inclinar sobre a mesa e apoiar o rosto nas mãos. Havia intriga em seus olhos, que estavam fixos na governanta.

— Tá olhando o quê, jovenzinha? — perguntou Agnes.

— Quero que você me conte sobre Jonas e Claire. Eles saíam juntos?

— Não é da sua conta — respondeu Agnes, concentrando-se em sua tarefa.

— Ah, por favor, Agnes, eu queria muito saber.

Agnes pousou a faca na mesa e soltou um suspiro resignado. — Imagino que você não vai terminar seu trabalho se eu não te contar, não é?

Gabriela sorriu e balançou a cabeça.

— Achei mesmo que não. — A governanta ficou calada por um momento, limpando as mãos num pano de prato. — Oh, bem, acho que contar não vai fazer mal a ninguém mesmo.

CAPÍTULO 27

Violet estava começando a ficar realmente entediada e demonstrou esse tédio ao cavar de forma descuidada uma das plantinhas que Pavel lhe pedira para mudar para os vasos. Ela achou que haveria um pouco de animação na casa depois de sua longa jornada desde Nova York, mas todos os haviam recebido com o rosto triste e falando baixinho, e ela achou que parecia que tinham entrado numa igreja. E, daí, quase no instante em que entraram com as malas, o pai lhe havia sugerido que fosse com Pavel até a estufa porque ele tinha negócios a cuidar e sua mãe precisava de um pouco de paz e de tranquilidade com Leo. Ela não visitava a casa desde os quatro anos de idade e preferiria ter permissão para correr por ali e redescobrir onde ficava cada coisa, mas, em vez disso, tivera de ir à estufa com aquele homem esquisito de cabelo comprido e óculos redondinhos que ela nunca tinha visto antes. E agora estava se perguntando se todos os dias das férias seriam assim, com o pai tendo de trabalhar e a mãe se isolando para ter paz e tranquilidade com Leo. Isso queria dizer que ela teria de se distrair sozinha, como sempre fazia quando os pais tinham de trabalhar o tempo todo no restaurante.

— Você seja mais gentil com ela, sim?

Ela se virou e viu Pavel parado a seu lado. Ele pousou o regador no chão e tirou a pazinha de sua mão.

— Você precisa começar longe das raízes, assim. — Ele foi enterrando a pazinha em volta da planta e a alavancou para fora da terra macia e escura. — Olha, ela sai fácil assim, não?

Violet esfregou as mãos para se livrar da terra solta. — Você sabia bastante sobre plantas antes de vir para cá?

— Claro — respondeu Pavel, colocando a planta em um dos vasos de plástico enfileirados sobre o canteiro elevado. — Era meu emprego quando eu saí da escola.

— Você trabalhou num jardim como este?

— Não, não um particular, mas muito especial. É o jardim mais antigo de Praga.

— Como se chama?

— Vojanovy Sady.

Violet contorceu o rosto. — Parece que você está falando uma língua que não existe.

— É porque você não entende a língua tcheca — ele riu —, como às vezes eu também não entendo a sua língua.

Violet deu de ombros. — Você fala bem. Talvez não tão bem quanto Gabriela.

— Ah, mas isso é porque ela estuda inglês na universidade. Ela é mais inteligente que eu.

— Aposto que ela não sabe tanto sobre plantas quanto você.

Pavel ergueu os olhos de seu trabalho e sorriu para ela. — Obrigado, é uma gentileza sua.

Violet o observou cavoucar em volta da planta seguinte. — Você e Gabriela estão namorando?

Pavel franziu a testa. — OK, o que é esta palavra, namorando?

— Quer dizer sair juntos, que ela é sua namorada.

— Ah, nesse caso, eu respondo sim. Nós estamos namorando por dois anos.

— E vocês vão morar na Escócia para sempre?

— Não, no meio de setembro nós vamos para casa. Gabriela volta para a universidade. — Terminando o último vaso, ele enterrou a pazinha no chão e se encostou à mureta do canteiro elevado, cruzando os braços. — E você, quanto tempo aqui?

Violet curvou os cantos da boca para baixo e deu de ombros. — Não sei direito. Provavelmente até setembro, também.

Pavel sorriu. — Você não está muito feliz com isso. Você não está gostando da Escócia?

— É legal.

— Você tem muitos amigos aqui?

Violet sacudiu a cabeça.

Pavel piscou para ela. — OK, então Gabriela e eu garantimos que você se divirta. — Ele apanhou o regador e começou a encher na torneira. — Nós vamos à loja de jardinagem depois de almoçar. Você quer vir também?

— OK — respondeu ela, com pouco entusiasmo.

Houve um barulho nos fundos da estufa e tanto Violet quanto Pavel se viraram e viram a porta empenada se abrir com força. Um menino de cabelos louros entrou e fechou a porta, e então ficou parado no corredor central, olhando para eles. Ele usava camiseta e short, e estava com as mãos enfiadas nos bolsos, e o primeiro pensamento de Violet foi que ele devia passar muito tempo ao ar livre, porque seu rosto, braços e pernas estavam bem bronzeados.

Pavel acenou para o menino. — Ei, Rory, como você está?

— Bem — respondeu ele, tocando casualmente as folhas das plantas ao se aproximar deles.

— Seu pai está aqui? — perguntou Pavel enquanto regava abundantemente quatro sacos de terra com pés de tomate.

— Sim, no escritório — respondeu Rory, baixinho.

Pavel pousou o regador no chão. — Rory, esta é Violet. Ela chega hoje e está aqui até setembro.

Rory assentiu com a cabeça, num cumprimento tímido para Violet.

— Ela é neta de Leo — continuou Pavel, sorrindo para si mesmo diante do óbvio constrangimento dos dois.

— Na verdade, sou meia-neta.

— Ah, é? — disse Pavel, franzindo a testa. — O que é isso?

Violet desejou não ter sido tão esperta para dizer aquilo. Ela roeu uma unha enquanto pensava em como explicar.

— Significa que a avó dela deve ter se casado com Leo e ela havia tido uma filha antes disso — respondeu Rory com segurança.

Pavel assentiu. — Entendo. E sua mãe é essa filha.

Violet assentiu e dirigiu um sorriso a Rory, por tê-la ajudado.

— Então, sua mãe, que é Claire, é a... enteada de Leo, certo?

— Sim — respondeu Violet.

Pavel pareceu satisfeito consigo mesmo. — Isso é ótimo, então — disse ele. — Mais algumas palavras em inglês para mim. — Ele pegou a bandeja de plantas que ele e Violet haviam acabado de colocar nos vasos. — Quanto tempo seu pai fica no escritório, Rory?

— Só uma meia hora — respondeu o menino. — Precisamos ir para casa, almoçar.

— Você tem tempo de plantar isto na beira do bosque?

— Claro — disse Rory, pegando a bandeja.

— Bom, assim eu posso fazer mais coisas — respondeu Pavel, tirando a pazinha do canteiro de flores e entregando-a a Violet. — E talvez ela vai com você? É mais rápido quando te ajudam.

Não houve concordância verbal em relação àquilo, os dois apenas se viraram e foram pelo corredor até a porta.

— E não planta elas muito junto, OK? — exclamou Pavel às costas deles, com um sorriso satisfeito no rosto.

Rory colocou a bandeja na grama, próxima à borda, e tomou a pazinha de Violet. — Eu vou cavando e você põe a planta. — Ele se ajoelhou e enfiou a pazinha na terra.

— Você mora perto daqui? — perguntou Violet enquanto o observava trabalhar.

— Na fazenda.

— Onde fica?

Rory apontou com a pazinha na direção do muro alto que contornava toda uma lateral do jardim. — Para lá. — Ele continuou cavando. — Você é dos Estados Unidos, não é?

— Sim, de Nova York.

— Achei que fosse mesmo, pelo seu sotaque.

Ele começou a fazer outro buraco e Violet entendeu aquilo como um sinal para começar a plantar. Ela tirou um dos vasos da bandeja, extraiu cuidadosamente a planta e colocou-a no buraco, apertando a terra ao redor. — Quantos anos você tem? — perguntou ela.

— Dez — disse Rory, retirando uma pedra grande do novo buraco e jogando-a com força para dentro do bosque, além da borda. — E você?

— Nove. — Ela não disse que seu aniversário tinha sido há apenas um mês na esperança de que Rory pensasse que eles eram muito mais próximos em idade. Ela se ajoelhou ao lado dele para que pudesse colocar a planta assim que ele terminasse de cavar. — Você tem irmãos?

— Uma irmã de seis anos. E você?

— Não, sou só eu. Como a sua irmã se chama?

— Asrun.

Violet achou que ele tinha dito aquilo de um jeito engraçado. — Parece estrangeiro.

— É sueco. Minha mãe é da Suécia.

— Você sabe falar sueco?

— Um pouquinho, mas não muito bem. — Ele observou Violet apertar uma das plantas na terra. — Está funda demais. Você está cobrindo as folhas de baixo. — Ele a cavoucou e empurrou um pouco de terra no buraco com as costas da pazinha, antes de replantar. — Meu pai conhece a sua mãe — disse ele, fixando nela seus olhos azul-claros.

— Quem é o seu pai?

— Jonas Fairweather.

Violet balançou a cabeça. — Acho que não o conheço.

Rory riu. — E por que deveria? Você mora em Nova York.

— Mas eu já estive aqui antes — retrucou Violet, indignada. — Eu poderia tê-lo conhecido então.

— É, talvez — disse Rory, deslocando-se de joelhos pelo canteiro. — Você sabe como o meu pai e a sua mãe costumavam chamar este lugar?

— Não.

— A Casa da Planta Dragão.

— Por quê?

— Porque Leo cultivava um monte de plantas dragão em sua estufa. Quando eles eram jovens, costumavam ir ajudá-lo lá.

— Quem te contou isso?

— Leo. Eu e a minha irmã o ajudamos até ele ficar doente. Nós também sempre chamamos a casa de Casa da Planta Dragão.

Violet parecia perplexa. — Seu pai e minha mãe se conheciam bastante bem, então?

— Parece que sim. Minha mãe a chama de "antiga namorada" do meu pai, mas não acho que agora eles sejam amigos.

— Por que você acha isso?

— Porque ouvi meu pai dizer que ele não ia ver a sua mãe enquanto ela estivesse aqui, e a minha mãe disse que tudo acontecera há muito tempo e que, agora, ele deveria resolver o problema.

Violet segurou a última planta, puxando a terra das raízes. — Você perguntou ao seu pai sobre isso?

— Não.

— Será que eu deveria perguntar à minha mãe?

— Se você quiser. — Notando que as raízes da planta que Violet segurava estavam quase sem terra, ele a tirou de suas mãos, colocou no buraco e a cobriu. — Está tudo pronto, então.

Ambos se colocaram de pé e Rory espanou a terra de seus joelhos nus com as mãos. Eles analisaram seu trabalho em silêncio, constrangedoramente afastados um do outro, enquanto Rory balançava a pazinha nos dedos como se fosse um pêndulo. Ele olhou para Violet. — Meu pai colocou um balanço de corda muito legal para a gente no bosque. Se você quiser, Asrun e eu poderíamos encontrar com você lá depois do almoço e você poderia experimentar.

Violet achou que aquilo parecia ser exatamente o que queria fazer. — Não posso — respondeu, com desânimo. — Vou à loja de jardinagem com Pavel e Gabriela.

— Não é muito longe, então vocês não vão demorar a tarde inteira. Nós poderíamos nos encontrar mais tarde lá no balanço.

— Onde fica?

Rory apontou para a via de acesso à casa. — Tem uma trilha logo ali atrás que atravessa o bosque e, no final dela, há um portão. O balanço fica logo ao lado. Nós poderíamos te encontrar no portão, às quatro horas.

— Está bem. Mas eu não tenho relógio.

— Bem, pergunte as horas para o Pavel ou olhe no relógio da cozinha. Fica acima do fogão.

Agora Violet desejou não ter dito que não tinha relógio. Na verdade, tinha um, mas estava quebrado e agora parecia que ela era realmente estúpida e infantil e não sabia ver as horas. E ela sabia que havia um relógio na cozinha. Tinha visto naquela manhã.

Um assobio agudo veio do outro lado do gramado e ambos se viraram simultaneamente, vendo um homem alto e de cabelo escuro parado numa esquina da casa. Ele acenou para eles.

— Aquele é meu pai — disse Rory. — É melhor eu ir. — Ele entregou a pazinha a Violet. — Você poderia colocar isso e a bandeja na estufa?

— Claro.

— Te vejo às quatro, então — disse ele antes de atravessar o gramado correndo.

Enquanto Violet caminhava vagarosamente em direção à casa, olhou para a janela da cozinha, acima, e viu a cabecinha branca de Agnes olhando para ela. Quando a governanta acenou, Violet se pôs a correr, tomando aquilo como uma indicação de que o almoço estava pronto.

Dentro da cozinha, Agnes se afastou da janela. — Ai, minha nossa, agora sim jogaram o gato no meio dos pombos — disse ela baixinho, para si mesma.

— O que você disse? — perguntou Gabriela, segurando a colher de pau sobre uma panela borbulhante no fogão.

Agnes balançou a cabeça e sorriu. — Nada, menina.

Sombras lançadas por uma das árvores de faia no gramado obscureciam os últimos resquícios do sol da tarde que batiam na frente da casa quando Claire abriu a janela do quarto de Violet e fechou as cortinas pesadas. Ela se virou e foi, na meia-luz, até a cama onde a filha estava deitada, olhando para o teto com olhos pensativos. Claire se sentou na beira da cama e estendeu a mão para afastar o cabelo curto e escuro da testa de Violet.

— Você deve estar cansada. Não dormiu muito a noite passada, no avião.

— Eu dormi um pouco, depois de assistir ao filme.

— Bem, amanhã você pode dormir até mais tarde. Não há nenhum motivo para se levantar cedo.

Violet virou a cabeça no travesseiro para olhar para a mãe com um sorriso abatido no rosto. Claire achou que entendia o que aquilo significava.

— Me desculpe, querida, eu te abandonei hoje, não é mesmo?

— Não tem problema.

— Eu precisava ficar um pouco com Leo.

— Eu sei.

— Talvez nós pudéssemos fazer alguma coisa amanhã à tarde.

Violet pensou naquilo. Ela já tinha feito planos para essa hora com Rory e Asrun. — Ou talvez pela manhã?

Claire suspirou. — Vai ser um pouco difícil, querida. Pavel e Gabriela vão ao supermercado e eu disse que ficaria aqui para tomar conta de Leo.

Violet assentiu. — Talvez eu faça alguma coisa com o papai, então.

— Vamos ver. Depende se ele vai estar trabalhando ou não.

— Achei que tínhamos vindo aqui de férias. Por que ele está trabalhando?

— Ele precisa se encontrar com um monte de gente, porque está tentando ver se é possível transformar esta casa num centro de conferências.

— O quê? A Casa da Planta Dragão?

Claire encarou a filha, com o queixo caído. — Onde você ouviu isso?

Violet sorriu e se sentou na cama, os olhos imediatamente perdendo qualquer sinal de cansaço. — Mãe, você conhece um homem chamado Jonas não-sei-de-quê?

Aquilo foi como um soco para Claire. — Sim, conheço — respondeu, baixinho.

— Ele era seu amigo quando você era pequena, não era?

— Era.

— Mas alguma coisa aconteceu e você não fala mais com ele.

Claire alisou o lençol de Violet com a mão. — Bem, eu vivo nos Estados Unidos há muito tempo, querida, e não houve muita oportunidade para... — ela fez uma pausa, olhando interrogativamente para a filha. — Quem andou te contando tudo isso?

— Rory. Ele é filho de Jonas.

Claire assentiu devagar. — Certo, e onde você encontrou com ele?

— Ele veio à estufa hoje de manhã e Pavel nos pediu para plantar algumas coisas para ele no jardim e, depois, à tarde, eu fui me encontrar com ele e a irmã dele no bosque e nós brincamos no balanço de corda deles. É muito legal, mãe, porque a gente balança bem em cima de uma vala cheia de água e, se soltar, vai ficar todo molhado! — Ela bateu as mãos para acentuar a força do corpo caindo na água.

— Parece muito divertido — respondeu Claire, sem qualquer emoção.

— E eu ia me encontrar com eles amanhã à tarde... se você deixar.

Claire hesitou por um instante antes de sorrir para a filha. — Não vejo por que não. Podemos fazer coisas juntas outra hora. — Ela se levantou. — Agora, vamos lá, hora de dormir.

— Eu vi o pai dele também — disse Violet, evitando a tentativa da mãe de fazê-la se deitar.

— É mesmo? E onde ele estava? — Claire tentou fazer sua voz soar alegre e interessada, embora, na verdade, sua mente estivesse a toda velocidade.

— Perto da casa. Só o vi de longe, mas ele parece ser bem legal.

Claire se inclinou e afofou o travesseiro de Violet. — Que tal se agora a gente dormisse?

Violet se deitou, mas continuou falando. — A mãe de Rory disse para o pai dele que tudo aconteceu há muito tempo e que ele deveria resolver as coisas com você.

Claire beijou a filha na testa. — Não há nada para resolver, querida.

— Ótimo, isso quer dizer que você pode falar com ele, não é? — Ela levantou os lhos para a mãe. — Você vai falar com ele?

— É muito importante para você que eu fale?

— É, sim. Eu gosto muito de Rory e de Asrun e quero que nossas famílias sejam amigas.

Claire balançou a cabeça, vendo-se de mãos atadas diante da insistência pueril da filha. — Nesse caso, vou fazer questão de falar com ele.

— Quando?

— Quando surgir a oportunidade, Violet — disse ela, indo até a porta e abrindo-a. — Agora, durma.

— Te amo, mãe — exclamou Violet, com a voz já abafada pelo travesseiro.

— Também te amo, querida.

Claire fechou a porta e andou até as escadas. Ela se deteve e cruzou os braços, olhando para a porta do quarto de Violet. Sua primeira reação tinha sido dizer a Violet que não queria que ela brincasse com aquelas crianças, mas isso seria inútil. Não, na verdade, teria sido ridiculamente egoísta. Já era suficientemente difícil ser filha única, como ela mesma sabia bem. Violet precisava de alguém da própria idade para brincar, justamente como ela havia precisado de... Jonas.

Droga, por que ainda a afetava tanto simplesmente pensar no nome dele? Fora há tanto tempo. Ela não precisava daquilo agora. Estava ali por Leo, não para consertar os estragos de um relacionamento bobo de infância.

Ela começou a descer as escadas.

"Quando surgir a oportunidade", dissera a Violet. Esperava que nunca surgisse.

CAPÍTULO 28

Alloa — Agosto de 2006

Jonas subiu silenciosamente pela escadaria dos fundos e parou no hall, atento a qualquer ruído na casa. Havia um zumbido baixo de vozes vindo da cozinha, então ele foi até a porta e, hesitantemente, espiou lá dentro, pronto para recuar rápido se houvesse alguém ali que ele não quisesse ver. Soltou um suspiro de alívio quando viu que estavam apenas Agnes e Gabriela, ambas sentadas à mesa da cozinha com canecas fumegantes de chá diante delas. Ele bateu rapidamente à porta e entrou.

Agnes virou a cabeça com rigidez para olhar para ele. — Olha só, se não é um estranho! Onde você andou se escondendo nas últimas semanas?

— Tive muito trabalho. A colheita de morangos tem sido ininterrupta, por causa do bom tempo, e sempre há um monte de carros novos sendo lançados na exibição de agosto

Agnes jogou a cabeça para trás e olhou deliberadamente para Gabriela. — Sei, tenho certeza de que são esses os motivos.

Jonas sorriu de leve para a governanta. Agnes não era nenhuma boba. Ela sabia exatamente por que ele não estava vindo ali, portanto não deu corda ao comentário dela. — Só vocês duas estão aqui? — perguntou ele.

— *Aye*, pode ficar tranquilo, rapaz — respondeu Agnes com uma risadinha —, a barra está limpa. Art já foi cedo jogar golfe e Claire e Violet foram passar o dia em Edimburgo. — Ela lhe dirigiu um olhar perspicaz. — Mas, sem dúvida, você já estava sabendo disso, né?

Jonas assentiu. — Rory disse alguma coisa a respeito.

— Foi o que pensei. Aqueles três estão se dando muito bem, não estão?

— Parece que sim.

— Faz é muito bem para a menininha, ter alguém para brincar. Caso contrário, ela ia acabar ficando bem chateada.

— Como assim?

— *Och*, simplesmente porque o pai fica fora o tempo todo, trabalhando ou jogando golfe, e Claire acha que tem que passar cada minuto do dia com Leo.

— Como o Leo está?

— Ele está bem, conseguindo pegar o jeito daquela cadeira de rodas dele, eu diria.

Jonas sorriu e encostou o ombro no batente da porta. — E a cabeça?

— Bem, parece que também melhorou bastante nesse departamento. O médico mandou tomar uns comprimidos novos nessas últimas semanas e estamos achando que ele está mais controlado. — Ela olhou para Gabriela. — Não é mesmo, menina?

A jovem tcheca sorriu para Jonas e assentiu em concordância.

— Ele está acordado? — perguntou Jonas.

— Sim, Gabriela acabou de levar uma xícara de café para ele, na sala de estar.

— Acho que vou vê-lo, então.

— É para ir mesmo — respondeu Agnes. — Ele andou perguntando por você.

Quando Jonas entrou na sala de estar, seus olhos foram automaticamente atraídos pela poltrona onde Leo costumava se sentar. Estava vazia. Ele se moveu a um lado da sala para evitar o brilho ofuscante do sol matinal e viu o velho perto da janela, no outro lado da sala. Estava sentado na cadeira de rodas, curvado sobre a mesa, como se estudasse algo com muita atenção. Jonas se aproximou dele e Leo ergueu os olhos quando sua sombra recaiu sobre a grande folha de papel aberta sobre a mesa. Um sorriso largo irrompeu no rosto do velho.

— Jonas, meu garoto, que surpresa boa! Como você está?

— Estou bem. Mais importante: como você está?

— Nada mal. — Ele fez um gesto indicando uma cadeira. — Puxe uma cadeira.

Jonas puxou a cadeira e se sentou. — Então, como vai o quadril?

— Melhorando a cada dia. O único inconveniente é que recebo a visita de uma fisioterapeuta brutamontes a cada três dias e ela me faz passar o diabo, e depois dói que é uma agonia. Estou começando a achar que ela é uma sádica enrustida.

— Talvez seja um desses casos em que "sem dor, não há ganho".

Leo riu. — Não foram essas as palavras do Grande Inquisidor?

Jonas sorriu para o velho. Tinham se passado quase três semanas desde a última vez em que o vira e a mudança em sua aparência era notável. Seu rosto parecia mais cheio e a palidez em suas faces fora substituída por um rubor saudável; além disso, sob as sobrancelhas espessas, levantadas de forma expressiva, os olhos azuis novamente brilhavam de vitalidade. Até seu modo de vestir estava de acordo com o velho Leo: camisa elegante com gravata e um suéter de gola em V sob o paletó de tweed. Mas o que impressionou Jonas mais do que tudo foi a melhora inesperada na vivacidade de sua mente, demonstrada por aquela réplica astuta.

Leo estendeu a mão e deu um tapa no joelho de Jonas. — Senti falta de suas visitas, rapaz. Como vão Liv e as crianças?

— Estão bem.

— Ouvi dizer que a pequena Violet tem se divertido imensamente com Rory e Asrun.

— Eles se dão bem. Ela é uma boa menina.

Leo sorriu. — Muito parecida com a mãe dela nessa idade, você não acha?

Jonas coçou a bochecha com a unha. — Com certeza há semelhanças. — Ele queria deixar aquele assunto por ali mesmo e se inclinou sobre a mesa, desviando a atenção para a folha de papel aberta diante de Leo. Era o desenho feito por um arquiteto de um projeto de construção em grande escala. — O que é isto que você tem aí?

— São os planos de Art Barrington para a casa. Ele quer transformá-la num centro de conferências e, minha nossa, que empreendimento enorme! — Ele começou a indicar as várias partes do desenho. — Isto aqui, na ala leste da casa, é a sala de conferências principal, com duas salas menores adjacentes. Há paredes de separação que podem ser abertas para unir tudo num espaço único. E isto aqui é a área de jantar, com a cozinha atrás, onde atualmente ficam a despensa e a área de serviço. E, daí, o hall vai ter um bar e uma área de estar no canto, onde os empresários locais podem vir para seus almoços de negócios. E este bloco aqui vai alojar uma piscina e uma academia de ginástica, e lá fora, Art colocou um campo de golfe pequeno de nove buracos que parece perigosamente perto da casa. Acho que vou aconselhar Art a negociar um contrato de manutenção com um vidraceiro local! — Ele riu, recostando-se na cadeira. — Bem impressionante, não acha?

Jonas sentiu o rosto formigar de desconforto. Por causa da sua carga de trabalho recente, ele se esquecera completamente desses planos. Inicialmente, soubera deles por meio de um bilhete que Leo lhe dera, um mês atrás, ao voltar do hospital. Jonas inclinou a cabeça para ver melhor o desenho. — Então, ele vai seguir em frente com isso, afinal?

Leo franziu a testa para ele. — Você sabia disso?

— Sim, você me contou, mas eu tinha me esquecido completamente — respondeu Jonas, analisando os desenhos.

Leo deu uma risadinha. — Bem, é muito gratificante saber que não sou o único que se esquece das coisas. — Ele analisou novamente a planta, colocando o dedo sobre um quadradinho na metade superior da folha. — A ideia é construir uma casinha para mim bem aqui, ao lado da estufa mais distante. Bem divertido, você não acha?

— Humm — respondeu Jonas, distante, sem olhar realmente para onde o dedo de Leo apontava e mais interessado na escala do projeto que jazia sob o braço do velho. Ele estudou particularmente o novo prédio que iria alojar a piscina e a academia de ginástica, já que parecia estender-se ao norte, quase até o ponto em que seu próprio imóvel fazia limite com o de Leo. Ele se recostou na cadeira e olhou pela janela, enquanto o velho, absorto nos desenhos, lhe concedia um tempo precioso para pensar.

Foi no dia em que Leo lhe dera o bilhete que descobrira as discrepâncias nos extratos financeiros. Ele havia se sentado, imediatamente, e escrevera algumas observações superficiais para formular um plano básico de ação, mas desde então ficara tão absorto com a fazenda e a concessionária de carros que não fazia a menor ideia de onde estavam as notas nem do que havia escrito nelas. Mas se havia um momento certo para implementar aquele plano, era agora.

Ele teve uns bons cinco minutos para fazer seu cérebro funcionar antes que Leo se virasse para ele, com um sorriso no rosto.

— É tudo muito excitante, você não acha?

— Impressionante mesmo — respondeu Jonas. — Você, por acaso, não sabe qual é o prazo de execução disto?

Leo entrelaçou as mãos. — Não sei com certeza, mas Art teve uma reunião com a prefeitura hoje à tarde para apresentar seu plano de trabalho. Ele espera que isso ajude a adiantar a tramitação do projeto no departamento de planejamento.

— Estas plantas já foram protocoladas?

— Acho que isso também está acontecendo hoje.

Jonas assentiu. Ele não esperava que já estivesse tão adiantado.

— Leo, alguém conversou sobre isso tudo com Marcus e Charity?

O rosto de Leo ficou sério. — Eu imagino que não. Eles estavam de férias no exterior até recentemente.

— Bem, se você não se incomoda por eu dizer isto, como seu testamenteiro, acho que o certo seria que Art entrasse em contato com Marcus para informá-lo sobre tudo isso e negociar um preço para a casa. Afinal, eles serão os principais beneficiários do produto da venda e já demonstraram interesse em colocar o imóvel no mercado.

Leo se virou e encarou Jonas com severidade. — Não estou entendendo direito por que você está dizendo isso, meu rapaz. A casa ainda é minha, sabia?

Jonas levantou as mãos. — Creia-me, Leo, só estou cuidando dos seus interesses. Independentemente de quem compre esta propriedade, você deve maximizar seus ganhos com a venda. Se ela for colocada no mercado aberto, como Marcus pretende fazer, é provável que obtenha um preço muito maior do que se você fechar um valor com Art.

Leo esfregou o polegar com força na palma da mão. — Não tenho nenhuma certeza com relação a isso. Marcus trabalha com empreendimentos imobiliários. Ele provavelmente tentaria passar a perna em Art.

Jonas riu baixinho. — Art também é um empresário de sucesso. Tenho certeza de que eles chegarão a um acordo favorável para ambos.

Leo ficou em silêncio por um momento, com os olhos fixos na planta à sua frente. — OK, então o que você sugere?

— Se eu fosse você, insistiria para que Art marcasse uma reunião com Marcus em Londres, o quanto antes. Daí, ele poderá lhe mostrar as plantas e negociar a venda. — Ele se inclinou para a frente, apoiando os cotovelos nos joelhos, e cravou os olhos no velho. — É a forma mais justa, Leo, e garante que você obtenha o melhor preço. Simplesmente, diga a Art que a ida dele a Londres é uma condição não negociável.

— E quando você acha que ele deveria ir?

— Bem, se este projeto tiver uma tramitação rápida no setor de planejamento, seria melhor que ele fosse imediatamente.

— Hoje?

— Por que não? Quanto antes, melhor! — Jonas estendeu o braço e deu um tapinha no braço do velho. — Você quer que eu anote tudo isso para você?

Leo se endireitou na cadeira e lhe dirigiu um olhar ultrajado. — Minha cabeça pode estar um pouco cansada, mas você pode confiar que eu me lembre de algo por um dia.

Jonas sorriu para ele. — Isso é bom, fico feliz. E mais uma coisa, Leo: quero que você diga a Art que tudo isso foi ideia minha, está bem?

Leo franziu a testa para ele antes de assentir. — Se você está dizendo...

Jonas olhou para seu relógio. — Preciso ir. Tenho uma mudança de turno na fazenda. — Ele se levantou e colocou a mão no ombro de Leo. — É ótimo te ver com uma aparência tão boa. — Ele atravessou a sala em direção à porta.

— Falando em confiar — gritou Leo —, eu confio em você, Jonas.

— Eu sei — respondeu Jonas, virando-se para olhar a figura encurvada do velho —, e eu não vou abusar da sua confiança. Significa muito para mim.

Fechando a porta atrás de si, Jonas espreitou rapidamente na direção da cozinha antes de seguir para o outro lado do hall. Tirou um celular do bolso da camisa, encontrou o número que estava procurando e pressionou o fone ao ouvido. —Alô, o Gordon Mitchell está? É Jonas Fairweather. — Enquanto sua ligação era transferida, ele olhou em volta mais uma vez para garantir que não havia ninguém que pudesse ouvi-lo. — Gordon, oi, como vai?... Que bom... Escute, Gordon, vou falar rápido. Você pode me receber daqui a uns dez minutos? Quero mandar fazer uns projetos para um empreendimento na Casa Croich... Sim, mas posso explicar isso quando nos encontrarmos... Eu diria que umas quarenta casas... OK, vou direto para aí. Te vejo daqui a pouco.

Jonas deslizou o telefone de volta no bolso e saiu silenciosamente pelas escadas dos fundos.

Art assobiava ao dirigir de volta para casa. Ele nunca assobiava, a não ser que as coisas estivessem dando absolutamente certo para ele e, naquele exato momento, elas não poderiam estar melhores. O plano de negócios e as plantas que ele acabara de apresentar na prefeitura tinham sido recebidos com tanto entusiasmo quanto o demonstrado pelas várias empresas que ele tinha visitado no último mês. Sem exceção, todas elas haviam dado as boas-vindas à ideia do centro de conferências, dizendo que seria um sucesso garantido e que preencheria um vácuo enorme no mercado não apenas local, mas de forma mais abrangente. E pesquisar para o projeto fora um verdadeiro prazer. Três quartos dos chefes executivos com quem ele havia se encontrado eram, assim como ele, ávidos jogadores de golfe. Nas últimas quatro semanas, ele havia jogado, entre muitos outros, no Old Course de St. Andrews, no King's Course de Gleneagles e até mesmo no solo sagrado de Muirfield. Agora, depois de ter obtido da prefeitura o empurrão prometido pelo departamento de planejamento e a promessa de aprovar as plantas na próxima reunião, estava na hora de conseguir cotações das empresas de construção — o passo seguinte para tornar seu sonho realidade.

Art ainda estava assobiando quando saiu do carro na frente da casa e subiu correndo os degraus para abrir a porta da frente. Colocou sua maleta na mesa de pinho e, imediatamente, foi para a porta da sala de estar. Queria que Leo fosse o primeiro a saber das boas notícias.

Cinco minutos depois, ele reapareceu, fechando a porta silenciosamente atrás de si, e foi para o hall, onde ficou parado, imerso em pensamentos. Virou-se ao ouvir alguém vindo da cozinha. Era Agnes, caminhando lentamente em direção à sala de estar com o chá da tarde de Leo numa bandeja.

— Você já voltou, então — disse ela. — Vai querer um pouco de chá?

— Não, obrigado — respondeu Art de forma distante, enquanto a governanta passava por ele. — Viu, que pílulas são essas que o médico deu para Leo? Elas o deixaram... diferente.

Agnes sorriu. — Sim, certamente fizeram uma diferença. Ele ainda tem seus dias ruins, porém, e faz uma confusão danada com as coisas.

Art sacudiu a cabeça. — Não hoje, posso garantir. Ele está mais afiado que uma navalha. — Ele se moveu rapidamente até a porta e a abriu para Agnes.

— Bem, que coisa boa de se ouvir — respondeu Agnes, entrando na sala.

Art tirou a carteira do bolso traseiro da calça e foi até o telefone, sobre o velho aparador de carvalho embaixo da escada. Digitou um número e esperou. — Sim, você poderia me dar o telefone do setor de Reservas da British Airways?

Claire se recostou no banco do táxi enquanto seguia da estação até a casa. Violet já havia sucumbido, depois do longo dia em Edimburgo, e adormecera no instante em que elas haviam entrado no táxi, com a cabeça encostada pesadamente no ombro da mãe. Claire olhou pela janela enquanto atravessavam Alloa e tomavam a direção da área residencial que fazia fronteira com a propriedade de Leo. Ela se lembrou da primeira vez em que estivera ali — um cálculo rápido de cabeça revelou que fora há vinte e cinco anos —, quando algumas daquelas casas ainda não estavam sequer terminadas. Agora, o empreendimento se espalhava muito além dos limites originais, fileira após fileira de casas apertadas em estradas que se estendiam além da vista. Claire agora percebia, mais do que antes, que a propriedade de Leo e a fazenda de Jonas estavam isoladas no centro daquela invasão urbana, um último bastião verde contra a crescente maré de tijolos e cimento. A única esperança de proteção a longo prazo era com o êxito do plano de Art.

Violet despertou justamente quando o táxi passou pela densa faixa de rododendros na estrada de acesso à casa. Bocejando ruidosamente, espreguiçou os braços acima da cabeça e olhou pela janela, com a vista embaçada, tentando se orientar. Vendo onde elas estavam, ela se virou ansiosamente para a mãe.

— Posso ir brincar com Rory e Asrun? — perguntou, com a voz arrastada de fatiga.

— Acho que você deveria ficar em casa um pouco, querida — respondeu Claire. — Foi um dia longo para nós duas.

Violet resmungou, decepcionada, e se deixou cair no banco, mas não fez mais tentativas de argumentar com a mãe. Quando o táxi se aproximou do gramado circular frontal, Violet olhou para a casa. — Aonde o papai está indo?

Claire seguiu seu olhar e viu Art descendo os degraus da entrada com uma pequena bolsa de viagem na mão. Ele abriu a porta de trás de seu carro e a jogou lá dentro; depois, ficou esperando o táxi delas se aproximar. Quando Claire terminou de pagar o motorista, Violet já havia saltado do carro, cumprimentado rapidamente o pai e desaparecido dentro da casa.

Art se aproximou do táxi e abriu a porta para Claire.

— Oi, como foram as coisas hoje? — perguntou ela, entregando-lhe um monte de sacolas de compra antes de descer. Ela se ergueu e lhe deu um beijo no rosto.

— Realmente boas, até umas duas horas atrás.

Claire franziu a testa. — O que aconteceu? — Ela olhou para o carro. — Você vai a algum lugar?

— Londres.

— Por quê?

Art suspirou fundo. — Por insistência do seu padrasto. Ele quer que eu me reúna com Marcus pessoalmente, mostre a ele os planos para o centro de conferências e negocie um preço para a propriedade.

— Por que cargas-d'água ele iria querer que você fizesse isso? Não seria mais simples telefonar para Marcus e enviar-lhe os planos?

— Acredite, era isso que eu esperava fazer. Já tenho o suficiente com que me preocupar sem isso, mas o velho foi inflexível. Ele disse até que a continuidade do plano dependia de eu fazer o que ele estava pedindo.

Claire balançou a cabeça. — Isso é muito estranho. Parece que ele se confundiu com a coisa toda. Provavelmente seja por causa da demência.

— Rá! — exclamou Art. — Você que pensa! O homem está totalmente lúcido. Ele já telefonou para Marcus e marcou nossa reunião para amanhã cedo, portanto não há escapatória. — Ele sacudiu o dedo indicador para Claire. — Mas, veja bem, nada disso foi ideia dele.

— Como assim?

— Seu amigo Jonas Fairweather veio visitar Leo hoje pela manhã e, por acaso, viu as plantas do centro de conferências em cima da mesa. Quando Leo explicou o que eram, Jonas disse que, em seu papel de testamenteiro, achava que seria justo eu me reunir com Marcus pessoalmente, mostrar-lhe os planos e negociar um valor para a propriedade.

— Por que diabos ele iria sugerir isso? — ofegou Claire. — Ele não suporta o Marcus. Jamais levaria em consideração o que seria "justo" com relação a ele. Você acha que Jonas pode estar fazendo algum tipo de jogo?

Art deu de ombros. — Não sei ao certo, mas, mesmo que ele esteja, não acho que teria muita consequência no que nós planejamos. — Ele foi até o carro e abriu a porta do motorista. — O caso já está quase encerrado.

— Quando você volta?

— Amanhã à tarde. Vou pegar o voo do meio-dia de volta a Edimburgo.

Claire se aproximou dele e colocou a mão em seu braço, em advertência. — Tome cuidado com Marcus, Art. Desconfio que ele seja bem esperto... e provavelmente um tanto perigoso, nesse tipo de negociação.

Art se inclinou e lhe deu um beijo na testa antes de lhe devolver as sacolas de compras. — Então, estaremos à altura um do outro, não é? — disse ele antes de entrar no carro e partir em alta velocidade pela estrada.

Claire continuou ali fora por algum tempo, com os olhos fixos no ponto onde o carro de Art desaparecera em meio aos rododendros. Havia algo que não estava certo no modo como Jonas havia forçado aquele assunto. Ela sabia que Leo vinha evitando todo contato, tanto com Marcus quanto com Charity, desde a tentativa deles de reintroduzir a ideia de mudá-lo para um asilo; agora, ele estava pensando na justiça com que Marcus estava sendo tratado na venda da casa e insistindo para que Art se encontrasse com ele pessoalmente. Simplesmente não fazia sentido.

Ela atravessou lentamente os cascalhos e começou a subir os degraus, agora bastante convencida de que Marcus e Charity não eram os únicos em quem não se podia confiar. Ela desconfiava que Jonas pudesse estar tirando vantagem de sua longa amizade com Leo para seus próprios fins, mas não conseguia definir quais poderiam ser.

Talvez, finalmente, houvesse chegado o momento de confrontá-lo.

CAPÍTULO 29

A previsão do tempo na televisão, na noite anterior, havia mostrado que o clima iria piorar no dia seguinte. Tarde demais para os fazendeiros, satirizara o homem do tempo, mas bom para os jardineiros, e ele os aconselhava a aproveitar para encher seus barris de água, porque a chuva só iria durar alguns dias.

— Quase dá para ver a grama esverdeando bem diante dos nossos olhos — Claire ouviu Agnes dizer a Gabriela naquela manhã, quando entrou na cozinha. A velha governanta estava parada perto da pia, olhando pela janela, enquanto esfregava lentamente uma panela suja. Ela soltou uma risada aguda. — *Aye*, mas um pouco de chuva não é o bastante para impedir aqueles dois de se divertir.

Claire foi até a janela para ver do que Agnes estava falando.

— Pelo amor de Deus! — exclamou ela quando viu Violet, apenas de short e camiseta, jogando futebol com Rory no gramado. Enquanto esperava a bola vir para ela, Violet passou os braços ao redor do próprio corpo em busca de calor e seu cabelo estava totalmente grudado no rosto. — Agnes, por que você a deixou sair? Ela vai ficar doente.

A governanta lhe dirigiu um olhar endurecido. — Não é meu papel dizer o que ela deve e o que não deve fazer, menina. De qualquer maneira, um pouco de chuva nunca fez mal a ninguém.

— Bem, vou fazê-la entrar — disse Claire, girando nos calcanhares e indo rapidamente para a porta.

— Você poderia levar uma capa de chuva para ela — gritou Agnes, sem tirar os olhos da dupla brincando no gramado.

— Não, ela vai entrar — respondeu Claire de forma inflexível, saindo da cozinha.

Pousando a panela no escorredor, Agnes se voltou e olhou para a porta. — Ai, meu Jesus, o que será que deu nela hoje? — disse, baixinho, para Gabriela. — Não parece que é com a chuva que ela está implicando.

Claire apanhou o guarda-chuva, que tinha visto várias vezes à toa embaixo da mesa de pinho do hall, e se dirigiu para a escadaria dos fundos. Ela não queria ficar ensopada, então pensou que a porta dos fundos ofereceria o acesso mais rápido àquela parte do jardim. Enquanto descia as escadas, olhou casualmente pela janela que dava para o pátio e viu um carro estacionado, com a frente virada para os fundos da casa. Era uma máquina rebaixada, azul-marinho com rodas raiadas douradas e um grande spoiler traseiro acima do porta-malas. Ela parou, dando-se conta de por que Rory estava ali tão cedo. Foi silenciosamente até o fim da escada e ficou atenta, ouvindo através do corredor escuro o som de uma gaveta de arquivo ser fechada com força. Ela respirou fundo, caminhou com firmeza pelo corredor e abriu a porta do escritório de Leo.

Jonas ergueu os olhos, surpreso, quando ela entrou. Ele estava parado atrás da escrivaninha com uma pilha de papéis na mão. Ótimo, pensou Claire consigo mesma, ele parece estar sem-graça.

— Oi, Claire, há quanto tempo! — Havia um claro toque de apreensão na voz dele.

— Está chovendo, sabia? — disse Claire, com acidez.

Jonas sorriu para ela e colocou os papéis na mesa. — Sim, eu percebi.

— Violet e Rory estão lá fora no gramado, se encharcando.

— Estão? Droga, eu disse a Rory para ficar na estufa com Pavel. — Ele saiu de trás da mesa e foi na direção dela. — Vou sair agora e dizer a eles para entrar.

Claire não se moveu da porta. Encostando o guarda-chuva no armário de arquivos, ela cruzou os braços e soltou um suspiro nervoso. — Antes de você ir, eu gostaria de saber o que você está fazendo, Jonas.

Jonas olhou atrás de si, para a mesa. — Estou ajudando Leo com a papelada. Venho fazendo isso neste último ano.

— Não, quero dizer, o que estava por trás da sua ideia de fazer Art ir até Londres se reunir com Marcus?

Jonas enfiou as mãos nos bolsos do jeans e deu de ombros. — Nada, só pensei que era a coisa certa a se fazer. Leo concordou comigo.

— Eu sei que ele concordou — respondeu Claire, asperamente —, por causa da sua insistência.

Jonas balançou a cabeça. — Sinto muito, Claire, acho que não estou entendendo qual é o problema aqui.

— Oh, é bastante simples. Ainda não tenho certeza de qual é o seu jogo, Jonas, mas você realmente conseguiu se intrometer na vida de Leo, não é mesmo? Não só é testamenteiro dele, mas aqui está você, vasculhando todos os seus papéis.

Havia raiva nos olhos de Jonas, mas ele a controlou em sua voz. — Eu faço isso, Claire, porque ele é incapaz de fazer por si mesmo e acontece que não há mais ninguém por perto, família ou não, com tempo para isso.

Claire sentiu o rosto ficar vermelho. Ele tinha razão. Fora uma estupidez dizer aquilo e ela sabia muito bem que a veemência em sua voz viera não da preocupação com Leo ou Art, mas da raiva espontânea que continuava afetando-a por algo que acontecera há tanto tempo.

Ela baixou os olhos para os próprios pés e começou a raspar o sapato no piso de pedra. Maldito seja, Jonas Fairweather, pensou ela, por que você tem que ter esta cara? Eu a conheço bem demais. Foi a mesma que você fez quando eu te aconselhei a parar de matar aula e a terminar seus estudos. Por que diabos eu tenho que achá-la tão... cativante?

Jonas passou a mão pela cabeça. — Escute, Claire — disse ele, baixinho —, Leo confia em mim e isso é só o que me importa. Se você acha que não pode confiar, então, sinto muito...

— E você já me deu motivos para confiar em você? — interrompeu Claire, olhando para ele e desejando que sua voz não soasse tão trêmula.

Jonas ficou olhando para ela por um momento antes de se virar e apanhar seu chaveiro e os papéis de cima da escrivaninha. Claire deu um passo para o lado quando ele abriu uma das gavetas do arquivo e enfiou os papéis de qualquer jeito numa pasta. Ele fechou e trancou o arquivo com uma das chaves e, então, segurou duas delas firmemente, entre o polegar e o indicador, deixando as demais penduradas abaixo. — Estas são as chaves do arquivo e da porta dos fundos. Você as quer de volta?

Claire olhou para elas como que num transe, antes de fazer que não com a cabeça.

Jonas assentiu. — Vou levar Rory de volta para casa agora, então vou dizer a Violet para entrar. — Ele saiu do escritório, mas, então, reapareceu à porta um instante depois. — Art foi se encontrar com Marcus hoje? — perguntou ele.

— Sim, foi — respondeu Claire.

— A que horas?

— Ele não disse.

Jonas apoiou a mão no batente da porta. — Pode ser uma boa telefonar para ele e dizer que não deveria oferecer mais do que duzentos e cinquenta mil libras por esta casa.

— Você não acha que isso cabe a Art e a mim decidir? — disse ela.

Jonas deu de ombros. — OK, mas lembre-se de que eu disse isso. — Ele girou o chaveiro no dedo e foi embora.

Claire ficou olhando para o corredor escuro, ouvindo a porta dos fundos se abrir e fechar novamente. Ela foi até a escrivaninha e se encostou nela, de braços cruzados. Ele estava certo. Leo, de fato, confiava nele cegamente e ela não queria colocar uma barreira entre si mesma e o padrasto, expressando diante dele sua inquietude com os motivos de Jonas. Por outro lado, Jonas estaria consciente daquilo, o que o colocaria numa posição privilegiada para tirar vantagem de sua amizade com o velho e usá-la para fazer seu próprio pé de meia.

Talvez, então, Marcus não fosse o fator mais perigoso naquela equação.

CAPÍTULO 30

Jonas ficou sentado no Subaru, no pátio, com a porta do motorista completamente aberta. Ele olhava fixamente à sua frente, dominado pela dor da tristeza despertada pela hostilidade de Claire. Sabia que era inevitável que ela fosse se sentir assim quando finalmente se encontrassem, e sabia que merecia; por essa razão, fizera todo o possível para evitar qualquer contato com ela. Não apenas agora, mas nos últimos dezesseis anos.

Aquilo nunca deveria ter acontecido. Ele sabia disso. Claire fora a pessoa mais importante em sua vida, mas ele nunca sentiu que pudesse lhe revelar os verdadeiros sentimentos que tinha por ela, porque teria sido inútil, uma total perda de tempo. Ele era apenas o filho de um fazendeiro que se apaixonara pela enteada do senhorio do pai. Meu Deus, como aquilo parecia antiquado, feudal; no entanto, importara muito na época, e a situação toda se tornara mais insustentável ainda com as atitudes venenosas de Marcus e Charity com relação a ele. Foram eles que o fizeram se sentir um bruto sem educação; foram eles que o chamaram de nomes ofensivos e humilhantes fora das vistas de Leo, e era por isso que ele se mantinha longe da casa naqueles períodos de férias. Se ele e Claire houvessem se unido naquelas circunstâncias, que possibilidade teria ele de se adaptar àquela família?

Portanto, ele havia mergulhado com tudo no sonho de se tornar piloto de rali, um piloto campeão. Era a única coisa na qual sabia que era bom; no entanto, o verdadeiro prêmio que desejava para si mesmo não era a glória da vitória nem a euforia da adulação e do reconhecimento. O que o motivava em busca do sucesso era o fato de ver aquilo como a única oportunidade de escapar da fazenda, de se afastar de Croich e do perpétuo ressentimento de Marcus e Charity, de ter um futuro financeiramente seguro — e de levar Claire consigo.

As lembranças do que acontecera naquela noite de dezembro ainda estavam marcadas com clareza em sua mente. De como sua vida havia sido alterada, em não mais que duas horas, passando da total felicidade a uma perda devastadora. Ele e Claire haviam passado a tarde inteira juntos na oficina, conversando e rindo enquanto ele trabalhava em seu carro e, então, ela havia avisado que ia embora e ele se virou para se despedir. Normalmente, ele apenas voltaria a enterrar a cabeça nas entranhas do motor; mas, naquela ocasião, ficara olhando fixamente para ela. Ela estava usando suas botas Doc Marten e uma meia-calça preta e grossa, com uma saia e um suéter grande e largo, e seus cabelos tingidos de forma estranha escapavam sob o gorro de lã. Mas era o sorriso enorme em sua boca pintada de ameixa e o intenso brilho em seus olhos iluminados pela única lâmpada pendurada no caibro que fizeram com que seu coração disparasse e ele soube, naquele exato instante, que tinha de dizer a ela. Caminhou com ela até a porta e estava prestes a colocar os braços sujos de graxa ao seu redor, dizendo-lhe que a amava e que a tinha amado desde o instante em que haviam se conhecido. Mas, então, ao ficar a centímetros de distância dela, girando a chave de boca no dedo, ele havia pensado: "Deixe para depois, deixe para quando você conseguir o patrocínio e estiver pronto para fugir daqui para sempre. Então será ainda mais doce contar seus sentimentos por ela".

Ah, sim, aquela sensação de nostalgia, que estivera latente dentro dele por tantos anos, ainda estava lá: de ter congelado o tempo naquele minuto, ter agarrado a oportunidade quando lhe foi oferecida; mas as circunstâncias, e sua própria estupidez, haviam feito com que seus destinos seguissem caminhos diferentes de ali em diante, para nunca mais serem reparados. E, então, ele conhecera Liv e ela, com o tempo, fora capaz de convencê-lo de que o que havia acontecido naquela noite não fora por sua culpa. Ele tinha aprendido a amar novamente, a respeitar-se novamente e seus sentimentos por Claire foram se dissipando perante a satisfação de seu casamento.

Agora, no entanto, tais sentimentos haviam retornado, não como o impulso incontrolável de reacender um amor platônico, mas como um anseio por enterrar o passado e reparar aquela amizade destruída.

Isso teria de esperar, entretanto. O que ele precisava fazer estava fadado a criar desconfiança, e até mesmo ódio, na mente de Claire. Não obstante, ele não conseguia pensar em outro curso de ação possível para reparar a desonestidade clandestina de Marcus e Charity e, em última análise, reparar também a ruptura irretratável que eles haviam causado em sua vida.

Pesadas gotas de chuva no teto do carro indicaram que outra tempestade se aproximava e lembraram Jonas de que as duas crianças ainda estavam lá fora, no jardim. Ele desceu e correu pela lateral da casa para chamá-los para dentro, antes que pudessem se ensopar novamente.

CAPÍTULO 31

Londres — Agosto de 2006

A festa anual de verão dos Kerr-Jamieson, realizada nos vastos jardins de sua casa em Holland Park, se transformara no auge do calendário social de Londres. Era realizada sempre na última semana de agosto, época em que os convidados tinham acabado de voltar bronzeados e descansados de suas férias de verão e se preparavam para mandar os filhos de volta aos respectivos colégios aristocráticos, alguns em suas cidades e outros mais distantes. Mesmo que não se fizesse mais nada durante o ano, ser visto na festa dos Kerr-Jamieson era o suficiente para marcar seu lugar como membro da elite da região oeste de Londres.

Charity não se importava que seu convite para a festa desse ano — o primeiro recebido pelo Sr. e pela Sra. Thomson — tivesse vindo quase por falta de opção; ou, para ser mais precisa, por meio de uma cuidadosa manipulação. Afinal, a casa deles na Blythe Road, em Hammersmith, não ficava tão longe assim de Holland Park. Como seu filho James estava na mesma escola que Patrick Kerr-Jamieson, parecia óbvio a Charity que ela deveria telefonar para a mãe dele, Jessica, e sugerir que para Charity seria fácil levar os dois garotos para o Marlborough College no início do semestre de verão. E, então, quando Charity passou para buscar o garoto, teve o cuidado de chegar uma boa meia hora antes, sabendo que Patrick ainda estaria ali pela casa, tentando enfiar a última camiseta de críquete na mala, e aceitar o convite de Jessica para entrar e esperar. Diante de uma xícara de café na cozinha suntuosamente equipada, Charity conseguiu introduzir uma pergunta sobre os planos para a festa desse ano e, após um longo discurso sobre o assunto, Jessica não teve alternativa senão dizer: — Oh, querida, mas você tem que vir. Vou te mandar um convite.

Daí em diante, Charity tinha se oferecido para levar e buscar James e Patrick na escola durante todo o verão, só para manter seu nome vivo na mente de Jessica. Nunca se preocupara muito com o fato de que, para James, era uma constante fonte de constrangimento ser visto chegando no mesmo carro que Patrick, dois anos mais novo que ele e considerado pelo colégio inteiro um zero à esquerda. Conhecendo as circunstâncias, aquilo era irrelevante.

Quando o convite chegou, todo em papel branco e gravado em itálico negro, Charity e seu marido, Harry, sincronizaram suas agendas e ele não teve alternativa a não ser cancelar um fim de semana em Somerset com o time de críquete de sua empresa. Charity ficara encantada com a data da festa exatamente para três dias depois de seu retorno das férias no sul da França. Prevendo a glória de seu bronzeado pleno, ela comprou para si um novo vestido da Fenwick, na Bond Street, costas nuas e com um decote profundo na frente, que exibiria seu bronze mediterrâneo com absoluta eficácia.

— Harry, você está pronto? — gritou ela, enquanto aplicava os toques finais da maquiagem em frente ao espelho da penteadeira.

Harry apareceu na porta do quarto. — Já chamei o táxi. Ele deve chegar em cinco minutos.

Charity olhou horrorizada para o terno escuro de risca de giz que o marido usava. — Por que você está usando isso? Você não vai para o escritório, pelo amor de Deus! É uma festa ao ar livre. As pessoas vão rir de você se vestir isso.

— Muitíssimo obrigado — disse Harry, baixando os olhos para seu terno e dando um piparote superficial numa partícula de poeira branca na lapela. — O que você preferiria que eu vestisse?

— Que tal aquela calça de sarja azul-marinho que acabei de comprar para você na Boden? — respondeu Charity, virando-se para o espalho e fazendo bico para aplicar o batom. — Com o blazer de linho branco?

Harry riu baixinho. —Não, obrigado, estou bem assim.

Charity se levantou do banco e caminhou de forma sedutora na direção dele, com o vestido justo farfalhando contra seu corpo roliço. — Ah, vamos, querido — ronronou ela, pressionando o corpo contra ele. — Faça isso pela sua Chary. — Ela deu uma piscadela atrevida para ele. — Vou fazer valer a pena depois.

— Ah, bem, imagino que a gente deva aproveitar qualquer oportunidade — murmurou Harry enquanto caminhava para o guarda-roupa, tirando o paletó.

— Espero que isso não seja uma indireta sobre o que aconteceu nas férias — disse Charity guardando a maquiagem que estava na mesa em sua bolsa de mão. — Eu estava muito doente, você sabe, e certamente não estava no clima para... aquilo.

— Acho que foi apenas sol demais — respondeu Harry enfiando as pernas na calça nova. Ele analisou uma fila de camisas dobradas cuidadosamente na prateleira. — OK, então se é você quem vai me vestir hoje, que camisa quer que eu coloque?

Indo até o guarda-roupa, Charity puxou uma camisa aleatoriamente e entregou a ele antes de sair do quarto.

Harry ficou olhando para a camisa. — Esta é cor-de-rosa — gritou para ela.

— Vai ressaltar perfeitamente a calça azul e o blazer branco — veio a voz de Charity de alguma parte da escadaria —, e eu não me daria ao trabalho de colocar gravata. Ainda está bem quente lá fora.

Harry suspirou profundamente e começou a desabotoar a camisa.
— Deus seja louvado — murmurou ele —, ela vai me deixar parecendo um milionário grego.

— Você notou alguma coisa? — disse Harry, quando eles passaram pelo jardim de inverno obscurecido por venezianas e pararam, já com suas taças de champanhe na mão, no alto da escadaria exterior de pedra da mansão branca em estilo regência dos Kerr-Jamieson, olhando de cima para os grupos de convidados reunidos no jardim.

— O quê? — perguntou Charity, distraída, interessada apenas em procurar pessoas que conhecesse.

— Todos os homens estão usando terno escuro — disse Harry, entre os dentes cerrados.

— Não se preocupe, eu acho que você está ótimo — respondeu Charity sem nem sequer lhe conceder um olhar, enquanto cambaleava em seus saltos altos escada abaixo. — Jane, querida, que maravilha te ver!

Tudo naquela noite cumpria com as expectativas de Charity. A atenção de Jessica Kerr-Jamieson aos detalhes era perfeita — do toldo forrado de cor-de-rosa às mesas e cadeiras de ferro forjado brancas, colocadas estrategicamente nos cantos distantes para permitir vistas diferentes dos jardins lindamente cuidados da casa. Champanhe Moët et Chandon e conversas inteligentes e espirituosas entre convidados de ideias afins fluíram de forma incessante durante toda a noite e, sempre que tinha a oportunidade, Charity procurava Jessica para cumprimentá-la por aquela festa tão maravilhosa. Percebendo sua aproximação, a estratégia de Charity era se afastar imediatamente da pessoa com quem estivesse conversando, com uma risada ou um toque íntimo da mão, só para mostrar que ela conhecia gente e regalar sua anfitriã com frases interesseiras de aprovação: "Onde foi que você conseguiu encontrar...?" ou "Por favor, me conte quem são esses seus fornecedores divinos!"

Ela não se preocupava muito em estar monopolizando a companhia de Jessica, desde que garantisse que nenhuma razão no mundo impediria que o precioso convite de papel grosso chegasse à caixa de correio de sua casa na Blythe Road na mesma época do ano seguinte.

As pessoas já haviam começado a ir embora da festa quando Charity, procurando por alguém adequado com quem conversar, viu por acaso um grupo de homens reunidos em volta de uma das mesas de ferro forjado. Ficou surpresa ao reconhecer seu irmão, inclinando-se para conversar com um cavalheiro rotundo sentado à mesa, que usava uma gravata borboleta do Marylebone Cricket Club. Ela foi até Marcus e pôs a mão em seu braço.

Seu irmão se virou para olhar para ela e, então, despediu-se do homem sorrindo, antes de voltar sua atenção para Charity.

— Estou surpresa em te ver aqui — disse ela.

— Por quê? — perguntou Marcus, tomando-a pelo braço e guiando-a a um ponto isolado perto da marquise. — Eu venho todos os anos.

— Como você conhece os Kerr-Jamieson? — perguntou ela, indignada.

— Ronnie foi um sócio comercial meu — respondeu Marcus, lançando um olhar em volta como para garantir que ninguém estivesse ouvindo. Ele se virou novamente para Charity, ignorando sua expressão repentinamente murcha. — Escute, isso não tem a menor importância — disse ele, esfregando a mão na testa com agitação —, por onde diabos você andou?

— Como assim?

— Venho tentando entrar em contato com você há três dias.

— Bem, acabei de voltar da França.

— Você não recebeu meu e-mail?

— Ainda não chequei.

— E seu celular? Deixei pelo menos umas cinco mensagens para você.

— Ah, bem, isso foi um aborrecimento terrível, porque ele agora está em algum lugar no fundo do Mediterrâneo. Caiu da lateral do iate quando eu estava tomando sol. — Charity percebeu, então, que havia uma preocupação real no rosto do irmão. — Qual é o problema com você?

— É sobre a casa.

— Que casa?

— Ah, tenha dó, Charity, preste atenção. Estou falando de Croich.

— O que tem?

Marcus suspirou, incerto, e coçou a parte de trás da cabeça. — Tive uma reunião no meu escritório outro dia com Art Barrington.

— Art Barrington? Você quer dizer o anjo do marido da Claire?

— O próprio.

— O que ele queria?

Marcus fixou o olhar na irmã. — Ele tem planos para transformar Croich num enorme centro de conferências e, pelo jeito da coisa, o projeto já está bastante avançado.

Charity ficou horrorizada. — Ele não pode fazer isso! Ele não tem nenhum direito! O que você disse a ele?

— Bem, após o choque inicial, eu disse a ele que dependia de mim e de você, na verdade, o que iria acontecer com a casa, ao que ele retrucou que achava que nós não tínhamos nenhum interesse no lugar.

— Pelo amor de Deus, nenhum de nós quer morar lá, mas é claro que nós temos interesse no lugar. É parte da nossa herança.

Marcus deu de ombros. — Não até que o pai bata as botas, na verdade, e está parecendo que o velhote deu sua bênção incondicional a esse projeto.

Charity deu um passo na direção do irmão. — Mas e quanto aos nossos próprios planos para o lugar, Marcus? Quero dizer, por que não nos contaram tudo isso antes?

Marcus retorceu a boca. — Nós também não temos sido exatamente sinceros com relação ao que estamos aprontando, não é?

— Não — respondeu Charity baixinho, sentindo um fluxo de culpa subir ao rosto. — E agora não acho que vamos poder esperar até o papai morrer para ficar com a casa, por causa dos malditos planos de Art Barrington.

— Não poderíamos esperar, de qualquer maneira. Já fomos longe demais para isso.

Charity ficou calada por um momento antes de sacudir seus cachos louros e curtos. — Que droga, Marcus, estamos desesperados pelo dinheiro! Os negócios de Harry não estão indo bem, e nós temos um padrão de vida que queremos manter. — Ela olhou em volta, para as pessoas ali reunidas para indicar a Marcus a que estava se referindo. — O que nós temos até agora não é suficiente. Se não pudermos dar continuidade ao nosso projeto, estaremos perdidos.

— Não se preocupe — respondeu Marcus. — Ainda temos o controle majoritário nessa história.

— O que você quer dizer?

— O papai é, obviamente, incapaz de lidar com a venda sozinho, então ele deixou nas minhas mãos negociar o preço. Eu sei quanto nós podemos obter por aquele lugar totalmente edificado, e Barrington não chegou nem perto desse valor com sua oferta.

— De quanto foi?

— Bem, ele recebeu um telefonema no meio da reunião e saiu do meu escritório para atender, e eu aproveitei a oportunidade para dar uma olhada rápida em suas anotações. Havia um valor de quatrocentas mil libras escrito ali, mas, quando ele voltou e começamos a discutir o preço, ele falou em algo por volta de duzentas e cinquenta mil.

Charity bufou de forma debochada. — Isso é uma ninharia. É óbvio que ele não faz a menor ideia.

— Exatamente, então o que proponho que a gente faça é manter Barrington esperando. Estou quase conseguindo reunir o pacote financeiro e, quando aquele casal de tchecos voltar para a casa, no meio de setembro, aí nada nos impedirá de fazer o papai se mudar para um asilo. Vamos protocolar nossos planos junto ao departamento de planejamento e nosso consórcio pagará muitíssimo mais por Croich do que o Barrington ofereceu.

Charity olhou com preocupação para o irmão. — O papai vai precisar do dinheiro.

Marcus sacudiu a cabeça. — Ah, não comece com isso de novo. Nós estamos usando o capital com prudência. Tudo será resolvido, no fim, eu prometo, e ninguém jamais saberá. E, lembre-se, no final das contas tudo voltará mesmo para nós e será um montão de dinheiro.

O rosto de Charity se iluminou, um sorriso fino de contentamento ergueu os cantos de seus lábios. — E os anjos da Claire e do marido terão de voltar para casa de mãos vazias.

Marcus assentiu, pensativo. — Sim, terão... em todos os aspectos.

Charity riu. — Essa é a parte que eu mais gosto. — Ela olhou por cima do ombro de Marcus e viu Harry se aproximando. — Lá vamos nós, parece que alguém está querendo ir embora. — Ela suspirou, decepcionada.

Virando para trás, Marcus deu uma olhada rápida na roupa de Harry antes de se voltar para Charity. — Fico surpreso que ele não tenha tido vontade de ir embora antes. O que foi que deu nele para vestir roupas tão incomuns?

CAPÍTULO

32

Alloa — Setembro de 2006

Jonas foi brecando o carro até parar por completo no meio da estrada arborizada, num ponto do qual podia ver a frente da casa através dos arbustos e, ainda assim, não ser visto caso alguém entrasse na propriedade pelo acesso de veículos. Sentia-se culpado por envolver Rory tanto assim em seu plano, mas o menino se tornara seus olhos e ouvidos na casa, a fim de informá-lo de tudo que acontecesse ali. Isso não teria sido necessário se ele pudesse ter confidenciado com Claire quando os dois se encontraram no escritório de Leo, três semanas atrás, mas tivera de fazer tudo sozinho. Conseguira dar a ela uma breve advertência com relação ao valor da casa e, naquele estágio, não havia mais nada que pudesse fazer.

Baixou os olhos para a pilha de papéis que estava no banco do passageiro ao seu lado. Seus planos estavam todos ali, um impressionante complexo de quarenta casas que seu amigo arquiteto conseguira copiar de outro empreendimento e sobrepor diretamente na propriedade de Croich. Mas, apesar de seu prazer com a aparente autenticidade, seu estômago ainda se apertava de apreensão. Só esperava que Leo fosse suficientemente forte para aguentar tudo aquilo. Havia protelado contar a ele sobre o que tinha descoberto até aquele ponto, mas agora, com os planos definitivamente protocolados no departamento de planejamento da cidade, ele sabia que não dava mais para adiar.

Estendeu a mão para o banco de passageiro e vasculhou os papéis, apanhando o envelope marrom com o endereço de Londres. Leu-o completamente e, então, tamborilou com a borda do envelope na mão. Sabia que, no instante em que o colocasse na caixa de correio, o jogo haveria começado e ele estaria entrando na aposta mais especulativa que já fizera na vida. Se funcionasse, porém, como ele acreditava que iria, então...

Olhou para seu relógio. Estava mais ou menos na hora em que Rory dissera que eles iriam sair. Abaixou a cabeça para espiar entre a folhagem densa e viu Violet e Claire entrando no carro, na frente da casa. "Rory, meu garoto", pensou com seus botões ao ver, em seguida, Art descer rapidamente pelas escadas e entrar no carro. Um momento depois, este começou a se mover e Jonas se recostou em seu banco, olhando diretamente para a estrada à frente até ver o carro deles passar. Esperou cinco minutos antes de levar a mão à ignição e dar a partida no Subaru.

Art estacionou o carro na frente da prefeitura e se virou para dar um sorriso apreensivo para Claire. — Chegou a hora — disse ele, abrindo a porta. — Vamos rezar para que tudo tenha sido aprovado pelo planejamento.

Ela apertou suavemente seu braço. — Boa sorte.

Art desceu do carro e Claire o observou ir até os degraus de entrada e subi-los de dois em dois.

— Vamos ter de ficar aqui muito tempo, mãe? — trinou Violet do banco de trás.

— Espero que não, querida — respondeu ela, enquanto Art desaparecia dentro do prédio. — Quanto antes o papai sair, maior a probabilidade de que tudo tenha dado certo.

Art empurrou as portas duplas do escritório de planejamento e foi até a recepção vazia. Estava prestes a tocar a sineta para chamar o atendente quando viu que atraíra a atenção de um funcionário jovem sentado diante de um computador, no fundo da sala. Girando na cadeira, este se levantou e se aproximou da recepção.

— Posso ajudar? — perguntou, com gravidade.

— Sim, eu gostaria de saber sobre o progresso de uns planos que eu protocolei.

— Nome do projeto?

— Casa Croich.

O funcionário se virou sem dizer uma palavra e foi até uma fileira de arquivos, perto de onde estivera sentado. Abriu uma gaveta e procurou entre as pastas; então, fechou-a e tentou na de baixo. Finalmente, tirou um arquivo marrom e voltou até Art, atirando-o sobre o balcão.

— É este aqui? — perguntou ele.

Abrindo o arquivo, Art olhou para a planta dobrada e resmungou. — Não tem geralmente um carimbo, caso tenha sido aprovado pelo planejamento?

O funcionário pegou a pasta marrom, virou-a e apontou para a data carimbada no verso. — Não é provável que já tenha passado por lá. Faz só uma semana que foi protocolado.

Art mordeu o lábio para reprimir a raiva, sabendo por experiência própria que, se ele retrucasse agora, o funcionário iria providenciar para que seu pedido fosse colocado no fim da fila.

— Na verdade, protocolei estes planos há mais de quatro semanas — disse ele num tom comedido, enquanto abria a planta. Ele a abriu sobre o balcão e ficou olhando, perplexo. Não era sua planta. Aquela era para um enorme empreendimento de casas. — Ei, acho que você pegou a pasta errada. Esta aqui não é a minha.

O funcionário olhou novamente a pasta em suas mãos. — Aqui diz "Empreendimento Croich". — Ele virou a cabeça para os planos sobre o balcão e colocou o dedo no canto inferior esquerdo. — E também aqui — disse, num tom presunçoso. — Estas são, definitivamente, as suas plantas.

Art não levantou os olhos, fixando-os no nome escrito abaixo de onde o funcionário havia apontado. — Mas que diabos...? — murmurou. — Jesus, mas que cara imprestável...

— O que foi que você disse? — perguntou o funcionário, indignado.

— Desculpe, não estava falando com você — respondeu Art, fechando os olhos e apertando com força a base do nariz. — Olha, você poderia me fazer um favor? Há outros planos que foram entregues para a Casa Croich. Você poderia encontrá-los?

A cor foi se esvaindo rapidamente do rosto de Claire enquanto ela olhava, de queixo caído e em estado de choque, pelo para-brisa. Seu corpo inteiro se entorpecera de descrença, diante daquela notícia.

— Você não vai dizer nada? — perguntou-lhe Art.

Claire sacudiu a cabeça. — Não sei o que dizer. — Ela se virou para olhar para ele. — O que ele acha que vai conseguir, fazendo isso? Leo já concordou em vender a casa para nós.

Art esfregou as duas mãos com força no rosto. — Eu sei, também não estou conseguindo entender. Ele está, claramente, tentando impedir que nossos planos sigam adiante, mas, como você disse, por que motivo? Ele sabe que somos nós quem vamos comprar a casa, e que está resolvido. A única forma de ele mudar isso é indo falar com... — Ele parou de falar e Claire viu a expressão de horror passar por seu rosto.

— Qual é o problema, Art?

— Quando foi a última vez que você saiu da casa?

— Não sei, talvez há uma semana e meia.

Art estalou os dedos e apontou para ela. — Exatamente! — exclamou, girando apressadamente a chave na ignição e dando ré com pouco cuidado para sair do estacionamento. — Aqueles planos só foram protocolados há uma semana. Jonas não teria ido ver Leo até saber com certeza que nós estaríamos todos fora da casa.

— Você quer dizer...

— Ele deve estar lá neste preciso instante — disse ele, saindo com o carro na rua e pisando com tudo no acelerador. — Só espero que consigamos voltar a tempo.

— Isso significa que não vamos nadar? — perguntou Violet, desapontada.

— Sim, infelizmente, meu bem — disse Art, ultrapassando um carro lerdo e recebendo uma forte buzinada por isso.

— Eu devia saber! — resmungou Violet, cruzando os braços e se encostando molemente no banco.

Caminhando lentamente dos degraus da frente da casa até seu carro, Jonas abriu a porta, entrou e ficou ali sentado por um momento, com as mãos entrelaçadas com força no alto da cabeça. A revelação que Leo lhe fizera durante seu encontro tinha sido quase tão chocante quanto as notícias que ele mesmo dera ao velho. Conforme se veio a saber, Leo soubera, durante todos aqueles anos, a verdadeira razão pela qual seu relacionamento com Claire havia terminado de forma tão abrupta. Quanto mais Jonas analisava aquilo agora, mais percebia que fora um extraordinário ato de benevolência e compreensão por parte de Leo que ele e seu pai tivessem recebido permissão para ficar na fazenda, depois de tudo o que acontecera.

Ele deu a partida no carro e, então, golpeou o volante de couro com a mão. Agora, se havia algo que podia fortalecer sua determinação de levar aquilo até o fim era ter visto aquele homem velho e pálido, cujo mundo tinha acabado de ser destruído, virando-se para ele com um sorriso e dizendo: — Jonas, meu garoto, eu sempre soube disso e te digo uma coisa: não te culpo de nada. Nunca culpei. Infelizmente, eu meio que sempre esperei que algo assim fosse acontecer.

Jonas engatou a marcha no carro e saiu lentamente pela via de acesso da casa. Ainda remoendo as terríveis consequências que poderiam ter existido, caso Leo tivesse uma opinião diferente sobre o assunto, chegou ao ponto em que a estrada fazia uma curva à direita. Ele virou e não tinha dirigido mais do que uns dez metros quando viu, em seu retrovisor, um carro passar a toda velocidade, em direção à casa. Resmungou uma praga para si mesmo por ter sido tão distraído e acelerou o carro, ansioso por afastar-se dali o mais rápido possível.

— Chegamos tarde demais, acho — disse Claire, baixinho.

— O que você quer dizer? — perguntou Art dirigindo em direção ao gramado circular e virando o carro para a direita.

— Acabei de ver o carro de Jonas subindo a estrada para a fazenda.

— Jesus! — exclamou Art, acelerando a uma velocidade que quase fez o carro derrapar na curva final do gramado. Ele pisou com força no freio, na frente da casa, espalhando os cascalhos antes de finalmente parar. Abrindo a porta com tudo, ele saiu do carro e subiu correndo os degraus, percorrendo tudo em três passos largos.

Claire se virou e deu um tapinha no joelho de Violet. — Me desculpe por isso, querida. Prometo que vou te levar para nadar esta tarde.

Elas saíram do carro e Claire caminhou com o braço em volta dos ombros da filha. Elas haviam chegado à porta da frente quando esta se abriu de repente e Art deu um passo para o lado, para deixá-las entrar. — Leo não quer dizer nada até que você esteja presente.

— Jonas veio aqui, então.

— Leo não disse isso, mas, pela expressão em seu rosto, eu diria que não há a menor dúvida.

Quando Claire entrou no hall, Leo saiu da sala de estar com Pavel empurrando-o em sua cadeira de rodas. A mudança em sua aparência, desde que eles haviam saído de casa há não mais que uma hora, era óbvia. Ele estava encurvado na cadeira de rodas, com a cabeça abaixada e olhando de forma vaga para o colo, e a expressão em seu rosto pálido era de total desolação.

Claire observou Violet ir correndo para a cozinha, antes de ir até Leo e ajoelhar-se a seu lado. — Leo, você está se sentindo bem?

Leo ergueu os olhos para ela e sorriu. — Estou um pouco cansado. Vou para a cama.

— O que Jonas disse para você?

Uma lágrima caiu dos olhos úmidos do velho e ele a enxugou com as costas da mão manchada de sol. — Nada que você queira ouvir, minha querida, eu te garanto.

— Ele te contou que protocolou seus próprios planos para um empreendimento imobiliário na casa?

Leo assentiu. — Contou, sim.

— Você perguntou a ele por quê?

Leo não respondeu, mas, novamente, baixou os olhos para o colo.

Art se colocou atrás de Claire e esfregou a parte de trás do próprio pescoço. — Oh, isso é uma péssima notícia!

Leo virou o rosto para cima com um movimento repentino e olhou feio para ele. — Art, meu rapaz, se você acha que isso é uma má notícia, deveria ter ouvido o que eu acabei de escutar.

Claire pousou a mão no braço do padrasto. — Leo, me conte o que Jonas...

Ela parou quando Leo levantou a mão.

— A essa altura, só tenho algumas coisas a dizer — disse ele antes de soltar um suspiro dificultoso. — Acabo de dar instruções a John Venables para colocar Croich à venda por leilão público no final de setembro...

— Mas, Leo — interrompeu Art —, Claire e eu estamos apostando tudo no sucesso desse negócio. Se você colocar a propriedade em leilão, então Jonas terá a chance de conseguir...

Ele foi interrompido por Leo, socando o braço de couro da cadeira de rodas com o punho fechado, fazendo o ruído ecoar por todo o hall. — Eu confio em Jonas Fairweather mais do que em ninguém. Detesto que isso esteja acontecendo, mas ele vai cuidar de tudo. — Conforme ele cuspiu a última palavra, olhou com intensidade para Claire e, naquele instante, ela pôde ver que ainda havia muita força no velho. Ela viu o olhar dele subir até Art. — Enfim, eu entendo que Jonas te deu um valor aproximado da casa.

Art não respondeu de imediato e ficou ali parado, mordendo o lábio superior. — Sim, ele deu. Duzentas e cinquenta mil libras.

— Então, eu te aconselharia a levar isso em conta quando você for fazer uma oferta pelo lugar. — Leo se virou lentamente em sua cadeira e inclinou a cabeça num gesto para Pavel, que estivera parado atrás dele, constrangido, durante toda aquela conversa. — E agora, se vocês não se importarem, já tive agitação suficiente para um dia.

Art e Claire ficaram olhando enquanto Pavel empurrava a cadeira de rodas até o final do hall e a manobrava pela porta do quarto de recuperação de Leo.

— Mas o que foi... — disse Art, balançando de leve a cabeça.

— Não sei — murmurou Claire, com os olhos ainda fixos na porta. — Não parece fazer sentido. — Ela pôs a mão no braço de Art. — Eu sinto muito, meu amor, isso poderia significar o fim do seu projeto.

Art riu. — Nem pensar! Vou me igualar com aquele cara centavo por centavo no leilão.

— Mas Leo disse...

— Não dou a mínima para o que Leo disse. Este lugar vale muito mais do que duzentas e cinquenta mil libras.

— Mas não foi esse o valor que você ofereceu a Marcus?

Art sorriu para ela. — Sim, claro, mas eu tenho uma grande margem de ação em torno desse valor. — Seu rosto ficou sério. — Olha, nós não podemos, de jeito nenhum, ter qualquer contato com Jonas, com tudo isso acontecendo.

Claire olhou para ele de forma questionadora. — Mas nós já não temos mesmo.

— Quero dizer, contato com ninguém da família dele.

Claire assentiu, devagar, entendendo o que ele queria dizer. — Você se refere a Violet.

Art assentiu. — Exatamente. Nada mais de brincar com seu amiguinho Rory. Eu acho que ele tem servido de leva-e-traz.

— Não acho, Art.

Ele sorriu para ela com tristeza. — É uma pena, mas de que outra forma Jonas iria saber que nós não estaríamos em casa hoje?

Claire foi poupada de responder à pergunta pelo celular de Art tocando em seu bolso. Ele o pegou e caminhou até a porta da frente. Claire se virou e foi até a cozinha, já pensando na melhor forma de dar a notícia a Violet, ciente de que, por um capricho do destino, ela agora era a responsável por romper outra amizade entre sua família e os Fairweather.

Dez minutos depois, Art enfiou a cabeça pelo vão da porta da cozinha.
— Claire, posso falar com você aqui fora?

Claire suspirou baixinho, para si mesma. Estivera conversando com Agnes desde que entrara na cozinha e só agora havia criado a oportunidade de abordar o assunto referente a Rory e Violet. Ela se levantou da mesa e foi para o hall. Art andava de um lado para outro, roendo a unha pensativamente.

— Está tudo bem? — perguntou Claire.

Art ergueu as mãos em desespero. — É uma coisa atrás da outra!

— O que aconteceu?

— Era meu contador de Nova York no telefone. Há um problema com as contas do restaurante, do ano passado, e a Receita quer fazer uma auditoria.

— Você acha que está devendo dinheiro para eles?

— Não, duvido muito. Provavelmente seja só uma anomalia que apareceu pelo fato de nossos rendimentos serem muito maiores agora, depois da expansão.

Claire cruzou os braços. — Quando você vai ter que ir?

— Agora, droga! Há uma reunião marcada para depois de amanhã.

Claire balançou a cabeça. — Entendi o que você quer dizer com uma coisa atrás da outra. O que você quer fazer com relação ao projeto?

— Bem, por enquanto o planejamento está adiado, graças ao Jonas, mas já fiz bastante propaganda junto à prefeitura e acho que eles, provavelmente, irão aprovar nossos planos.

— Você estará de volta para o leilão?

— Não posso garantir, depende de quanto demore a auditoria. Mas eu estava pensando que você, provavelmente, vai querer ficar por aqui mais algum tempo, principalmente para resolver o que vai acontecer com Leo, se tudo der errado e Jonas ficar com a casa. Então, se você puder ficar aqui até o leilão, seria ótimo, e eu estaria em contato pelo telefone. Você acha que consegue fazer isso?

Claire mordeu o lábio inferior. — Isso quer dizer que eu estaria fazendo lances contra Jonas.

— Sim. Tudo bem?

— Imagino que sim.

— Ótimo. — Art fez uma pausa, coçando a lateral do rosto. — Escute, tem outra coisa que nós esquecemos completamente. Meu contador disse que achava que nós iríamos voltar na semana que vem para preparar Violet para a volta às aulas.

Claire levou a mão à boca. — Ai, meu Deus, eu me esqueci completamente disso.

— Eu sei, são muitas coisas acontecendo.

— O que devemos fazer?

— Acho que a única coisa que podemos fazer nessas circunstâncias é eu levar Violet de volta comigo. — Ele deu um tapinha tranquilizador no braço dela. — Tenho certeza de que ela ficará bem, e Pilar pode ajudá-la a preparar as coisas para a escola. — Fez uma pausa. — De qualquer maneira, talvez seja melhor que ela esteja longe daqui agora, considerando essa coisa toda com Rory. Você ainda não disse nada sobre isso a ela, disse?

— Não, eu estava prestes a dizer quando você entrou na cozinha.

— Bem, agora não temos que inventar nenhuma desculpa.

Claire cruzou os braços para deter o tremor nervoso que a atravessou de repente. — Ah, não estou gostando nada disso. Sinto como se estivesse sendo abandonada na cova dos leões.

Art foi até ela, passou os braços ao seu redor e abraçou-a com força. — Sim, eu entendo completamente e sinto muito. Gostaria que houvesse outro jeito. — Ele lhe deu um beijo. — Prometo que vou ficar em contato com você todos os dias, e se esse assunto com a Receita terminar antes do leilão, voltarei para cá no mesmo instante.

Claire assentiu, soltando-se do abraço de Art. — Vamos, acho que é melhor contarmos a Violet.

Londres — Setembro de 2006

Charity tirou o avental, revelando o terninho elegante que escolhera para o retorno de James à escola, e seguiu pelo corredor estreito de sua casa na Blythe Road. Ela hesitou por um instante na frente do enorme baú que bloqueava o meio da escada antes de decidir que nem sequer tentaria passar por cima dele para não arriscar puxar um fio da meia-calça.

— James? — chamou em voz alta.

— Quê? — Soou a voz irritada e de tom grave, do alto da escada.

— Nós deveríamos ir agora. Eu disse que passaríamos pela casa dos Kerr-Jamieson às quatro horas.

Seu filho apareceu no alto da escada e começou a descer lentamente em direção à mãe, com uma expressão de desdém no rosto. — Por que diabos sempre temos que levar aquele idiota de volta à escola com a gente?

— Porque faz sentido, por isso. Economiza gasolina.

James fungou. — É, economiza gasolina para os Kerr-Jamieson, você quer dizer.

— Bem, considere isso como um gesto amistoso — disse Charity com um sorrisinho. Ela se afastou do baú, com as mãos erguidas delicadamente no ar. — Agora, você consegue colocar isto no carro sozinho? Não quero estragar minhas unhas.

James resmungou, passou por cima do baú e se abaixou para pegar a alça. Charity enrugou o nariz, desgostosa, ao voltar para a cozinha.

— E pelo amor de Deus, erga esta calça. Seu traseiro está à mostra de novo. Não sei por que você insiste em não usar um cinto.

O toque agudo do telefone abafou a resposta de James. Com um suspiro irritado, Charity foi até a mesa da cozinha e afastou o jornal que estava cobrindo o viva-voz. Ela atendeu com um curto alô.

— Oi, é o Marcus.

Charity pegou as chaves do carro que estavam em sua mesa de trabalho e as jogou aleatoriamente pela porta aberta em direção ao hall. — Ah, Marcus, é alguma coisa importante? Estou saindo para levar James...

— É claro que é importante! — respondeu Marcus com raiva. — Eu por acaso te ligo quando não é?

— Está bem — disse Charity, mal-humorada. — Não precisa falar assim. O que você quer?

— Escute, a merda bateu no ventilador. Temos um problema grave com Croich.

— O que aconteceu?

— Aquele maldito Jonas Fairweather protocolou os próprios planos para a construção de quarenta casas na propriedade.

— O quê? — exclamou Charity, incrédula. — Como você sabe disso?

— Recebi uma cópia dos planos dele hoje pelo correio. Não sei quem enviou. Não havia nenhuma carta explicativa.

— Mas isso é... — Ela soltou uma risada aguda. — Mas isso é ridículo. Eu sei que o papai, em sua extrema estupidez, nomeou Jonas seu testamenteiro, mas ele não tem a menor chance de colocar aquelas mãozinhas nojentas na propriedade. Nós vamos garantir isso.

— Sinto dizer que isso é apenas o começo.

O sorriso desapareceu do rosto dela. — Como assim?

— Há coisa de uns cinco minutos, recebi um e-mail do advogado do papai, John Venables.

— Dizendo?

— Dizendo que a propriedade inteira irá à venda em leilão público no dia vinte e quatro de setembro.

Charity ficou paralisada com a notícia e olhou cegamente pela janela antes que seu lábio inferior começasse a tremer descontroladamente. — Mas... o papai não pode fazer isso! É injusto! É o mesmo que se a casa fosse colocada no mercado aberto.

— Você entendeu direitinho — respondeu Marcus lentamente. — Nós vamos ter de competir com Barrington e com Fairweather.

Charity trincou os dentes. — Vou telefonar para o papai agora mesmo e perguntar que raios ele pensa que está fazendo.

— Você não vai ter sorte. Acabei de tentar e falei com aquela menina tcheca. Ela disse que o papai está tendo um de seus maus dias e que foi para a cama.

— Bem feito para ele, velho demente! — Nesse ponto, o rosto de Charity se desfez e ela começou a soluçar. — Marcus, o que nós vamos fazer? Se não conseguirmos ficar com a casa... então, estaremos completamente arruinados. Não vamos conseguir comprar nada. — Ela puxou um lenço da manga da jaqueta e enxugou cuidadosamente acima da maçã do rosto, esperando que seu delineador de olhos não fosse escorrer com aquela tristeza injustificável.

— Vamos, ainda não está terminado — respondeu Marcus, agora com ao menos um registro módico de simpatia na voz. — Na verdade, pensei um pouco a respeito e talvez isso nos seja favorável.

— Por que você diz isso? — perguntou Charity, momentaneamente tranquilizada pela resposta positiva do irmão.

— Porque eu acho que isso vai deixar o Barrington de fora da equação. Ele só ofereceu duzentas e cinquenta mil, lembre-se. Nosso pacote financeiro é seguro, então podemos ir muito além desse valor, se for necessário. Ele será forçado a abandonar o leilão e nós simplesmente nos livraremos dele.

Aquela notícia trouxe um sorriso fino ao rosto infeliz de Charity. — Mas e quanto àquele desagradável do Jonas?

— Bem, ele pode ser rico, mas, para ser bem sincero, se ele estiver agindo sozinho, como eu acho que está, não acho que vá conseguir se igualar a nós.

— Como você pode ter tanta certeza de que ele está agindo sozinho?

— Porque eu precisei de dois anos para juntar esse pacote financeiro e estou no ramo de empreendimentos imobiliários e moro em Londres. Acho que ele só entrou em ação quando descobriu que o Barrington estava atrás da propriedade, então, duvido que ele tenha tido tempo, ou os contatos, para reunir as condições de fazer uma oferta séria.

— Você acha que nós conseguiremos, então? — perguntou Charity, docilmente.

— Sim, estou bem confiante de que vamos conseguir e, logicamente, outra coisa que pode ajudar nossa causa é que faremos nossos lances às cegas no leilão.

— O que significa isso?

— Que vamos fazer os lances pelo telefone. Fairweather só saberá que está fazendo lances contra um consórcio de Londres, e isso deverá deixá-lo morrendo de medo.

Charity soltou um longo suspiro de alívio. — Ah, graças a Deus! Quando você começou a me contar sobre esse assunto, pensei que estivéssemos completamente... — Ela fez uma pausa, endireitando as costas com indignação. — Na verdade, por que cargas-d'água você não podia ter dito tudo isso antes, em vez de me fazer chorar?

— Eu estava pensando à medida que conversava com você, Charity.

— Bem, talvez na próxima vez você devesse pensar mais sobre o assunto antes de me ligar. Acho que você, muito provavelmente, arruinou a maquiagem dos meus olhos, o que quer dizer que vou ter de fazer tudo de novo, e já estou atrasada para levar James de volta à escola.

Marcus riu com desprezo. — Apenas se lembre, Charity, de que é somente graças aos meus esforços que você vai poder manter seu filho naquela escola!

CAPÍTULO 34

Alloa — Setembro de 2006

Após a partida de Art e Violet, Leo não saiu de seu quarto por três dias. Apenas ficou na cama, virando o rosto para o lado oposto toda vez que alguém entrava no quarto. Quando, finalmente, chamou Pavel para ajudá-lo a sentar na cadeira de rodas, foi levado até a sala de estar, onde ficou sentado à mesa diante da janela, olhando cegamente para as árvores no final do gramado. Claire tentou mais de uma vez extrair de seu padrasto o que Jonas lhe dissera, mas ele não quis falar nada; simplesmente, virou-se para ela com um sorriso e repetiu a mesma coisa: que ela devia estar sentindo saudades de Art e de Violet e que não demoraria muito para que pudesse voltar a Nova York e estar com eles. Claire não conseguia entender como ele podia dizer aquilo com tanta certeza, sabendo que Pavel e Gabriela deveriam voltar para a República Tcheca na semana seguinte e que, por enquanto, nenhuma providência ainda fora tomada para substituí-los. Deixar Agnes sozinha no comando de tudo estava fora de cogitação, e seu constante dilema era com o que aconteceria com Leo se Jonas fosse bem-sucedido em seu plano de comprar a casa.

O resultado dessa completa baixa nas atividades na casa foi que Claire, pela primeira vez desde que podia se lembrar, começou a sentir as dores deprimentes da solidão. Ela sentia muita saudade de Art e Violet, e ficar sentada em silêncio com Leo não fazia nada para diminuir esse sentimento. Não queria ficar o tempo todo na companhia de Agnes e Gabriela na cozinha, e tampouco queria sair de casa, principalmente com o estado mental de Leo tão imprevisível. Portanto, ficava vagando por ali, indo a cômodos em que mal havia entrado desde a infância e arrumando-os da melhor forma que podia e, onde era possível, dando uma limpada superficial. Alguns estavam além de qualquer salvação, tão cheios de tralhas que seu único curso de ação era simplesmente fechar a porta e deixá-los em paz. Logo, o foco de seu dia passou a ser a tão esperada conversa telefônica com Art e Violet todas as noites, quando ela, então, tentava mantê-los ao telefone muito depois de Art ter dado o primeiro adeus.

Seu ânimo se elevou consideravelmente na semana seguinte, no entanto, quando Leo decidiu juntar-se a eles na cozinha para a refeição de despedida preparada por Agnes para Pavel e Gabriela. Parecia haver uma inexplicável, embora marcante, melhora no estado de ânimo de Leo, além de certa animação em sua conversa à mesa; ele até mesmo tomou a si a responsabilidade de propor um longo brinde ao jovem casal tcheco, durante o qual conseguiu fazer ambos se ruborizarem de constrangimento ao dizer que esperava ser convidado para seu casamento. Como eles tinham de partir cedo na manhã seguinte, a refeição terminou às nove, em meio a muitas risadas e despedidas carinhosas, e quando Pavel finalmente afastou a cadeira de rodas de Leo da mesa, o velho lhe entregou disfarçadamente um envelope, dizendo que o que havia ali era uma pequena recompensa por sua amizade e por todo o trabalho que eles haviam feito. Foi um momento emocionante e

Claire sorriu ao ver o jovem enxugar uma lágrima que caiu sob os óculos redondinhos, antes de sair empurrando Leo.

Na manhã seguinte, Claire foi despertada pelo ruído dos cascalhos, quando o táxi de Pavel e Gabriela chegou à frente da casa. Uma rápida olhada para o despertador lhe avisou que eram sete horas. Ela ficou deitada de costas e escutou a partida, os passos no hall e o transporte de suas bagagens pesadas até a porta da frente. Sentiu-se levemente confusa quando ouviu um segundo veículo estacionar, mas então pensou que devia ter sonhado com o anterior, antecipando-se à sua chegada. Não ouviu nenhuma voz, apenas o ruído de passos nos cascalhos, o carregamento trabalhoso do táxi, as portas se fechando e, então, o carro acelerando ao partir. Quando não ouviu outro som além dos piados esporádicos dos pássaros, Claire se virou de lado, puxando o edredom contra o corpo, e voltou a dormir.

Eram nove e meia quando ela, finalmente, apareceu na cozinha, encontrando Agnes já ocupada tirando os pratos e talheres da noite anterior da lava-louças. Claire preparou uma xícara de chá para cada uma delas, antes de pegar uma embalagem de iogurte da geladeira, uma laranja da fruteira e sentar-se à mesa com a velha governanta. Era evidente que Agnes estava triste com a partida do jovem casal, então Claire ficou bastante tempo expressando sua opinião sobre a falta que eles iriam fazer, como eram simpáticos e como a casa agora ficaria vazia, depois que eles, Art e Violet tinham ido embora.

Foi Agnes quem encerrou abruptamente a conversa, olhando para o relógio acima do fogão e começando a se levantar.

— Olha só, menina, veja que horas são! Já são dez e meia! Eu estava me esquecendo completamente de Leo. Agora que Pavel foi embora, vamos ter de ajudar ele a se levantar.

— Não se preocupe com isso — disse Claire, terminando seu chá e se levantando. — Vou lá dar uma olhada nele. Provavelmente, ele aproveitou para dormir até mais tarde, depois de toda a animação de ontem à noite.

Claire foi para o hall e cruzou até o quarto de Leo. Abriu a porta e percorreu o corredor, até então sem ouvir nenhum ruído do quarto. Girou cuidadosamente a maçaneta e espiou lá dentro, esperando vê-lo ainda adormecido na cama. Soltando um gritinho de surpresa, ela entrou e foi rapidamente verificar o pequeno banheiro da suíte.

— Mas que coisa extraordinária — disse ela, em voz alta, pois Leo não estava ali, tampouco sua cadeira de rodas.

Ela correu até o hall, indo direto para a sala de estar. No caminho, foi olhando rapidamente sofás e poltronas, para o caso de Leo ter caído desmaiado atrás delas. Seu passo se acelerou consideravelmente ao sair da sala e voltar para a cozinha.

— Agnes, não consigo encontrar Leo.

A governanta ficou paralisada em meio ao gesto de enxugar uma panela.
— Como assim, não consegue encontrar? Ele não está no quarto?

— Não, nem na sala de estar.

— Bem, com certeza não pode estar muito longe — disse ela, colocando a panela na mesa e indo em direção à porta. — Ele não consegue subir as escadas, então só pode estar neste andar.

Cinco minutos mais tarde, elas se encontraram no hall, expressando no rosto a mesma confusão e preocupação.

— Não estou entendendo mais nada — disse Agnes com a voz trêmula.
— Você não acha que ele iria tentar se...

Ambas, simultaneamente, olharam para a porta da frente e correram em sua direção, Claire se antecipando a Agnes em pelo menos quatro passos. Ela a abriu com força, meio esperando ver Leo caído num amontoado no final dos degraus, junto aos restos destroçados da cadeira de rodas. Ela ficou imóvel na soleira da porta, com a mão cobrindo a boca, conforme se dava conta de que aquilo que tinha ouvido pela manhã não fora um sonho passageiro. Não eram Leo e a cadeira de rodas que estavam na frente da casa, mas um carro azul-escuro e rebaixado, com rodas raiadas douradas e um spoiler traseiro sobre o porta-malas.

— Por que será que aquilo está ali? — perguntou Agnes ao espiar de trás de Claire. — Ele deveria ter levado os meninos ao aeroporto.

Claire se virou para ela. — Você sabia que ele iria?

— Sim, claro. Você se lembra de que foi ele quem organizou a vinda dos jovens aqui para trabalhar. Ele vive indo e voltando do aeroporto com seus empregados.

Claire olhou novamente para o carro. Então como...?

— Talvez... — Agnes fez uma pausa. — Talvez... ele tenha ido num veículo maior.

Claire viu o sorriso constrangido no rosto da governanta e entendeu imediatamente. — Você quer dizer, um no qual ele possa ter levado uma cadeira de rodas, não?

— É o que estou pensando — respondeu Agnes, baixinho.

— Ah, pelo amor de Deus! — exclamou Claire, fechando a porta da frente com raiva. — O que ele está armando, hein? Por que ele está sendo assim tão... *sorrateiro*?

E, enquanto Claire seguia como um tufão para a sala de estar, Agnes ficou ali sozinha, tentando decifrar de quem ela, de fato, estaria falando.

Claire não se afastou muito da porta de entrada durante o resto do dia. Se escutava um carro parando nos cascalhos, saía correndo pelo hall, com uma expressão furiosa no rosto, e abria a porta com toda a força. Isso não só resultou no carteiro levando um susto que o fez saltar para trás e quase cair pela escada, mas também na partida apressada de um vendedor de janelas antirruído, que devia ter achado que chegara ao Nirvana, naquela casa cheia de janelas.

Eram oito e quinze da noite e o sol já tinha baixado o bastante para tocar as copas das árvores no final do gramado quando Claire, de pé diante da janela da cozinha, viu o micro-ônibus azul-escuro se aproximar devagar pela entrada da casa. Ela terminou rapidamente o que estava fazendo e correu pelo hall até se postar na porta aberta, com os braços cruzados e o rosto congelado numa carranca, enquanto o veículo se aproximava e parava diante dos degraus. Leo, que estava sentado no banco de trás, viu-a e deu um sorriso amplo e um aceno de mão. Ela não respondeu, mas desceu os degraus lentamente enquanto o motorista do táxi saía do carro e abria a porta para ele.

— Pelo amor de Deus, Leo, por onde você andou? — perguntou ela, com raiva.

— Ah, minha querida, nós nos divertimos muitíssimo. Vamos, desfaça esta carinha mal-humorada porque eu estou perfeitamente bem. — Ele se ajeitou para virar de lado, de forma que seus pés pendessem para fora do táxi. — Eu sei que deveria ter te contado que ia sair, mas é tão chato que as pessoas tenham que fazer tudo por você e eu só queria fazer alguma coisa sozinho e sei que você provavelmente teria tentado me impedir. — Ele riu, com os olhos azuis cintilando de forma provocativa. — Estou certo, não estou?

Claire foi poupada de responder pelo ruído da porta traseira do veículo sendo fechada com força e pela aparição de Jonas, empurrando a cadeira de rodas de Leo. Ele não disse nada, mas sorriu para ela antes de colocar o velho na cadeira.

— Então, preciso te contar o que nós fizemos hoje — disse Leo quando Jonas o acomodou na cadeira de rodas. — Primeiro, fomos ao aeroporto com Pavel e Gabriela, onde fizemos seu check-in e, depois, tomamos um ótimo café num daqueles estandes. Nossa, aquele lugar cresceu muito desde a última vez em que estive lá. — Claire olhou de relance para Jonas, que pagava o motorista do táxi. — E, depois, eu e Jonas entramos novamente no táxi e fomos para Edimburgo e passamos uma manhã maravilhosa passeando pelo Jardim Botânico. Que variedade fantástica de plantas eles têm lá. — Quando o táxi partiu, Jonas manobrou a cadeira de rodas de costas pelo caminho de cascalho e começou a subi-la, aos solavancos, escada acima. — Seja uma boa menina e empurre pela frente, sim? E depois, fomos de carro até East Lothian e tivemos um almoço delicioso num lugarzinho chamado... como era mesmo, Jonas?

— Dirleton — respondeu Jonas, esforçando-se para puxar a cadeira pelo último degrau.

— Isso mesmo, Dirleton. Um vilarejo muito charmoso. E depois, você nunca vai adivinhar o que fizemos.

— Não quero nem tentar — disse Claire, irritada.

— Bem, fomos a uma maravilhosa casa de repouso perto de Dunbar. É uma antiga mansão que foi lindamente reformada e que tem jardins de tirar o fôlego, não muito diferente daqui, na verdade, e conhecemos as pessoas agradabilíssimas que trabalham lá; e os quartos são esplêndidos, com uma vista linda dos campos que se estende até do Mar do Norte.

Claire franziu a testa e olhou para Jonas, mas ele manteve o olhar desviado de propósito, optando por empurrar a cadeira pelo hall até a sala de estar.

— E o resumo da ópera é que eles me ofereceram um quarto no final de setembro e eu o aceitei. Então, o que você acha disso? — Agora posicionado à mesa na frente da janela da sala de estar, Leo bateu nos braços de sua cadeira de rodas. — Agora, o que eu realmente quero é um bom uísque forte. Não tomo um desde sabe Deus quando, mas estou com vontade de comemorar como se deve. — Ele levantou o polegar. — Jonas, você faria as honras? Com gelo e água, por favor; você vai encontrar uma garrafa em um dos armários da sala de jantar.

Claire esperou até que Jonas saísse da sala antes de colocar as mãos nos ombros do padrasto. — Leo, por que você está fazendo isso? — perguntou, baixinho, olhando para a porta. — Você não precisa fazer. Art e eu vamos garantir que sejamos nós a comprar a Casa Croich e, então, você poderá ter sua casinha e vamos providenciar para que você seja bem-cuidado.

Leo balançou a cabeça enfaticamente. — Não, eu quero sair desta casa. Já estou cheio. Está na hora de seguir adiante.

— Mas, Leo...

— Estou muito otimista com relação a tudo isso, Claire, muito mais do que estive na última semana, posso te garantir. Me deu o sentido de direção de que venho precisando.

— Por que você não discutiu isso com...

Ela não quis dizer mais nada, porque Jonas retornara, caminhando com firmeza pela sala com um copo cheio na mão. Ele o entregou a Leo.

— Bem, saúde, então — disse Leo, erguendo o copo para eles. — Um brinde ao futuro. — Ele tomou um gole grande e, então, colocou o copo na mesa à sua frente. — Agora, quero um pouco de paz, se vocês não se importam. Foi um longo dia e eu preciso de um tempo sozinho. — Ele se virou para Claire e assentiu. — Enquanto isso, querida, quero que você vá com Jonas porque...

— Não vou a lugar nenhum com Jonas.

— Sim, vai sim, minha menina, porque ele tem uma porção de coisas para te contar.

Claire balançou a cabeça com resolução, olhando diretamente para o padrasto, a fim de evitar o olhar de Jonas. — Leo, sinto muito, mas eu não vou.

Leo se endireitou, rígido, na cadeira de rodas e olhou feio para ela, com as sobrancelhas hirsutas tão franzidas que quase se juntaram no meio. — Claire, você vai com Jonas. Nunca exigi muito de você, mas nisso eu absolutamente *insisto.*

Seu tom de voz foi tão forte que Claire, involuntariamente, deu um passo para trás. Não se lembrava de Leo já haver falado com ela daquela forma antes. Ela até mesmo se flagrou olhando para Jonas para evitar a expressão furiosa do padrasto, mas Jonas não fez mais que dar de ombros.

— Está bem — respondeu Claire —, mas não vamos demorar muito. Venho te ver quando puder voltar e nós vamos conversar mais a respeito de tudo isso.

Leo tomou um gole de seu uísque. — Já estarei na cama quando você voltar e, se não estiver... — ele se virou e sorriu para ela —, é porque você ainda não deveria estar de volta.

Claire se inclinou e lhe deu um simples beijo obrigatório na têmpora. Ela passou por Jonas sem olhar para ele e ele a seguiu até o hall.

— Aonde nós vamos? — perguntou, com pouco interesse.

— Dar uma volta de carro — respondeu Jonas.

— Quero pegar minha bolsa, então. Está lá em cima, no meu quarto.

— OK, vou esperar no carro.

Claire subiu as escadas e percorreu o corredor até seu quarto. Fechando a porta atrás de si, encostou-se a ela e apertou fortemente as mãos contra o rosto. Por que Leo a estava obrigando a fazer aquilo? O que estava tentando conseguir? Talvez para evitar ir naquele maldito carro com ele, ela deveria descer e ir diretamente até Leo para contar sobre todos as maquinações e estratagemas de Jonas, seus planos para construir quarenta casas na propriedade e que era essa a *verdadeira* razão pela qual Jonas o havia levado para passear hoje, para persuadi-lo a reservar um quarto naquela casa de repouso. Mas também Leo tinha sido tão inflexível ao dizer que ela deveria ir com Jonas que ela não queria contrariar sua vontade e arriscar precipitá-lo num novo declínio mental. Não havia qualquer opção para ela a não ser fazer o que ele havia pedido.

Ela caminhou até a penteadeira perto da janela, sentou-se no banco e se olhou no espelho. Puxou o cabelo curto e escuro para trás das orelhas e se inclinou para observar seu rosto mais de perto, removendo gentilmente uma partícula preta sob o olho esquerdo. Ela se deteve, subitamente, no meio do gesto. Por que cargas-d'água estava tentando se fazer mais apresentável para ele? Não havia qualquer motivo para isso.

Ela se levantou, apanhou a bolsa de cima da cama, soltou um suspiro longo para se acalmar e saiu do quarto

CAPÍTULO 35

Nem uma palavra sequer foi trocada entre eles enquanto dirigiam para a periferia de Alloa e tomavam o rumo das colinas. Conversar, de qualquer modo, teria sido difícil, porque o barulho do escapamento duplo soando no interior de couro negro do carro era ensurdecedor, principalmente quando Jonas começou a trocar as marchas com rapidez, fazendo as curvas fechadas da estrada rural. Claire desconfiava que ele estivesse fazendo aquilo de propósito, só para arrancar alguma reação dela e tentar forçá-la a dizer alguma coisa, mas ela apenas se firmou no banco, agarrando com a mão o cinto de segurança de cinco pontos, e fixou resolutamente o olhar adiante, na luz intensa dos faróis halógenos que se moviam hipnoticamente à frente.

Eles já haviam dirigido por cerca de quinze minutos quando Jonas parou, de repente, e guiou o carro para a direita, detendo-o em frente a um portão de madeira. Ele desafivelou o cinto de segurança e saiu, e Claire o viu ir até o portão, movendo-se a um lado para permitir que os faróis iluminassem o grande cadeado que o fechava. Ele virou a chave, retirou a corrente pesada e empurrou o portão. Os faróis agora distinguiam a estrada de terra além do portão e ela sentiu um nó de apreensão no estômago quando ele voltou para o carro e entrou.

— Aonde você está me levando? — perguntou, sentindo-se incômoda.

Ele olhou em volta e sorriu, enquanto prendia novamente a fivela de seu cinto de segurança. — Você não sabe onde estamos?

Os olhos de Claire dardejaram de um lado para outro, como os de um coelho assustado. — Não, não sei, e não estou gostando disso. Quero descer. — Ela começou a remexer em sua própria fivela, mas Jonas pousou a mão com gentileza sobre a dela, detendo-a.

— Vamos, não vai acontecer nada — disse ele antes de engrenar a marcha do carro e conduzi-lo lentamente pelo portão. Ele freou, acendeu uma luz no painel e os faróis se ampliaram e intensificaram, lançando um feixe de luz que agora iluminava o denso escudo de árvores de abeto a cada lado deles. Ele apertou outro botão acima de sua cabeça, que lançou um feixe de luz nos joelhos de Claire, e abriu o porta-luvas à frente dela. Tirou dali umas folhas de papel amarrotadas e respingadas de lama e as deixou cair em seu colo. Claire as observou por um momento e, então, se virou para ele, com os olhos arregalados de surpresa.

— É a minha caligrafia — disse, incrédula. — São as minhas notas de navegação.

— Eu sei que são — respondeu ele, acelerando o carro. — Eu as guardei para você.

Claire espiou pelo para-brisa. — É esta a estrada?

— Sim, e está exatamente como sempre foi. Nada mudou. — Ele sorriu para ela. — Vamos dar uma volta nela, então, pelos velhos tempos?

— Não, não vamos! — exclamou Claire, jogando as folhas sobre o painel e cruzando os braços. — Essa é a sugestão mais idiota do mundo! Fizemos isso séculos atrás e, o que é pior, eu mal ando de carro hoje em dia. De qualquer maneira, está superescuro. Eu só fiz isso algumas vezes e foi durante o dia.

Jonas riu. — Mas que monte de desculpas! — Ele fez uma pausa, inclinando a cabeça para o lado. — Na verdade, também será uma nova experiência para mim.

Claire olhou para ele, furiosa. — Escute aqui, Jonas, nós não vamos subir aquela estrada e ponto final. Agora vire o carro e vamos voltar para casa. Minha paciência já acabou.

Jonas se recostou no assento. — Ah, bem, se você não quer... — ele, de repente, engatou a marcha no carro e pisou no acelerador com tudo —, então vou ter que fazer tudo sozinho!

Os pneus lançaram um jato de terra e pedregulhos soltos, antes de se firmarem e impulsionarem o carro adiante numa velocidade que fez Claire grudar no banco de rali do carro.

— Pelo amor de Deus, não faça isso! — gritou ela freneticamente, acima do ruído estridente do motor. — Nós estamos sem capacete! Você vai matar a nós dois!

— Então, me ajude — gritou Jonas de volta, agarrando as folhas de cima do painel e jogando-as no colo dela. Ele rapidamente voltou a mão ao volante, a tempo de derrapar o carro na primeira curva. — Não posso fazer isso sem você.

— Então, pare o carro!

— Não!

Outra curva se aproximou, uma fechada para a direita, e Jonas quase perdeu o controle, fazendo as rodas traseiras deslizarem precariamente perto da borda da estrada. A cabeça de Claire foi lançada para o lado, a única parte de seu corpo que não estava firmemente ancorada no assento, e ela apertou os punhos com força, entendendo exatamente o que significava "se agarrar até ficar com as juntas dos dedos brancas", e, então, os faróis mostraram um cano de escoamento sobressaindo da margem à direita e, naquele momento, Claire soube onde eles estavam. Ela baixou os olhos para as folhas de papel e, apressadamente, examinou-as.

— Certo, a cem jardas e...

Ela cantou tarde demais. Jonas girou o carro para a esquerda numa curva de noventa graus, e os pneus vibraram tão violentamente em desafio à força da gravidade que quase os lançou na vala.

— Continue a partir daqui, Claire — gritou Jonas. — Vamos, você foi a melhor navegadora que eu já tive.

Claire se virou para olhar para ele, surpresa com o que ele acabara de dizer.

— Cante, pelo amor de Deus!

Claire olhou para suas notas. — A cinquenta jardas, curva de quarenta graus à direita!

E, então, os anos voltaram atrás e tudo veio à tona naturalmente. Não importava que estivesse escuro como breu. Ela mal precisava tirar os olhos de suas notas, sabendo instintivamente quando cantar a próxima instrução. Seu cérebro estava a mil por hora, os olhos, arregalados com a excitação da corrida, e ela se sentia novamente aquela garota no final da adolescência, sentada ao lado do garoto que significava tudo para ela. Ela se virou para olhar para Jonas, vendo o sorriso no rosto dele e as mãos fortes que nunca paravam de se mover no volante, com a esquerda deslizando rapidamente até o câmbio. E, então, Jonas pisou com força, o freio travou e ela foi lançada para a frente, com as alças do cinto se enterrando nos ombros, e o carro parou de forma abrupta. Ela se virou para olhar para a frente e os faróis pareciam iluminar infinitamente a clareira contra incêndios aberta entre as árvores, destacando o vago contorno de uma colina à distância. Ela espiou pela janela lateral e engoliu em seco ao perceber que o carro havia parado a apenas alguns passos de uma queda praticamente vertical.

— Oh, meu Deus — disse baixinho.

— Você perdeu aquela curva — respondeu Jonas, de forma relaxada. — Mas, olha, estava indo muito bem até ali.

Ela se virou para ele sem sorrir. — Essa foi realmente a coisa mais estúpida que você podia fazer.

— Não, não foi... não até aquele ponto. Veja bem, Claire, eu confiei em você. Eu jamais teria podido dirigir àquela velocidade se não confiasse totalmente na pessoa sentada a meu lado.

— Ah, certo, então foi por culpa minha que você quase matou a nós dois.

A única resposta de Jonas foi sorrir para ela e balançar a cabeça. Ele colocou o carro em marcha a ré e o virou, para que ficasse novamente de frente para a estrada. — Vamos lá, que tal irmos comer alguma coisa?

— Você só pode estar brincando! — exclamou Claire com descrença. — Só me leve para casa, sim?

— Não dá, infelizmente — respondeu Jonas, dirigindo devagar pela estrada. — Leo insistiu para que nós conversássemos. Você sabe disso, ele foi bastante veemente com você, lá na casa. De qualquer maneira, já reservei uma mesa, então é melhor aproveitarmos.

Claire se voltou para ele. — Sua mulher sabe disso?

Jonas assentiu. — Sim, sabe, e sabe sobre você, porque eu lhe contei.

— Ela parece ser uma pessoa muito compreensiva — respondeu Claire, com mais que um toque de cinismo na voz.

Jonas se virou e sorriu para ela. — Você tem razão, ela é mesmo. Liv é uma pessoa de grande beleza e não se importa que eu saia com você, porque esse é o jeito dela. Se eu voltar para casa hoje à meia-noite, ela simplesmente vai acordar e sorrir para mim. Se for às duas da manhã, sem dúvida ela vai franzir a testa, mas amanhã cedo ela vai sorrir para mim de novo.

Claire enrubesceu, percebendo que dissera a coisa errada. Era como se a distorção temporal criada em sua cabeça pela corrida temerária na estrada ainda estivesse valendo, e seu comentário foi mais condizente com o ciúme maldoso de uma adolescente desprezada. — Me desculpe — resmungou ela, encabulada —, isso foi desnecessário.

— Foi mesmo — disse Jonas ao desafivelar o cinto de segurança para sair e fechar o portão. — Você deveria vir até a minha casa qualquer hora dessas para conhecer Liv. Acho que vocês se dariam muito bem.

Eles demoraram dez minutos, dirigindo num ritmo tranquilo, para chegar ao restaurante. Era uma antiga estalagem no centro de um vilarejo que consistia somente em uma rua principal, por onde os carros passavam a uma velocidade que excedia em muito o limite de cinquenta quilômetros por hora. No instante em que entraram no estabelecimento de teto baixo de vigas de carvalho, ficou evidente que Jonas era um cliente regular, pois foi recebido pelo proprietário com piadas e risos e viris tapas nas costas. O homem os conduziu por um corredor estreito, passando pelo agitado bar público e indo para uma sala comprida nos fundos da estalagem, iluminada apenas por velas bruxuleantes colocadas no centro de cada uma das oito mesas quadradas e também enfileiradas no consolo da lareira apagada. Só havia dois outros casais no restaurante e cada um deles cumprimentou Jonas com um aceno de mão ou uma inclinação de cabeça enquanto eles seguiam até a mesa no extremo da sala.

Quando o proprietário lhes perguntou sobre as bebidas, Claire se deu conta de que sua maior necessidade naquele momento era uma grande taça de vinho tinto, então Jonas pediu uma garrafa de Rioja sem nem sequer se dar ao trabalho de consultar a carta de vinhos. Eles se sentaram de frente um para o outro sem se falar, olhando em volta do restaurante, pouco à vontade, e foi então que Claire notou que um estranho constrangimento se abatera sobre Jonas. Quando ele captou seu olhar, sua expressão pareceu transmitir apreensão e arrependimento, mas foi rapidamente substituída por um amplo sorriso no minuto em que o proprietário voltou à mesa para servir um pouco de vinho no copo dele. Jonas tomou um gole, assentiu em aprovação e o homem serviu o vinho em ambas as taças.

Claire tomou um longo gole da sua. — Ah, minha nossa, eu estava mesmo precisando disto — murmurou, pousando a taça na mesa. Ela balançou a cabeça. — Foi uma das coisas mais irresponsáveis que eu já vi alguém fazer. Nós ficamos a apenas centímetros de... não sei do quê.

— Estávamos bem — respondeu Jonas com indiferença. — OK, é verdade que eu nunca tinha dirigido naquela estrada à noite, mas conheço cada carro que dirijo. Eu sei o que o carro está fazendo e do que ele é capaz, independentemente de estar a trinta ou a cento e sessenta quilômetros por hora.

— Exatamente o que aquelas revistas machistas de carros dizem sobre ter uma boa mulher.

Jonas pareceu surpreso. — Não, na verdade eu não tinha pensado dessa forma. — Ele riu, aliviado ao ver que pelo menos Claire estava mostrando um pouco de humor. — Mas imagino que seja uma analogia bastante adequada.

Claire, no entanto, não reagiu ao comentário. Ela sorveu o vinho e baixou a taça à mesa. — E, sem dúvida, no seu universo de corridas de carros, você conseguiu sua cota de ambas as coisas.

O sorriso sumiu do rosto dele, mais uma vez substituído pelo pálido olhar de apreensão. — Sim, mais uma vez, você está certa — disse ele, passando o dedo pela borda da taça. — E foi isso que mudou minha vida completamente. Eu tive demais.

— O que quer dizer com isso?

Ele se recostou na cadeira, pressionando as mãos no rosto antes de corrê-las com força pelos cabelos escuros. — Olha, Claire, para mim não é fácil dizer isto. Na verdade, é provável que seja a coisa mais difícil que já tive que fazer na vida. — Ele se calou por um momento, mantendo o olhar afastado dela, e Claire pôde ver que, naquele momento, ele estava reunindo cada fragmento de coragem para prosseguir. — Mas, depois que eu te contar, você vai entender tudo sobre a razão pela qual nossa amizade terminou.

Claire olhou fixamente para ele, sentindo uma reação de pânico fora do comum. Não estava esperando por isso. Não estava preparada para isso. Olhou em volta, perguntando-se aonde poderia ir, só por um momento, só para...

Jonas se inclinou para a frente sobre a mesa, agora olhando diretamente para ela. — Eu... bem, Charity e eu... — Ele balançou a mão para a frente e para trás e deixou suas palavras se perderem, deixando a cargo de Claire entender aonde ele queria chegar.

Como a mente de Claire estava em outra parte, tanto o gesto quanto as palavras demoraram a ser compreendidos, como quando se ouve o ruído do jato de um avião apenas muito tempo depois de ele ter surgido no nosso campo de visão. Ela franziu a testa em total incompreensão do que ele havia insinuado, tentando formar com a boca palavras que não saíam.

Finalmente, ela apenas soltou uma risada curta e incrédula. — Vocês fizeram... o quê?

— Será que eu preciso detalhar?

Claire balançou a cabeça. — Você está falando sério?

Jonas levantou as mãos. — Por que eu iria admitir isso se não estivesse falando sério?

— Mas você nem mesmo... gostava dela.

— Não foi um evento planejado, Claire — respondeu Jonas.

Claire estava perplexa. — Me desculpe, não acredito no que estou ouvindo. Quando... isso aconteceu?

— Quando você acha? Foi durante umas férias de Natal, não?

Claire sentiu que começava a tremer, conforme a tampa do cofre oculto de lembranças enterrado dentro dela se abria, e sentiu um nó se formando em sua garganta ao pensar na época mais lúgubre de sua vida.

— Foi quando você parou de falar comigo — disse ela, baixinho.

Jonas não respondeu, mas esfregou a boca com um dedo.

Claire se abaixou e pegou sua bolsa. — Acho que quero ir agora — disse, empurrando a cadeira para trás. — Já ouvi o bastante.

Jonas ergueu a mão para detê-la. — Não, por favor, ainda não. Não foi ideia minha, nada disso. Foi Leo quem me pediu para te contar.

Ela ficou olhando para ele de queixo caído, com o choque da notícia impedindo sua partida. — Leo sabia sobre isso?

— Eu não fazia ideia, até algumas semanas atrás. Ele guardou segredo por todos esses anos e, mesmo assim, nunca fez nada a respeito.

Claire voltou a se sentar. — Como... ele descobriu?

— Eu contei para o meu pai e ele, por sua vez, contou a Leo. Ele foi visitar Leo pouco depois de as férias terminarem para dizer que queria abrir mão do arrendamento da fazenda. Meu pai estava completamente arrasado pelo que acontecera e não acreditava que nós tivéssemos qualquer direito de continuar lá.

— Mas ele continuou.

— Sim, mas só porque Leo se recusou a deixá-lo partir.

O proprietário do restaurante mais uma vez interrompeu a conversa deles, vindo até a mesa com um lápis pairando no ar, cheio de expectativa, sobre o bloco de pedidos. Jonas olhou de forma suplicante para Claire e, com uma sacudida resignada da cabeça, ela apanhou o cardápio e pediu um filé ao ponto. Foi a primeira coisa que viu.

Jonas relaxou visivelmente quando ela fez o pedido. — Que sejam dois — disse ele, devolvendo os cardápios ao proprietário. Ele observou o homem se afastar antes de apoiar os cotovelos na mesa. — Eu era jovem e estúpido, Claire, e o que fiz foi imperdoável, mas nunca pensei, naquela altura, que estava apenas sendo usado como peão num joguinho sujo que nem sequer dizia respeito ao meu pai e a mim.

Claire fechou os olhos e suspirou. — OK, acho melhor você explicar tudo.

Jonas tomou um grande gole de vinho e pousou a taça com tanta força que Claire ficou surpresa por não ter estilhaçado na sua mão. — Bem — começou ele —, eu estava trabalhando no meu carro na oficina, tarde da noite. — Ele riu, mas seu rosto só expressava tristeza. — Lembro que meu pai tinha me dado o carburador Weber duplo como presente de Natal e eu queria instalar o quanto antes, para que você e eu pudéssemos subir com o carro até aquela estrada e testar. Enfim, você havia estado lá comigo durante a maior parte da noite e fazia só meia hora que tinha ido embora. Eu estava com a cabeça enfiada sob o capô do carro quando ouvi a porta se abrir e me virei, esperando ver meu pai — ele balançou a cabeça —, mas era Charity. Droga, eu não tinha a menor ideia do que ela estava fazendo ali e, certamente, não a queria por perto, então só disse olá e continuei o que estava fazendo. No instante seguinte, ela veio e parou ao meu lado, e então começou a pressionar seu corpo contra o meu. Ela disse que sempre tinha gostado de um pouco de brutalidade e perguntou se eu estava a fim. Me senti confuso e assustado pela forma como ela estava agindo, porque ela nunca tinha mostrado nada além de desdém e desrespeito por mim, antes disso. Então eu a afastei, com bastante força, mas aquilo só pareceu animá-la e ela começou a... se exibir para mim. A confusão na minha cabeça se expressou como... raiva e eu queria machucá-la por tudo que ela havia feito com você e por sua... atitude superior com relação a mim, então nem tentei me controlar e a tomei ali mesmo, no meio da sujeira da oficina. — Ele fez uma pausa, tomando outro gole de vinho antes de soltar um longo suspiro e se estabilizar. — Depois que terminamos, de repente percebi o que tinha feito... e o que aquilo iria significar para minha relação com você, e me senti sujo e asqueroso e... — ele passou a mão pelo rosto — e arrasado. Simplesmente a deixei onde ela estava e fui até o banheiro nos fundos da oficina. Quando abri a porta, pensei tê-la ouvido ir embora, então entrei e me esfreguei, esperando que aquilo, de alguma maneira, me ajudasse a me livrar da culpa e do medo que estava sentindo. Foi só quando saí do banheiro que percebi que o barulho que tinha ouvido não fora Charity indo embora, mas Marcus entrando. Ambos estavam ali encostados no carro, sorrindo para mim. — Jonas serviu mais vinho em seu copo e tomou outro gole. — Marcus me perguntou se eu tinha me divertido, e vou te dizer uma coisa: aquilo me deixou mais apavorado do que nunca. Eu disse que não sabia do que ele estava falando, mas isso os fez sorrir ainda mais um para o outro e, então, eu me dei conta de que o filho da puta doente estivera ali o tempo todo, assistindo a tudo que eu tinha feito com a irmã dele... e ela comigo. — Ele estudou o rosto de Claire com preocupação. — Você está bem?

Claire fez que não com a cabeça e se levantou rapidamente, com a mão cobrindo a boca. — O banheiro feminino — murmurou ela —, onde fica?

Jonas rapidamente se pôs de pé e a guiou até a porta nos fundos do restaurante. Ela entrou e ele ficou ali fora, lançando sorrisos constrangidos às demais pessoas no restaurante que tinham se voltado para ver a causa da atividade tão repentina e urgente próxima à sua mesa.

Cinco minutos depois, Claire reapareceu, com o rosto quase verde e os olhos inchados de tanto chorar.

— Você está bem? — perguntou ele.

Ela assentiu.

— Escute, talvez não tenha sido uma ideia muito boa, afinal. Vou te levar para casa. Posso cancelar os pedidos.

— Não — respondeu Claire, enxugando os olhos com um lenço de papel. — Quero ouvir tudo. — Ela fungou uma risada. — Na verdade, agora fiquei com fome.

Jonas colocou uma mão estabilizadora em seu cotovelo e eles voltaram para a mesa. Ela não o afastou. Ele a ajudou a sentar-se antes de voltar à sua cadeira.

— Quero ouvir tudo.

Jonas assentiu lentamente. — Então, está bem. — Ele fez uma pausa, retomando seus pensamentos. — Então, Marcus disse que o que havia acabado de testemunhar era um caso clássico de estupro com violência presumida em virtude da idade da vítima. Obviamente, isso me deixou completamente em pânico, e eu disse a ele que não tinha sido nada daquilo, mas ele apenas disse que seria minha palavra contra a deles e que eu não teria a menor chance se tudo fosse levado à justiça. Eu me vi num tribunal e indo para a prisão e, então, Marcus me jogou uma boia salva-vidas. Ele disse que nós poderíamos manter tudo em segredo, mas que havia algumas condições. Eu nunca mais deveria me aproximar da casa; e o mais importante: eu nunca mais deveria te ver ou ter qualquer contato com você. — Ele fez uma pausa, levantando as mãos num gesto de desesperança. — O que eu devia fazer? Droga, eu não tinha nem dezenove anos. Era jovem, inexperiente e estava muito assustado. Sempre tinha temido aqueles dois. Charity era apenas um ano mais velha que eu, mas ela e o irmão sempre pareceram tão mais inteligentes, tão mais maduros. Se eles contassem a Leo o que havia acontecido, não havia dúvida de que ele nos expulsaria da fazenda. Isso significava que meu pai perderia seu meio de vida e eu teria perdido a confiança e a amizade de Leo, o único homem a quem eu realmente admirava. Portanto, concordei instantaneamente e, depois que arrancaram aquela promessa de mim, eles foram embora... e foi a última vez que os vi. — Ele parou, mordendo o lábio. — E daí, na manhã seguinte, você veio... e foi isso. Eu me livrei de você, como eles queriam.

O proprietário, naquele ponto, veio até a mesa deles com os pratos, e a interrupção deu a Claire tempo para ordenar seus pensamentos. Ainda estava tentando processar tudo aquilo quando o homem voltou a seu posto, atrás do bar.

— Não entendo isso tudo — disse ela, finalmente. — Quer dizer, por que eles iriam fazer uma coisa tão terrível?

Jonas olhou fixamente para ela. — Nossa, você realmente não sabe, não? — Ele pegou seu garfo e faca e cortou o filé. — Marcus e Charity estavam consumidos pelo ciúme. Eles tinham ciúme de tudo que você tinha, de tudo que eles acreditavam que você tinha tirado deles. Desprezavam o amor que você recebia da sua mãe, mas principalmente o amor que você recebia de Leo, que era o pai deles. Eles queriam tudo que você tinha e sabiam que o bem que você valorizava acima de todos os demais era sua amizade comigo; foi isso que eles perceberam ser o ponto fraco pelo qual poderiam atacar. Através de mim, eles poderiam romper tudo... e conseguiram.

Claire brincou com o filé e, então, pousou os talheres e se inclinou para a frente sobre a mesa, cobrindo o rosto com as mãos. — Meu Deus, nunca pensei que alguém pudesse me odiar tanto.

Jonas deu de ombros. — Bem-vinda ao meu mundo, Claire. — Ele comeu um bocado de comida e fez uma pausa enquanto mastigava. — Alguns dias depois de isso ter acontecido, decidi que precisava contar ao meu pai. Foi a única vez em que me lembro de ele bater em mim. E não foi só um tapa. Ele usou os punhos, os dois, e me deu socos na cara. Me deixou nocauteado no chão da cozinha e, depois, estendeu a mão para me ajudar a levantar e eu vi que ele estava chorando. Quando fiquei de pé, ele se agarrou a mim, soluçando no meu ombro. Nunca me senti tão miserável, em toda a minha vida. Eu o havia decepcionado e havia traído todo mundo. — Jonas tomou outro gole do vinho. — E, então, Leo me contou, outro dia, que meu pai foi falar com ele alguns dias mais tarde para lhe contar o que havia acontecido, e Leo disse que a culpa era dele mesmo, não minha nem do meu pai, e que aquilo sempre fora uma bomba-relógio prestes a explodir. No entanto, ele jamais havia imaginado que algo assim pudesse ocorrer. Ele disse ao meu pai que a última coisa que queria era que ele abandonasse a fazenda, e então, disse que você e eu deveríamos ficar separados por ora e que ele iria providenciar para que você fosse fazer uma viagem. Ele esperava que, quando você voltasse, tudo já estivesse resolvido. Mas, então, você foi para a Austrália e nunca mais voltou.

Claire cortou um pedaço de seu filé. Ela ainda não havia comido nada. Estava se lembrando da dor e da perda que havia sentido durante suas viagens, do completo vazio, ao ser separada desse homem que agora estava sentado à sua frente.

— Você não ficou magoado? — perguntou, quase com amargura.

Jonas a encarou e balançou a cabeça. — Claire, no dia em que você foi embora, eu te vi partir. Fiquei no meio dos arbustos no final do gramado e vi o carro se afastando. E quando voltei para a fazenda, senti... Deus, não sou bom para expressar meus sentimentos... mas senti como se tivessem arrancado meu coração.

Surpreendentemente, Claire não sentia um pingo de compaixão por ele. Só se sentia alegre por ele ter sofrido, ainda que naquela única oportunidade, ter passado pela mesma sensação de angústia e de privação que a havia acompanhado por um ano, praticamente. Por fim, ela comeu um bocado da comida, fixando o olhar em seu prato ao fazê-lo.

— Então, como é que isso se encaixa com o que você está fazendo agora? — perguntou ela.

Jonas ficou perplexo. — Perdão?

— Você está se vingando, não está? Não apenas de Marcus e Charity, mas da família inteira. Essa é a verdadeira questão, não é, Jonas? Você não culpa apenas eles pelo que aconteceu, você quer se vingar de todos nós.

— Suponho que isso dependa de como você vê.

— Eu vejo da seguinte maneira, Jonas: eu fiquei arrasada pelo que você fez comigo, mas já superei. Você não, e sua... mágoa, ou seja lá como você queira chamar, está se manifestando em forma de vingança e você bolou um plano bastante bom para conseguir isso, não? Você conquistou a confiança de Leo, é testamenteiro dele, e agora o está empurrando para aquela casa de repouso para que você possa comprar Croich e construir suas malditas casas.

Jonas esfregou o queixo com um dedo e assentiu lentamente. — Claire, quando estávamos naquela estrada, hoje, eu coloquei minha confiança em você. Era você quem estava ditando o ritmo. Agora, você tem que colocar sua confiança em mim.

— Nesse caso, vou te fazer uma pergunta, Jonas: você vai seguir adiante com a ideia de comprar a casa?

Jonas fez uma pausa, entrelaçando as mãos. — Sim, vou.

Claire atirou seu guardanapo sobre a mesa. — Foi o que pensei. — Ela pegou a bolsa que estava no chão e se levantou. — Acho que já conversamos o suficiente, Jonas. Agora eu gostaria de ir para casa.

Ela se virou e atravessou o restaurante a passos largos; o único pequeno prazer que havia extraído daquela noite era que ele teria de pagar pelo filé supervalorizado no qual ela mal havia tocado.

CAPÍTULO 36

Claire planejava não dizer a Leo o que Jonas havia contado. Achou que simplesmente não conseguiria se obrigar a fazê-lo. Quando ela voltou para casa naquela noite, depois de um percurso tão cheio de tensão quanto no momento em que ela e Jonas haviam partido, fora direto para a cama e ficara ali deitada, incapaz de dormir. Não era nem raiva nem arrependimento o que a havia mantido desperta, e sim um esmagador sentimento de culpa de que fora tudo por sua responsabilidade, que Leo tivesse sofrido tanto por causa dela. Ele tivera de enfrentar a inexplicável provação de ir contra seus próprios filhos, admitindo os erros deles e tomando o partido de um jovem que sabia ter feito sexo sem amor com sua filha. Ah, sim, Claire tinha sofrido durante aquelas férias agora tão distantes e não se refreara de demonstrar à mãe e a Leo, nos meses seguintes, quão infeliz e atormentada ela estava. Mas de forma alguma poderia ter se igualado à completa desolação de Leo ao conhecer os verdadeiros fatos a respeito do que havia acontecido. E ele jamais contara a ninguém.

Quando ela foi vê-lo na manhã seguinte, ficou parada do lado e fora da porta da sala de estar por um minuto inteiro, olhando ao redor do hall silencioso, tentando resolver qual seria a melhor maneira de evitar falar sobre o que tinha acontecido. Percebendo, então, que aquilo não dependia só dela, respirou fundo e entrou.

— Ah, bom-dia — disse Leo, virando-se de seu costumeiro posto, perto da janela. Ele não disse mais nada, mas, quando Claire se aproximou, ele abriu os braços e ela se inclinou sobre sua cadeira de rodas para receber um abraço demorado e um beijo na testa.

— Ouvir tudo aquilo foi uma coisa muito dura para você, não? — disse ele.

Claire passou os braços com força pelo pescoço dele. — Leo, não sei o que dizer...

— Nada — interrompeu ele. — Eu decidi há muito tempo que não vale a pena falar sobre isso. Nunca fui muito bom em remoer coisas ruins.

— Eu sinto muito.

— Não sinta — disse ele, dando-lhe um tapinha nas costas. — Não teve absolutamente nada a ver com você. Quando muito, foi meu próprio amor por você e pela sua mãe o que veio a ser o catalisador de tudo que aconteceu... e isso, minha menina, é algo de que nunca estive disposto a abrir mão.

Ela deu um beijo em sua testa enrugada. — Você é um homem maravilhoso, sabia?

— Bem, é muita gentileza da sua parte dizer isso, mas eu tenho uma opinião muito inferior de mim mesmo.

— Não tem a menor razão para isso.

Leo a afastou com gentileza. — Ah, minha querida, você só sabe a metade. Tenho sido muito tolo e negligente a respeito das minhas obrigações em relação a você e não posso me perdoar por isso.

Claire o encarou interrogativamente. — Em que sentido?

Leo levantou a mão, trêmula. — Acho que seria melhor nós deixarmos essas questões de lado por enquanto. Estou rezando para que consigamos resolver tudo nas próximas semanas.

Claire se endireitou e olhou para ele com preocupação, perguntando-se se a pressão de tudo que ele tivera que revelar nas últimas vinte e quatro horas não estaria cobrando um alto preço de seu frágil estado mental. Por que ele iria pensar que tudo seria resolvido nas próximas semanas? Com a casa indo a leilão dentro de dez dias, Leo podia nem mais estar morando ali. Ou será que havia mais no que ele acabara de dizer? Sua referência a "nós" com certeza parecia implicar que ele sabia que ela e Art iriam ficar com a casa e que não haveria nenhuma razão para que ele se mudasse dali. Podia ser, então, que Jonas houvesse mudado de ideia quanto a dar lances pela casa, afinal. Ela não tinha ouvido o telefone tocar naquela manhã, mas isso não significava que Leo não havia telefonado para ele para saber como fora a noite e Jonas lhe houvesse dito, então.

Ela se virara para olhar pela janela enquanto pensava naquilo e, agora, voltou-se para Leo, preparando-se para questioná-lo mais; no entanto, ele havia fechado os olhos e seu queixo pendia sobre o peito. Ela se perguntou se ele realmente estaria dormindo ou se era sua maneira de evitar maiores discussões sobre o assunto. De qualquer forma, decidiu deixá-lo em paz e saiu silenciosamente da sala.

Na hora do almoço, o telefone tocou e o pensamento imediato de Claire foi que só podia ser Jonas. Desde que conversara com Leo, ela havia reexaminado em sua mente o que Jonas lhe revelara na noite anterior e qual poderia ter sido a conversa subsequente entre ele e Leo. Ela correu da cozinha até o hall, querendo atender o telefonema sozinha e, depois de ficar por um instante com a mão pairando acima do fone, ela se obrigou a levantá-lo do gancho.

— Alô? — disse, hesitante.

— Oi, sou eu.

Ela sentiu uma onda de alívio percorrê-la ao ouvir a suave pronúncia americana de Art.

— Querido, como você está?

— Bem. Você demorou a atender.

— Eu estava, hã... bem, tive que vir da cozinha. Como está Violet?

— Ela está bem. Pilar acabou de levá-la para a escola e depois, à tarde, ela terá uma festa de aniversário. — Ele riu. — Tivemos um drama e tanto nesta casa hoje cedo enquanto ela decidia o que iria vestir, e eu estou vendo isso como uma indicação muito preocupante de que nossa menininha está crescendo rápido demais.

Claire riu, embora, na verdade, sentisse mais vontade de chorar, pois as palavras dele haviam trazido um fluxo repentino de saudade. — Estou com tanta saudade de vocês dois — disse ela.

— Meu anjo, o sentimento é recíproco, posso te garantir.

— Como foram as coisas com a Receita? — perguntou Claire, querendo mudar de assunto antes que se emocionasse demais.

— Bem, tenho dedicado cada minuto do meu tempo a resolver isso, mas acho que agora deu tudo certo. Por sorte, foi apenas uma anomalia originada pelos rendimentos extras depois da expansão. — Ele fez uma pausa. — O único problema é que não acho que conseguirei estar aí para o leilão, Claire.

— Achei que pudesse acontecer isso — respondeu ela, com desânimo.

— Ei, mas a boa notícia é que agora não devo nada ao Tio Sam, então ainda temos a chance de ficar com Croich.

— Sim, imagino que sim — disse Claire, não querendo mencionar nada sobre a mudança na situação desde a partida dele.

— Acabei de falar ao telefone com John Venables e ele disse que colocou a venda da propriedade nas mãos de um agente imobiliário em Perth. Eles farão toda a propaganda, bem como o leilão em si. Já a vi na página deles na Internet e John disse que também saiu nos jornais do país durante a semana passada. Você ainda não viu, viu?

— Não, infelizmente não. Tenho tentado colocar ordem na casa, então não tenho tido muito tempo para ler os jornais.

Art fez uma pausa. — Ei, meu anjo, sei que isso deve ser muito difícil para você. Eu te abandonei mesmo, não é? Eu sei quanto a casa significa para você e, ainda por cima, você vai ter que lidar com o leilão sozinha. Eu realmente sinto muito.

Claire sorriu. — Tudo bem, vou aguentar. O fato de você entender já faz com que eu me sinta melhor.

— É claro que entendo e te digo uma coisa: nós vamos até o fim para conseguir essa casa. Mas, enquanto isso, sinto dizer que você terá que reunir forças para mostrar a casa às pessoas interessadas.

Claire ofegou. — Ah, meu Deus, eu não tinha pensado nisso. Não são os agentes imobiliários que fazem isso?

— Não tenho certeza, mas tenho que telefonar para Venables hoje à tarde, então perguntarei a ele. — Art riu. — Obviamente, não queremos muitas pessoas mostrando interesse. Quanto menos gente dando lances no leilão, melhor... e, falando nisso, John Venables não está muito contente com o modo como Jonas vem se comportando... você sabe, apresentando seus próprios planos para a casa. John acha que isso é bastante enganoso. Não que vá nos ajudar a obter a casa, mas pelo menos parece que ele está do nosso lado.

— Isso é bom — respondeu Claire, de novo sem querer contar a ele o que ela havia suspeitado, depois de sua conversa com Leo de manhã.

— Eu realmente quero a casa, Claire, por você e por Leo.

— Eu sei, meu amor.

— E estarei no outro lado do telefone para te guiar ao longo dos lances. Apenas se assegure de carregar a bateria desse celular, OK?

— Vou fazer isso.

— Já não vai demorar muito agora. Só falta uma semana para o leilão e, depois, sem importar o resultado, você vem direto para cá. Vamos resolver a situação de Leo logo depois disso. Como ele está, a propósito?

— Ele... vai ficar bem... acho.

— Claro que vai. Espere só para ver, dentro de um ano nós o instalaremos naquele apartamentozinho perto da estufa e o homem ficará feliz como uma ostra.

Claire mordeu o lábio inferior. — É melhor eu ir, Art. Agnes já deve ter colocado o almoço na mesa.

— OK. Eu te amo, meu anjo.

— Eu sei, também amo você. Dê um beijo em Violet por mim.

— Pode deixar.

Claire pôs o fone no gancho e voltou para a cozinha, agora desejando que o dia do leilão chegasse logo. Queria que a incerteza do futuro desaparecesse da vida deles e de Leo o mais rápido possível.

CAPÍTULO

37

O tempo virou durante aquela semana, mas era só a segunda vez que acontecia desde que Claire chegara à Escócia, e choveu como se o céu houvesse estocado água durante os últimos dois meses. Uma marquise fora colocada no gramado para o leilão e Claire havia assistido da janela da cozinha enquanto os instaladores, envoltos em roupas à prova d'água, lutavam contra os elementos para armar o toldo de lona molhada, transformando a grama verde num atoleiro de lama com as constantes idas e vindas da entrada até o local da instalação, apesar da esteira de borracha que haviam estendido no chão para evitar que aquilo acontecesse. Claire continuava com sua ineficiente arrumação da casa, mas era só para manter a cabeça ocupada à medida que o dia do leilão ia se aproximando. A presença da marquise, no entanto, a fez sentir-se como se vivesse sob a sombra da guilhotina.

O leilão só começaria ao meio-dia, mas às dez e meia os carros já haviam começado a chegar, sendo desviados ao longo da via de entrada no final do gramado para que pudessem estacionar num dos campos de Jonas. Por sorte, a chuva tinha parado, mas, ainda assim, havia nuvens ameaçadoras e baixas no céu, deixando o dia tão escuro que os faróis dos carros brilhavam como se fosse noite. As pessoas vagavam pelo gramado até a marquise e algumas que haviam chegado mais cedo já formavam grupinhos ao seu redor, tomando café em copos de poliestireno e apontando para diferentes aspectos da casa conforme os discutiam.

Às onze e meia, Art ligou para o celular de Claire, só para confirmar que eles tinham contato. Ele lhe garantiu que estaria ali o tempo todo para ajudá-la, mas Claire podia perceber por sua voz que ele estava tão nervoso quanto ela. Leo já lhe dissera que não estaria presente na marquise durante os procedimentos. Ele não queria ter de conversar com ninguém a respeito dos porquês da venda, e, de qualquer forma, estava frio demais para ficar lá fora numa cadeira de rodas. Então, Claire vestiu uma velha jaqueta acolchoada que havia encontrado no armário de casacos e saiu da casa pela porta da frente, agarrando com firmeza o celular ao enterrar as mãos nos bolsos profundos e aconchegantes.

A marquise já estava lotada de gente e o barulho das conversas era quase ensurdecedor conforme todos se reuniam em volta das mesas sobre cavaletes onde a empresa do bufê distribuía bebidas quentes e fazia sanduíches freneticamente para repor nas bandejas que eram logo esvaziadas. Quando Claire forçou sua passagem pela multidão até o palanque do leiloeiro, ao fundo, percebeu que não reconhecia uma só pessoa ali e ficou aliviada ao ver John Venables se aproximando.

— Olá, Claire — disse ele, dando-lhe um beijo no rosto. Ele a olhou com preocupação. — Como você está?

— Bem — disse ela, olhando ao redor, para as hordas que circulavam por ali. — Quem são todas estas pessoas? Não tinha pensado que haveria tanto interesse. Não mostrei a casa a ninguém.

John sorriu. — Tenho certeza de que nenhuma delas está aqui para participar dos lances; é mais provável que seja só por curiosidade. É muito raro que uma propriedade seja vendida em leilão público na Escócia. Acho que simplesmente vieram encher a barriga com o que estivesse disponível e assistir ao evento.

— Espero que sim — respondeu Claire distraidamente, pondo-se na ponta dos pés para ver o palanque. — Você viu o Jonas Fairweather, por acaso?

— Sim, ele e a esposa estavam perto da mesa de café há um instante.

— Ah — disse Claire, voltando a se apoiar pesadamente nos pés. — Ele vai dar lances, então.

— Eu não ouvi nada em contrário — respondeu John. — Você tem alguma razão para acreditar que ele não o fizesse?

Claire sorriu para ele. — Acho que era mais uma questão de esperança, na verdade.

John pôs a mão em seu braço. — Você vai ficar em contato com Art durante o leilão?

Claire tirou o celular do bolso e o levantou para ele ver.

— Bem, então devo ficar ao seu lado, para o caso de você precisar de um pouco de apoio mais próximo. — Ele olhou para seu relógio de pulso. — Estamos quase na hora, suponho. Vamos, é melhor nos aproximarmos.

Enquanto John a guiava até o fundo da marquise, o celular tocou em sua mão, fazendo-a assustar com a surpresa. Ela atendeu.

— Está na hora? — perguntou Art sem qualquer cumprimento.

— John acha que sim.

— Ótimo, fico feliz que ele esteja com você. Tem muita gente?

— Um monte, mas John acha que ninguém vai dar lances.

— Esperemos que não. E quanto ao Jonas?

As pessoas haviam começado a se afastar do palanque e Claire viu Jonas a um lado, perto de uma mulher loura escultural. Ambos pareciam apreensivos, achou ela, quando o leiloeiro, um homem de meia-idade robusto e de terno escuro, subiu ao palanque e colocou uma folha de papel na mesa alta à sua frente. Ele olhou sobre seu ombro para o jovem funcionário que estava atrás dele, falando ao celular. Este acenou com a cabeça para o leiloeiro, que assentiu antes de pegar o martelo e bater com força na mesa.

Quando a voz do homem soou pelo sistema de alto-falante, informando àqueles ali reunidos os detalhes da venda, John Venables inclinou o corpo ossudo em direção ao ouvido livre de Claire. — Ah, acho que posso ter me enganado sobre não haver outros lançadores.

— Por que você diz isso? — perguntou Claire.

— O quê? — interrompeu Art no celular.

— Espere um pouco, Art, já te digo num minuto.

— O jovem parado atrás do leiloeiro — continuou John —, acho que ele pode estar num lance telefônico. Vou ver se descubro mais alguma coisa. — Ele deixou Claire e foi até o pódio.

— Art? — disse Claire no celular.

— O que está acontecendo?

— John acha que tem outro lançador. Está sendo feito pelo telefone.

— Droga, isso não é nada bom. — Ela o ouviu suspirar. — Agora, estamos nas mãos dos deuses, meu anjo.

— O que você quer que eu faça?

— Apenas faça lances desde o começo e, pelo amor de Deus, vá me falando o valor.

— OK. Até que valor nós vamos chegar?

Art suspirou novamente. — Ah, não sei. Vou ver conforme for acontecendo.

— Ai, meu Deus, ele começou! — exclamou Claire quando John voltou ao seu lado.

— É de Londres, infelizmente — disse ele. — Foi só o que eu pude descobrir.

Foi o lançador do telefone que chegou primeiro, com um lance de duzentas e cinquenta mil libras. Claire olhou para Jonas e viu-o levantar a mão para elevar o preço em mais vinte mil.

— Jonas já subiu para duzentas e setenta mil — disse ela no celular.

— Está vendo só — respondeu Art. — Não se pode confiar nesse homem. Entre logo nos lances.

Claire levantou a mão a tempo de elevar a oferta para trezentas e trinta mil, mas Jonas e o lançador do telefone já haviam elevado a trezentas e noventa mil antes mesmo de ela ter abaixado a mão.

— Art, está indo muito rápido!

— Aguente firme!

Ela ergueu novamente a mão, garantindo um lance de quatrocentas e trinta mil. Olhou para Jonas, que agora olhava para ela com um vinco profundo na testa. Houve uma calmaria nos lances e, então, Jonas foi para a frente e disse alguma coisa ao leiloeiro.

O homem assentiu e exclamou: — Obrigado, senhor, temos agora um lance de seiscentas mil libras.

— Você ouviu isso, Art? — disse Claire no celular.

— Sim, ouvi. Quem foi?

— Jonas.

— Filho da puta trapaceiro! — Ele fez uma pausa. — OK, Claire, setecentas e cinquenta mil libras, no máximo. Sinto muito, querida, é tudo que eu posso fazer.

Claire ficou em silêncio. Não havia razão para erguer a mão novamente. O preço já havia ultrapassado seu limite e continuava subindo.

— Terminou para nós, Art — disse ela, baixinho. — Já chegou a oitocentas e trinta mil.

— Não acredito! — exclamou Art. — Quem diabos são esses caras?

Os lances haviam parado momentaneamente e o leiloeiro examinava o local em busca de novas ofertas. Ele olhou para Claire, ela balançou a cabeça e, então, olhou para Jonas e a mulher e descobriu que ambos olhavam em sua direção. A mulher loura sorriu para ela, estendeu a mão e apertou a mão do marido com força. Jonas agora desviou o olhar de Claire e encarou o leiloeiro, com o rosto rígido de concentração.

Só o que se podia ouvir agora na marquise era a voz do leiloeiro; a multidão foi mergulhando num silêncio mortal conforme o preço se elevava cada vez mais.

— Em quanto está agora? — perguntou Art, com a voz expressando profunda decepção.

— Ultrapassou a marca de um milhão — disse Claire, baixinho —, e continua subindo.

Art riu. — Bem, pelo menos fomos derrotados por quilômetros. Jonas ainda continua?

— Ah, sim — respondeu Claire com amargura. — Nada pode detê-lo.

E, com isso, Claire viu Jonas vacilar em seu lance, virar-se para a esposa e, depois, olhar na direção dela. O leiloeiro estava apontando o martelo para

Jonas, esperando por seu lance. O preço estava em um milhão quatrocentas e dez mil libras. Jonas passou a mão pela testa e a levantou. O leiloeiro anunciou um milhão quatrocentas e trinta mil e, então, virou-se para olhar para o jovem atrás dele. O momento pareceu durar para sempre enquanto o funcionário ouvia algo pelo telefone, e Claire viu Jonas olhando fixamente para o chão, esfregando o pé com força na grama. Sua mulher colocou a mão em seu ombro e mordeu os lábios com força enquanto olhava, assim como todas as demais pessoas na marquise, para o jovem.

Ele assentiu com a cabeça.

O leiloeiro se virou para encarar a audiência. — Um milhão e quinhentas mil libras — reverberou sua voz.

Houve um suspiro audível através da marquise e Jonas levantou os olhos para o homem e balançou a cabeça.

— Jonas está fora! — disse Claire a Art.

— Ahá! — exclamou Art. — E já vai tarde!

Dou-lhe uma, dou-lhe duas e o leiloeiro bateu o martelo; imediatamente, o ruído na tenda se elevou a um volume muito mais alto que antes.

— Por quanto foi vendida? — perguntou Art.

Claire apertou o celular com força contra o ouvido. — Um milhão e meio.

Art riu. — Bem, isso deveria alegrar Leo. — Ele fez uma pausa. — Meu Deus, eu não tinha pensado... o que vai acontecer com ele agora?

— Acho que já está tudo resolvido — respondeu Claire com tristeza.

— De que maneira?

Claire cobriu com a mão o outro ouvido. — Art, eu mal consigo te ouvir. Está muito barulhento aqui. Eu te ligo mais tarde.

Ela apertou o botão do telefone e voltou a guardá-lo no bolso da jaqueta. Virou-se e sorriu para John Venables, que ainda estava parado em silêncio a seu lado. — Bem, é isso, então.

— Infelizmente, sim — disse ele, distante, enquanto olhava sobre a cabeça dela para o local onde estavam Jonas e a mulher. — É imaginação minha ou Jonas parece contente com o resultado?

Claire olhou ao longe e viu Jonas dando um abraço demorado na esposa antes de levar as mãos ao rosto dela e dar-lhe um beijo na boca. Um homem se aproximou dele, disse alguma coisa e Jonas se voltou para ele com um amplo sorriso no rosto. Ele riu e então virou a cabeça, captando o olhar de Claire. Ela lhe dirigiu um olhar furioso, mas ele apenas sorriu e acenou para ela.

— Por que ele está tão feliz? — indagou Claire para o advogado espigado. — Ele não conseguiu a casa.

John Venables balançou a cabeça. — Não faço ideia. Também não é a reação que eu teria esperado.

O som da chuva tamborilando fortemente no teto de lona da marquise agora se elevava acima da cacofonia de vozes. As pessoas haviam começado a se reunir na seção aberta, preparando-se para ir embora, puxando o casaco sobre a cabeça e abrindo o guarda-chuva, e Claire olhou além delas para ver a chuva torrencial lá fora.

— Você gostaria de ir descobrir quem comprou a casa? — perguntou o advogado.

— Na verdade, não — respondeu Claire. — Está tudo acabado, não só para nós, mas também para a casa. Não podem ter pagado tanto sem planos para construir na propriedade toda.

— Desconfio de que deve ser isso mesmo — respondeu John com tristeza.

Claire pôs a mão em seu braço. — Preciso te agradecer, John, por todo seu apoio, principalmente hoje.

John Venables sorriu para ela. — O prazer é meu, posso te garantir. Só fico triste que você e Art não tenham tido sucesso.

Claire suspirou. — Não sei. Estou começando a achar que esse resultado é um sinal para todos nós seguirmos adiante. — Ela apertou a jaqueta acolchoada ao redor do corpo. — Vou voltar para a casa. Leo vai querer saber o que aconteceu. Pelo menos agora ele tem um monte de dinheiro.

— Está bem — respondeu John. — Entrarei em contato amanhã.

Claire foi até a abertura e ficou ali por um momento, preparando-se para correr até a porta da frente. Através do lençol de chuva que caía, ela observou a lateral da casa, vendo a água cascatear dos canos de escoamento e descer em riachos pela antiquíssima parede de pedra, manchando-a como lágrimas escuras de dor extrema. As janelas altas não exibiam nenhuma luz interna e pareciam olhos cegos sob as sobrancelhas encobertas dos frios lintéis esculpidos. Era como se a casa houvesse adquirido uma personalidade própria, melancólica em suas lembranças, aceitando com silenciosa resignação a eventualidade de sua morte.

A Casa da Planta Dragão. O nome veio à mente de Claire no momento em que ela pensou em suas memórias de infância da casa. Ela se lembrou de quando chegara ali, passando entre touceiras de rododendros no velho Humber de Leo, deixando para trás a desordem urbana e vendo ser revelado diante de si aquele oásis inesperado de calma e beleza, com seus gramados verdes, árvores altas de imensos galhos e o edifício retangular orgulhoso que guardava sentinela, protegendo tudo. Lembrou-se de alguns dias com sua mãe e Leo na estufa, do riso entre eles e seus abraços desinibidos e espontâneos enquanto trabalhavam. E se lembrou, acima de tudo, de seus dias com Jonas, suas brincadeiras bobas de Homem-Balão e Menina-Macaco e as constantes idas e vindas pela estrada entre a casa e a fazenda. Ela se lembrou das incontáveis noites passadas na oficina, ele mergulhado no motor do carro, enquanto ela papeava com ele, entregando-lhe a chave inglesa e outras ferramentas mecânicas das quais ela nunca havia descoberto o nome.

A oficina. Outra imagem lhe veio à mente, a de Jonas e Charity, e foi uma imagem que a tirou de sua fantasia nostálgica. Era algo que nunca quisera imaginar. Estava tudo resolvido, encerrado, e agora ela entendia completamente por que Leo queria que tudo terminasse. Lembranças felizes haviam sido arruinadas e, portanto, era melhor expulsá-las da mente.

Ela encurvou os ombros e deixou a marquise correndo, sentindo os pés afundarem na grama molhada enquanto a chuva caía implacavelmente, penetrando sua jaqueta e fazendo seu cabelo curto grudar na cabeça e no rosto.

Depois de tirar a jaqueta e os sapatos molhados no hall, Claire entrou na sala de estar, esfregando os cabelos molhados, e viu-se imediatamente paralisada pela imagem de Leo em pé junto à janela, apoiando-se pesadamente no peitoril.

— Leo, o que você está fazendo? — exclamou, atravessando rapidamente até o outro lado da sala.

Ele se virou rigidamente para olhar para ela. — Olha que beleza! Só quis ver como me sentia usando essas velhas pernocas.

Ela segurou o braço dele com força, mas sua mão foi afastada. — Não exagere, Claire, eu consigo me virar. — Lentamente, ele voltou à cadeira de rodas, apoiando-se pesadamente na mesa conforme caminhava, e se deixou cair na cadeira com um grande suspiro. — Pronto. Estou no caminho da recuperação, você não acha? — Ele se virou para Claire, com o sorriso triunfante desaparecendo do rosto. — Está bem, vamos lá. Qual foi o resultado?

— Nós não conseguimos, infelizmente.

— Certo... e o Jonas?

— Também não.

Leo fez uma pausa. — Então, qual foi o preço?

— Um milhão e meio de libras.

Ele fechou os olhos com força e passou a mão pela boca. — Minha nossa, minha nossa! Bem, suponho que não dê para fazer nada. — Ele se virou para Claire. — Sabe, às vezes eu me confundo terrivelmente com os eventos que acabaram de acontecer, mas, quando se trata de certas coisas do passado, ainda estou bem afiado. — Ele parou. — Você se lembra de como eu e você costumávamos chamar esta casa?

Claire sorriu. — O mais engraçado é que eu estava pensando nisso cinco minutos atrás. A Casa da Planta Dragão.

Leo assentiu. — Exatamente, e eu disse a você que talvez o nome fosse transformar a casa num monstro comedor de fogo que devora pessoas.

Ela riu. — Ah, sim, mas só se elas forem perversas e maldosas.

— Foi o que você disse — respondeu Leo, distante, virando-se para olhar pela janela. — Com essas exatas palavras. — Ele ficou em silêncio por um momento, entrelaçando e esfregando as mãos. — Escute, querida, acho que já está na hora de você voltar para casa. Já ficou aqui o bastante. — Ele olhou em volta novamente. — Quero que você volte para Art e Violet.

Claire se aproximou dele e se inclinou para passar os braços por seu pescoço. — Você vai ficar bem, Leo?

Ele levantou a mão e deu um tapinha tranquilizador em seu braço. — É claro que vou. O importante, agora, é que todos nós olhemos para o futuro.

Ela o beijou na têmpora, mantendo o rosto próximo do dele por um momento para aspirar o aroma nostálgico de tweed velho. — Vou sentir saudades de você, meu querido.

Ele moveu a cabeça a um lado, soltando-se de seu abraço. — Oh, eu espero que você volte. Duvido que eu vá sobreviver por muito tempo se não te vir com frequência.

Claire riu e se levantou, enxugando uma lágrima renegada do rosto. — É claro que voltarei, e prometo que será com mais regularidade.

— Ótimo — disse ele, manobrando a cadeira de rodas para se virar e empurrando-a em direção à porta. — Vamos, então, temos coisas a fazer. Você telefona para o Art e começa a fazer as malas, enquanto eu dou a notícia para a velha Agnes. — Ele riu. — Não sei bem se ela vai cair em lágrimas de puro desespero ou se vai sair pulando de alegria, sacudindo as mãos para cima e gritando: "Finalmente estou livre!" — Ele parou antes da porta para deixar que Claire a abrisse para ele. — O engraçado — disse ele, impulsionando-se pelo hall — é que eu desconfio que vai ser a segunda alternativa.

Nova York — Dezembro de 2006

Art nem sequer esperou Claire voltar da Escócia para começar a procurar outro investimento. Afinal, ele era um homem de negócios, e não havia propósito algum em ficar remoendo o fracasso em comprar Croich. Até a hora de ir buscar Claire no aeroporto de Newark, ele já havia identificado três restaurantes fracassados que estavam à venda no centro, todos com acesso fácil desde seu apartamento em Gramercy Park, mas nenhum dentro da área de atendimento do seu atual estabelecimento no East Village.

Ele e Claire, no final, decidiram-se pelo menor dos três, uma antiga pizzaria na East 38th Street, entre as avenidas Third e Lexington. Art queria comprar algo maior, mas Claire argumentara que a cozinha fora recentemente elevada aos padrões plenos do Departamento de Saúde e que seria melhor que eles empregassem o capital em reproduzir ali a decoração interior de seu outro restaurante. Fizeram um acordo com os proprietários apenas cinco dias depois de Claire descer do avião e os operários entraram imediatamente para trabalhar, já que o plano era estar com o restaurante Barrington's Midtown totalmente operante no Natal. Conseguiram terminar tudo com apenas dois dias de folga.

Art e Claire haviam recebido os clientes na noite inaugural, quando, com apenas dez mesas, tiveram sessenta serviços; mas, posteriormente, ficou decidido que Luisa, a quem agora eles haviam acolhido como sócia, deveria ser transferida de Tompkins Square para gerenciar o novo local, ao passo que eles continuariam administrando o restaurante original até que encontrassem um candidato adequado para assumir o lugar de Luisa ali.

Claire estava contente em ter seus dias novamente ocupados. Havia deixado a Escócia com a mente inquieta, despedindo-se da casa pela última vez e deixando muitas coisas pendentes. No entanto, conseguira reunir as poucas posses da mãe, deixando-as com John Venables para que ele providenciasse seu envio a Nova York, e, graças a Deus, já estava longe quando Marcus e Charity vieram de Londres para pegar as poucas peças de mobília que valia a pena guardar, destinando o resto à casa de leilões local ou ao depósito de lixo municipal. E então, no dia em que eles assinaram o contrato com o novo restaurante, seu ânimo se elevou ao receber um telefonema de Leo, alegremente instalado em seu novo lar na casa de repouso em East Lothian. Ela ouvira em silêncio, embora com um sorriso se alargando no rosto, conforme ele lhe contava sobre a vista que tinha da janela de seu quarto, a excelente qualidade da comida e a amabilidade dos funcionários. Ele só encerrou o telefonema quando um dos residentes entrou em seu quarto para convidá-lo para completar o jogo de bridge. — Sou péssimo nesse jogo — foram suas palavras de despedida —, mas, sinceramente, ninguém parece ligar muito. — Depois disso, nada mais realmente importava e Claire empurrou todos os pensamentos da Escócia para o fundo da mente e se concentrou por inteiro na reforma das novas instalações.

Os restaurantes ficaram fechados por dois dias durante o feriado de Natal, e a família Barrington viajou a Long Island para se hospedar na casa de uns amigos. Foi durante uma caminhada pós-almoço na praia de Westhampton, com a temperatura alta demais para a estação, que o telefone de Claire tocou. Examinando a tela, ela viu quem a estava chamando e imediatamente pensou em deixar cair na caixa postal. Mas, então, decidiu que era Natal, afinal, e se afastou do resto do grupo, caminhando em direção às dunas.

— Alô, Charity. Feliz Natal para você.

— Imagino que você ache isso engraçado — respondeu Charity, e Claire imediatamente ouviu o tom característico de histeria em sua voz. — Você sabe muito bem que este é o Natal mais miserável que eu já passei.

Claire mordeu o lábio com força enquanto olhava para as ondas quebrando morosamente na praia. — Escute aqui, Charity, estou dando uma caminhada muito agradável na praia com minha família e alguns amigos, então agradeceria se você dissesse logo o que tem a dizer.

— Ah, vou dizer, não se preocupe. Você sabia de tudo, todo esse tempo, não é? Você planejou a coisa toda. Bem, sua piranha, agora você deve estar satisfeita.

— Espere um minuto. Em primeiro lugar, não se atreva a me chamar de piranha e, em segundo, não faço a menor ideia do que você está falando.

— Oh, não tente me enrolar, garota, você sabe muito bem do que eu estou falando. Não posso acreditar que você esteja tão cheia de ódio a ponto de fazer uma coisa dessas comigo e com Marcus. — Agora Charity chorava, com profundos soluços que se ouviam tão alto no telefone que Claire até recuou. — Marcus e eu ficamos sem nada, nada, está me ouvindo?

Claire balançou a cabeça. — Ah, pelo amor de Deus, Charity, de que diabos você está falando?

— Eu te odeio, sempre odiei, e nunca mais quero te ver!

Claire riu. — Bom, não sei bem se isso vai ter algum efeito duradouro na minha vida. — Ela estava começando a gostar daquilo e esperava que Charity continuasse com sua arenga, mas então o telefone ficou mudo. Ela fechou o celular e o guardou no bolso, virando-se para descobrir que Art e Violet haviam se separado de seus amigos e corriam pela praia na direção dela.

— Quem era? — perguntou Art, ofegando pelo esforço.

— Charity.

— Ai, Deus, que diabos ela queria? Não me diga que era para te desejar um feliz Natal.

— Não, longe disso.

— Você está bem? — perguntou Art, preocupado.

Claire sorriu abertamente para ele e passou o braço pelos ombros de Violet. — Sim, na verdade, acho que estou mais do que bem. — Ela enganchou o braço no dele e, juntos, seguiram pela praia para se juntar aos demais.

CAPÍTULO 39

Nova York — Janeiro de 2007

Janeiro já havia começado há três dias e o clima continuava tão aprazível que botões de flores cor-de-rosa começaram a aparecer nas duas cerejeiras na Tompkins Square, em frente ao restaurante. Era uma visão incongruente, quando colocada ao lado das brilhantes luzes de Natal que adornavam a árvore de abeto no centro do parque. Art e Claire até tiraram algumas mesas e cadeiras do depósito e as colocaram na calçada, e vários clientes optaram por sentar lá fora para o almoço e até o meio da tarde, muito depois que os raios calorosos do sol de inverno já haviam se escondido atrás dos prédios. Ambos os restaurantes continuavam lotando, portanto não tiveram nenhum descanso após o feriado de Natal e a vida voltou a seguir o mesmo padrão caótico que existira para os dois durante os últimos dezessete anos. Eles gostavam disso, assim como Violet, que agora passava a maioria das tardes num animado clube de atividades pós-aula e só nos fim de semana esperava pelo familiar cutucão de Pilar no fim da manhã para sair da cama e ir passar o dia com os amigos.

Às dez horas daquela noite, Claire começou a sentir o conhecido cansaço doloroso nas pernas e colocou em prática sua rotina de ir até a recepção perto da porta de entrada e se apoiar no balcão, enquanto tirava os sapatos e fazia de conta que estava verificando as reservas. Ela correu o dedo pela lista, aliviada de que apenas três nomes tivessem sido riscados. Não ergueu os olhos quando a porta se abriu, esperando que Art percebesse que estava tentando descansar um pouco e viesse receber os recém-chegados.

— Com licença, temos uma reserva para duas pessoas às dez horas. — A voz era feminina, o sotaque ritmado, quase como se ela estivesse cantando as palavras.

Claire continuou sem levantar os olhos, mas pousou o dedo sobre o primeiro nome não riscado. — É Brewster?

— Não. — Claire sentiu a mulher esbarrar nela e foi engolfada por uma fragrância cara. Um dedo fino com esmalte cor-de-rosa discreto pressionou a página. — Aqui estamos nós. Fairweather.

— Oh, me desculpe — disse Claire e, então, o nome de repente se registrou em seu cérebro... e depois o sotaque. Ela ergueu os olhos lentamente para a mulher alta e absolutamente loura, a quem vira pela última vez no leilão na Escócia.

A mulher sorriu para ela e estendeu a mão. — Olá, Claire, nós nunca tivemos a chance de nos conhecer. Eu sou a Liv.

— Sim, é claro, olá — disse Claire, forçando um sorriso em seu rosto e não ouvindo uma só gota de cordialidade na própria voz. Ela olhou atrás de Liv e viu Jonas, parecendo pouco à vontade, parado com as mãos enfiadas nos bolsos da jaqueta.

Claire ficou momentaneamente paralisada, pega de surpresa ao vê-los ali em Nova York e, portanto, sentiu alívio ao escutar a exclamação de surpresa de Art, atrás dela.

— Minha nossa, que coisa mais inesperada! — Ele deu a volta por trás de Claire e apertou a mão de Jonas, que então o apresentou a Liv. — Vocês vão jantar conosco esta noite?

— Fizemos uma reserva — disse Liv.

— Excelente! — disse Art, com um sorriso amplo para Claire, embora seus olhos lhe dissessem que aquelas eram as duas últimas pessoas que ele queria ter como clientes em seu restaurante naquela noite. — Não sei como não identificamos a reserva antes.

Claire baixou os olhos para a lista. — Acho que deve ter sido um dos funcionários quem tomou nota da reserva.

— Não importa — disse Art, batendo as mãos —, bem-vindos ao Barrington's. Vocês vieram para a cidade passar o Ano-Novo?

Liv se virou para olhar para o marido e balançou a cabeça. — Não, só chegamos hoje.

— Nesse caso, vocês dois devem estar cansados e com fome — disse Art, pegando dois cardápios do escaninho atrás da recepção —, então vamos servi-los o quanto antes. — Ele estava prestes a conduzi-los a uma mesa vazia no fundo do restaurante quando Jonas estendeu a mão para detê-lo.

— Na verdade, Liv ainda não explicou direito. Nós viemos aqui para falar com vocês dois.

Claire se virou para olhar para Art e viu que seu rosto expressava a mesma perplexidade que ela sentia.

— Eu estava pensando — continuou Jonas — se nós não poderíamos ir a algum lugar para conversar.

Claire engoliu em seco. — Bem, infelizmente, não acho que seja possível agora. Nós estamos muito ocupados e não...

Ela foi interrompida por Jonas, que lhe entregou um envelope não lacrado que retirara do bolso interno da jaqueta. Ela fitou o envelope por um momento antes de estender a mão e tirar de dentro dele uma fotografia. Era de Leo, sentado numa poltrona, com um sorriso luminoso no rosto e ambos os polegares levantados. A felicidade que irradiava da imagem era contagiante e Claire sentiu sua boca se repuxar num sorriso. Ela olhou para Jonas. — Ele parece estar muito bem.

— E está — respondeu Jonas. — Agora leia atrás.

Claire virou a fotografia e reconheceu imediatamente a caligrafia descuidada de Leo. Dizia: "Eu te amo muito, minha querida menina. Isto é para você, do seu padrasto velho e bobo, Leo".

Ela guardou novamente a foto no envelope e sorriu para Jonas. — Obrigada. — Ela riu. — Veja bem, poderia ter ficado mais barato se você simplesmente a tivesse mandado pelo correio.

Jonas tirou outro envelope do bolso e o entregou a Claire. — Leo não estava se referindo à fotografia. Se referia a isto.

O envelope, dessa vez, estava lacrado e gravado no canto superior esquerdo com o nome do escritório advocatício de John Venables. Claire encarou tanto Jonas quanto Liv, mas o rosto deles não entregou nenhuma pista do que o envelope poderia conter. Lentamente, deslizou o dedo pelo alto do envelope e puxou uma única folha de papel de dentro, lendo o nome do Clydesdale Bank conforme este aparecia. Ficou petrificada ao compreender o que estava escrito ali.

— Meu Deus — disse ela, olhando para Jonas com o queixo caído de surpresa.

— O que é? — perguntou Art.

— É um cheque... de meio milhão de libras — disse ela, baixinho.

Art se aproximou e o tirou de seus dedos inertes.

— De onde veio isto? — perguntou Claire.

Jonas deu de ombros. — É a parte que te cabe, predominantemente do seu pai.

— Mas o investimento que ele fez para mim nunca chegou a tanto dinheiro.

Jonas riu. — Bem, seu investimento obteve... juros bastante incomuns.

A mente de Claire, de repente, voltou à conversa estranha que tivera com Charity no dia de Natal. — Isso tem alguma coisa a ver com Marcus e Charity?

O olhar silencioso de Jonas para Liv foi toda a confirmação de que ela precisava.

— O que está acontecendo, Jonas? — perguntou Claire.

— É isso que eu queria explicar. — Ele olhou em volta, no restaurante. — Nós não poderíamos ir a algum lugar, só por meia hora? Prometo que não vou demorar mais do que isso e, então, Liv e eu vamos deixar vocês em paz.

Foi Art quem falou. — Escute, Jonas, se você e Liv vieram até aqui para nos entregar um cheque dessa... magnitude, então o mínimo que podemos fazer é te conceder nosso tempo. — Ele olhou ao redor do restaurante. — Não há nenhuma mesa livre para quatro no momento. Você se importaria em ir conversar no escritório?

— Qualquer lugar está bem — respondeu Jonas.

Art se virou para Claire. — Vou cuidar de algumas coisas por aqui e já vou me juntar a vocês em um instante.

Claire levantou a mão. — Não, você vai com eles. Tenho a sensação de que o que Jonas tem a dizer pode envolver algo que eu já sei. — Ela se virou para Jonas. — Estou certa?

Jonas assentiu. — Tem alguma relação com o assunto.

Art franziu a testa interrogativamente para Claire antes de jogar as mãos no ar. — Está bem, então é melhor vocês me seguirem.

Enquanto Art os conduzia sob o arco em direção ao escritório, Claire os observou ir e, então, ficou estupefata, tentando absorver o que acabara de acontecer nos últimos minutos. Não havia esperado nem desejado ver Jonas novamente, e ali estava ele, com a mulher, em Nova York. E se aquilo não fosse um choque suficientemente grande, o vulto do cheque que ele lhe trouxera a deixara simplesmente sem fôlego. Mais de três quartos de milhão de dólares! Ela mesma nunca tinha sido dona de nada em toda a sua vida, tudo pertencia à empresa e, portanto, na verdade, pertencia a Art. Mas agora, ela era... rica.

— Com licença?

Ela se virou para encontrar um dos clientes atrás de si. Ele estivera sentado com a mulher na mesa ao lado da que os Fairweather deveriam ocupar.

— Será que vocês poderiam trazer a minha conta?

Claire sacudiu a cabeça para voltar à realidade. — Me desculpe, eu estava a quilômetros de distância. É claro, vou mandar sua conta agora mesmo.

Ela foi até o bar, onde um dos garçons jovens abria uma garrafa de vinho.

— Michael, a mesa oito pediu a conta.

— OK, vou levá-la para eles — respondeu o jovem.

— Olha, Art e eu precisaremos ficar no escritório durante a próxima meia hora, mas você é capaz de dar conta de tudo. O movimento já está começando a diminuir.

— Pode deixar — respondeu ele antes de sair apressado com o vinho.

Claire ficou no bar por um momento, com um sorriso se espalhando pelo rosto conforme ela visualizava mais uma vez o cheque com seu nome e aquele número inacreditável. Ela se virou para a geladeira e tirou uma garrafa de champanhe, mas então ficou em dúvida e a devolveu. Primeiro, vamos ouvir o que Jonas tem a dizer, pensou.

Quando ela entrou no escritório, fez-se uma pausa na conversa. Art, que estava encostado no arquivo, olhava para Jonas com uma expressão de incredulidade no rosto. Ele se voltou para Claire e balançou a cabeça. — Puxa, meu anjo, em que família mais estranha você foi criada!

Claire apenas assentiu em resposta, puxou uma cadeira do canto da sala e se sentou ao lado de Liv.

— Então, você nunca mais viu Claire depois do... incidente na oficina? — perguntou Art.

Jonas estava sentado na beira da escrivaninha, com os braços cruzados. — Não, não vi, e também não fiquei muito tempo por ali, depois disso. Sempre esperei me dar bem como piloto de rali, mas nunca consegui chegar lá; então, finalmente, arrumei emprego como mecânico de uma das equipes de Fórmula Um. Isso me manteve afastado por uns oito anos, antes que eu ganhasse algum dinheiro, e daí Liv e eu voltamos para Croich e compramos a fazenda de Leo.

— Você ainda estava ressentido pelo que havia acontecido com você? — perguntou Art.

Jonas sorriu e captou o olhar de Claire. — Eu não estava voltando em busca de vingança, se é isso que você quer dizer. A vida tinha seguido em frente e eu estava bastante satisfeito com a minha sorte. Havia ganhado dinheiro, estava casado com Liv e, naquela época, Rory nasceu. — O sorriso desapareceu de seu rosto. — Mas, então, meu pai morreu de repente e eu comecei a me perguntar se ele havia realmente me perdoado pelo que acontecera. Acho que foi isso que trouxe as memórias de volta.

— Você ainda tinha contato com Leo?

— Regularmente. Meu relacionamento com ele nunca vacilou. Mesmo quando eu estava longe, viajando pelo mundo, nós estávamos sempre em contato. Ele era, provavelmente, a maior influência na minha vida. Enfim, quando ele começou a ficar um pouco... confuso, eu comecei a ir à casa dele a cada dois dias para verificar suas contas e foi então que comecei a notar... irregularidades em seus negócios.

Art franziu a testa. — Que tipo de irregularidades?

— Bem, já vou chegar aí — respondeu Jonas. Ele fez uma pausa, mordendo o canto do lábio. — Como eu disse, meu plano inicial era apenas ajudá-lo com a correspondência, mas, quando entrei em seu escritório, ficou muito claro que o que ele precisava mesmo era de um organizador de arquivos em tempo integral. Acho que fazia um ano que nada era organizado ali, então perguntei se ele fazia alguma objeção a que eu lidasse com aquilo e ele ficou mais do que contente em me dar carta branca. Portanto, dei início à tarefa, e foi durante a organização de seus extratos bancários e carteiras de investimentos que me dei conta de que Leo ainda era um homem bastante rico. OK, ele tinha vendido a fazenda para mim e a maior parte do dinheiro foi aplicada na casa, mas ele ainda tinha um considerável capital em ações. Agora, a despeito da total desorganização de Leo, uma dessas carteiras fora mantida em separado das demais. Estava no nome de Leo, mas, escrito na pasta, em sua própria caligrafia, se podia ler: "Isto é para Claire. Herança de seu pai, o falecido David Barclay." Não havia outra forma de saber disso a não ser pelas palavras na pasta.

Art assentiu. — Sim, nós sabemos sobre esse dinheiro. John Venables mencionou no dia em que lemos o testamento de Daphne. Apenas decidimos deixá-lo como estava e utilizá-lo se e quando conseguíssemos comprar Croich.

Jonas sorriu tristemente. — Em retrospectiva, é uma pena que vocês não tivessem assumido o controle do dinheiro naquele ponto.

— Por que você diz isso? — perguntou Art.

Jonas fez outra pausa, coçando a parte de trás da cabeça. — Quando fui nomeado testamenteiro de Leo, tive uma reunião com John Venables, que me explicou que, entre outras coisas, Leo havia outorgado procurações a Marcus e Charity para que administrassem seus negócios. Nunca pensei muito a esse respeito até cerca de uns vinte meses depois, quando ele recebeu o diagnóstico de demência. Na verdade, acho que me lembro de ter sido no dia em que ele voltou do hospital depois de ter quebrado o fêmur. Eu estava lá embaixo, no escritório, e por acaso organizava alguns de seus extratos quando notei que seu saldo bancário e o valor de suas carteiras de investimentos haviam começado a diminuir a uma velocidade alarmante e, então, comecei a somar dois e dois.

Art olhou para Claire, com os olhos arregalados pela súbita compreensão, e ele soltou um assobio longo e lento. — Ah, meu Deus!

— Me desculpe — disse Claire —, mas o que estava acontecendo?

— Acho que o que Jonas está dizendo é que Marcus e Charity tinham usado as procurações e estavam vendendo as ações de Leo.

Jonas assentiu. — Eu não sabia que atitude tomar. Não queria contar a Leo porque, na verdade, não era da minha conta. Talvez ele houvesse autorizado. — Ele olhou para Claire. — Mas, daí, notei que a carteira de ações de Claire também começou a ser vendida... estava no nome de Leo, afinal... e foi então que percebi que Marcus e Charity só podiam estar agindo sem o conhecimento dele.

— Mas eles não tinham nenhum direito de fazer isso! — exclamou Claire. — Era o dinheiro do meu pai.

— Eu sei que era — prosseguiu Jonas —, e foi por isso que decidi que tinha de fazer alguma coisa. Leo tinha dito que Marcus e Charity queriam que ele se mudasse da casa, citando sua demência como motivo, mas Leo sabia que o que eles realmente queriam era fazer um empreendimento imobiliário na propriedade. Era uma mina de ouro, pelo que eles sabiam. Leo tinha me enviado um bilhete dizendo que você e Art tinham planos para transformar o lugar num centro de conferências, mas eu havia me esquecido daquilo até que, um dia, fui visitar Leo quando vocês dois estavam lá e vi os desenhos de suas plantas para o imóvel. Foi então que comecei a formular uma espécie de plano de ação. A primeira coisa que fiz foi sugerir a Leo que Art deveria ir a Londres para se reunir com Marcus, discutir suas ideias e negociar um valor.

— Por quê? — indagou Art.

— Eu queria que se soubesse. Era a melhor forma de manipular todo mundo. Primeiro, queria que Marcus soubesse que a casa não iria diretamente para ele e Charity, como ele sempre acreditara.

— Mas, então, por que você sugeriu aquele valor ridiculamente baixo de duzentas e cinquenta mil libras pela casa? — perguntou Claire.

— Porque eu queria fixar esse valor na cabeça de vocês e, ao mesmo tempo, jogar com o fato de que você faria Marcus saber que esse valor seria sua oferta aproximada pela propriedade. — Ele sorriu para Art. — Você disse a ele, não disse?

Art deu de ombros. — Foi nisso que baseei meu preço.

— Bem, graças a Deus você fez isso — disse Jonas, levantando as sobrancelhas numa expressão de alívio. — Então, enquanto você estava em Londres, eu passei ao estágio seguinte e pedi a um arquiteto amigo meu para elaborar os desenhos de um empreendimento fictício na propriedade de Croich. Esses desenhos foram protocolados junto ao departamento de planejamento aproximadamente três semanas depois dos seus.

— Seus planos eram fictícios? — perguntou Art, surpreso. — Quer dizer que você nunca levou a sério a ideia de construir na propriedade?

Jonas levantou a mão. — Eu te prometo, tudo isso será esclarecido. — Ele fez uma pausa. — Então, eu procurei Marcus Harrison no Google, encontrei o nome e endereço de sua empresa e enviei-lhe uma cópia dos meus planos sem nenhuma carta de explicação. Isso deixou claro para ele que eu também estava interessado em comprar Croich e eu sabia que seria como sacudir um lenço vermelho na frente de um touro. Como todos nós sabemos, Marcus e Charity odeiam que qualquer pessoa se meta com aquilo que eles consideram seu por direito, principalmente se for eu... e você e Claire, claro. Por isso eu não podia contar a vocês o que estava fazendo. Precisava ter certeza de que ele e Charity morderiam a isca. Então, cerca de cinco dias depois que meus planos foram protocolados, pedi a meu arquiteto que telefonasse para o departamento de planejamento para perguntar se houvera outros interessados na propriedade. O funcionário lhe disse que havia recebido recentemente uma consulta pelo telefone por parte de um consórcio de Londres. Eu soube, então, que Marcus havia começado a agir, porque, àquela altura, ninguém mais sabia que a casa estava à venda.

Art coçou lentamente o rosto. — Mas, espere um minuto, você sabia que Leo tinha concordado em vender a casa a Claire e a mim.

— Sim, e lamento ter precisado mudar tudo isso. A dificuldade estava em me encontrar com Leo sozinho, porque vocês dois estavam constantemente na casa. Infelizmente, tive que contar com Rory para conseguir informações de Violet sobre quando vocês iriam sair.

— Pensamos, de fato, que tinha sido assim — disse Claire ironicamente. — Foi no dia em que iríamos levar Violet para nadar.

— Exatamente. Foi então que eu abri o jogo com Leo e lhe contei sobre Marcus e Charity estarem surrupiando todo o dinheiro, inclusive o de Claire. Não foi uma coisa fácil de se fazer, porque o pobre do velho ficou arrasado, mas ele precisava saber. Ele ficou tão envergonhado e tão furioso pelo que os filhos tinham feito que não teve nenhum escrúpulo em dar-lhes uma lição de verdade e me deu carta branca para organizar a venda da casa por leilão público.

— Mas por que você iria querer vendê-la dessa maneira? — perguntou Claire.

— Porque eu jamais iria poder julgar as ofertas pela propriedade numa situação de lance fechado.

— Então, apesar dos seus planos fictícios — disse Art —, você realmente queria a propriedade.

Jonas assentiu. — Sim, de certa forma, queria. Quando chegou o momento do leilão, eu ainda estava esperando que vocês dois se lembrassem do que eu dissera sobre a propriedade não valer mais de duzentas e cinquenta mil libras. Quando vocês subiram a oferta até chegar a setecentas e cinquenta mil, admito que fiquei bastante preocupado de que a coisa toda fosse se voltar contra mim, mas então vocês se retiraram do leilão e foi aí que eu tive de começar a me concentrar. — Ele riu. — Foi, sem dúvida nenhuma, o maior risco financeiro que eu já corri na vida.

— Mas você não conseguiu a casa — disse Claire.

— Não, foi o consórcio de Londres.

Claire balançou a cabeça. — Realmente não estou entendendo, Jonas. Por que você se esforçou tanto para impedir que Art e eu ficássemos com a casa? E por que, depois de tudo que Marcus e Charity fizeram para você, você ficou tão satisfeito por terem sido eles a comprar o lugar? Eu vi você depois do leilão. Não estava nem um pouco chateado.

Claire sentiu a mão de Liv em seu braço. — Jonas fez tudo isso por você e por Leo, Claire — disse ela. — É claro que ele não ficou chateado. Pelo contrário, ele ficou bastante aliviado, porque, você percebe, o lugar não vale nada como empreendimento imobiliário já que é impossível construir ali.

— O que você quer dizer? — perguntou Claire, virando-se para olhar para Jonas.

— Eu sempre soube, desde pequeno, que a propriedade toda está sobre minas — disse Jonas. — Nossa família nem sempre foi de fazendeiros. Meu avô era mineiro e foi ele quem contou ao meu pai que havia antigos túneis de minas de carvão vindo da direção da fazenda. Eles contornam num círculo perfeito o perímetro externo dos jardins e, por alguma razão extraordinária, não tocam a casa nem os bairros afastados da cidade, a meros duzentos metros de distância. O departamento de planejamento deveria ter os registros disso, mas eu estava convencido de que eles estariam perdidos em algum lugar no meio dos arquivos. Marcus estava tão concentrado em arrebatar a casa bem debaixo do nosso nariz que não se deu ao trabalho de pesquisar corretamente. — Ele sorriu de forma conspiratória. — Casualmente, esses antigos túneis das minas de carvão vieram à tona no departamento de planejamento muito antes do que se pensava.

— Como assim? — perguntou Art.

— Assim que a venda foi concretizada e John Venables recebeu o dinheiro, eu meio que os relembrei disso.

Claire assentiu lentamente. — E Leo sabia exatamente o que você estava fazendo esse tempo todo, não sabia?

— Ele me deu seu total apoio depois da reunião que tive com ele. E foi o próprio Leo quem decidiu que queria se mudar para uma casa de repouso depois disso. Ele ficou arrasado pelo que Marcus e Charity tinham feito. Ele só queria se livrar daquela casa.

Art se afastou do arquivo e passou a mão pelo cabelo. — Então, tudo isso foi um golpe elaborado, não foi? Você conseguiu se vingar de Marcus e Charity, afinal.

— Suponho que, inicialmente, houve um elemento nesse sentido, mas, quando Leo me contou que sempre soubera do que havia acontecido entre mim e Charity, essa parte se tornou insignificante. Daí em diante, tudo que fiz foi por Leo e Claire, exatamente como Liv disse.

— Então, o que aconteceu com o dinheiro da venda da casa? — perguntou Claire.

— O suficiente foi reservado para que Leo possa passar o resto de seus dias feliz na casa de repouso, uma quantia substanciosa foi para o projeto de pesquisa dele em Kew Gardens, você foi reembolsada da herança do seu pai e o resto foi dividido entre Marcus, Charity e você.

— Mas e quanto a eles? — perguntou Claire, hesitante. — Ficaram arruinados?

— Bem, eu fiz algumas pesquisas depois da venda e descobri que 51% da Companhia de Empreendimentos Croich era de propriedade de Marcus e Charity, e os restantes 49% de um grupo de conhecidos profissionais de Marcus. Calculei que eles seriam capazes de pagar a seus investidores, mas, infelizmente, isso os deixaria com consideráveis dores de cabeça financeiras.

— Isso explica o telefonema que recebi de Charity— murmurou Claire.

Art balançou a cabeça devagar, erguendo as mãos em completo atordoamento com o que Jonas havia acabado de lhes contar. Ele se afastou do arquivo e se aproximou de Jonas com a mão estendida. — Escute, eu realmente não sei o que dizer a você... além de obrigado. Você se colocou em risco por nós dois, e também por Leo.

Jonas apertou a mão dele. — Apesar do que você possa pensar, não estava na minha natureza fazer algo assim, mas, levando em conta as circunstâncias, infelizmente tinha de ser feito.

Art assentiu e soltou um longo suspiro de alívio. — Bem, imagino que o melhor que podemos fazer agora é abrir uma garrafa enorme de champanhe, vocês não acham? — Ele foi até a porta, abriu-a e se virou: — E, obviamente, o jantar hoje é por conta da casa. É o mínimo que podemos fazer.

Quando ele saiu do escritório, Liv descruzou as pernas esbeltas e se levantou. — Acho que vou ao banheiro antes de jantarmos. — Ela sorriu tanto para Jonas quanto para Claire. — Acho que vocês devem ter algo a dizer um ao outro que já deveriam ter dito há muito tempo. — Ela deu um beijo leve no rosto de Jonas antes de sair do escritório, fechando a porta atrás de si.

Claire se levantou da cadeira lentamente e parou à frente de Jonas, com os braços cruzados. Fez-se um silêncio constrangedor, em que nenhum dos dois olhava para o outro.

— Você se lembra da Casa da Planta Dragão? — disse ela, por fim.

Jonas sorriu. — Claro que sim.

— O que você acha que vai acontecer com o lugar agora?

Jonas pôs-se de pé. — Ah, seguirá adiante. Ela foi vendida por um valor bastante baixo a uma família jovem da Inglaterra. São pessoas realmente agradáveis. As crianças são amigas de Rory e Asrun, então eles ainda passam bastante tempo por lá. Na verdade, estão com eles agora.

Claire sorriu. — É uma delícia pensar em crianças correndo novamente por aquela casa. — Ela suspirou. — Ainda não consigo acreditar que foi a última vez que a vi. Ela foi realmente uma parte muito importante da minha vida.

Jonas deu de ombros. — Não há nenhum motivo pelo qual você não possa vê-la novamente.

— O que você quer dizer?

— Bem, Rory nunca mais parou de falar em Violet, desde que vocês partiram. Ele queria vir conosco para visitá-la, mas nós achamos que iríamos ficar tão pouco tempo aqui que não valeria a pena. Então, fizemos um trato. Eu devo convidar você, Art e Violet para voltarem a Croich e ficar na nossa casa sempre que vocês quiserem. Ele disse que era o lugar perfeito para vocês ficarem, se quisessem ir visitar Leo.

Claire riu baixinho. — E o que você achou dessa ideia?

Jonas deu um passo à frente e passou os braços em volta dela. — Ah, Claire, como você acha que eu me sinto? Não consigo pensar em nada melhor. A razão pela qual eu fiz o que fiz foi para tentar recuperar nossa amizade, nada além disso.

Claire pressionou o rosto contra a jaqueta dele. — Acho que você fez mais do que o suficiente para isso acontecer. — Ela se ergueu e deu um beijo no rosto dele. — Você disse que era digno de confiança. Um milhão de vezes obrigada por tudo que você fez por mim.

— Foi meu maior prazer — respondeu Jonas, afastando-a gentilmente, e Claire pôde ver um sorriso enorme em seu rosto e o rubor em suas faces. Ele riu. — Sabe, acho que essa foi a primeira vez que você... me beijou.

— Você acha?

— Bem, e não foi?

Claire riu e o empurrou na direção da porta. — Ah, Jonas, eu sei que foi. Pode crer, eu sei bem.

Agradecimentos

Meus agradecimentos a Tom e a Karyn, de Nova York, a Felicity e à sua formidável equipe de Oxford, a Kirsty — é claro, e um agradecimento especial a Caroline, da Editora Little Brown, cujas observações editoriais intuitivas realmente organizaram este livro.

Impresso no Brasil pelo
Sistema Cameron da Divisão Gráfica da
DISTRIBUIDORA RECORD DE SERVIÇOS DE IMPRENSA S.A.
Rua Argentina 171 – Rio de Janeiro, RJ – 20921-380 – Tel.: 2585-2000